장편다큐멘터리

허준 & 동의보감

권2

저자 이철호 李喆鎬

明文堂

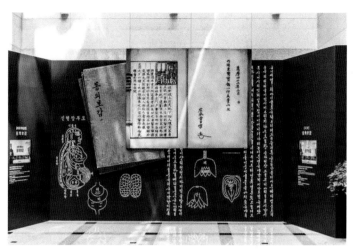

《동의보감》과 신형장부도 (허준박물관 로비 벽면)

사람은 우주에서 가장 영귀한 존재이다.

머리가 둥근 것은 하늘을 본뜬 것이고,

발이 네모진 것은 땅을 본받은 것이다.

하늘에 사시가 있으니, 사람에게는 사지가 있다.

하늘에 오행이 있으니, 사람에게는 오장이 있다.

하늘에는 육극(六極)이 있으니, 사람에게는 육부가 있다.

하늘에 팔풍(八風)이 있으니, 사람에게는 팔절(八節)이 있다.

하늘에 구성(九星)이 있으니, 사람에게는 구규(九竅)가 있다.

하늘에 12시(時)가 있으니, 사람에게는 12경맥이 있다.

하늘에 24기(氣)가 있으니, 사람에게는 24유(兪)가 있다.

하늘에 365도(度)가 있으니, 사람에게는 365골절이 있다.

하늘에 일월이 있으니, 사람에게는 안목(眼目)이 있다.

하늘에 주야가 있으니, 사람에게는 오매(寤寐)가 있다.

하늘에 뇌전(雷電)이 있으니, 사람에게는 희로(喜怒)가 있고,

하늘에 우로(雨露)가 있으니, 사람에게는 눈물이 있다.

하늘에 음양이 있으니, 사람에게는 한열(寒熱)이 있고,

땅에 천수(泉水)가 있으니, 사람에게는 혈맥이 있으며,

땅에 초목과 금석이 있으니, 사람에게는 모발과 치아가 있다.

허준 &《동의보감》화보

경남 산청 동의보감촌

경남 산청 동의보감촌 전경

오성 이항복

한음 이덕형

한계군 이공기

명나라 제독 이여송

행주대첩

도요토미 히데요시

권율장군

유이태(劉以泰) 묘

조약도(삼문산)

《본초강목》을 지은 이시진

왕유일의 침구동인

미암 박물관

유희춘과 송덕봉의 위패가 안치된 미암사당

조선의 여류미인도 송덕봉(박연옥 화백)

미암일기

목릉의 비각에는 「조선국 선조대왕 목릉 의인왕후 부중강 인목왕후 부좌강」이라고
적혀 있다.

광해군 묘

장편다큐멘터리

허준 & 동의 보감

권2

저자 이철호 李喆鎬

허준 &《동의보감》卷二

목 차

제3장 내의원 출사(出仕)

제4장 임금과 신하

허 준
許 浚

장편다큐멘터리

허준 & 동의보감

권2

제1장 통곡하는 백성

이식위천(以食爲天)

엄청난 피바람 속에서 벌어진 치열한 전투 끝에 평양성은 가까스로 탈환되었다. 하지만 거센 광풍(狂風)이 휩쓸고 지나간 이 전쟁이 남긴 상흔(傷痕)은 너무나도 컸다. 전쟁의 마구 휘둘러댄 무자비한 칼날에는 아군과 적군을 가릴 것 없어 수많은 사람이 소중한 목숨을 잃었고, 또한 그보다 훨씬 더 많은 사람들이 부상을 입었다.

평양성 한쪽에 급히 마련된 응급 진료소에는 이번 평양성 전투에서 다친 부상병들이 끊임없이 밀려왔고, 여기저기서 참혹한 비명소리가 터져 나왔다.

팔이 부러지거나 한쪽 팔이 잘려 나간 사람, 힘줄이 끊어진 사람, 왜군이 쏜 총탄에 다리나 팔을 맞아 피를 흘리고 있는 사람, 허벅지에 부러진 화살이 그대로 꽂혀 있는 사람, 날카로운 창검(槍劍)에 눈이 찔려 눈가가 온통 피투성이가 된 사람, 성벽을 기어오르다 성벽 위에서 적병들이 부어댄 뜨거운 물과 기름을 뒤집어쓰고 온몸에 화상을 입은 사람, 쇠뭉치나 철퇴에 얻어맞아 어깨뼈가 으스러진 사람, 두개골(頭蓋骨)이

파열된 사람, 아직도 공포에 질린 채 온몸을 부들부들 떨고 있거나 갑자기 소리를 지르는 사람 등 부상병들의 유형도 다양했다.

무간지옥(無間地獄)의 고통으로 울부짖는 소리가 끊임없이 사방에서 터져 나오는 이 처참한 현장에서 허준은 실로 비통한 심정이었다. 칼로 에이듯 가슴도 아팠다.

"어떻게 해서든 이 소중한 생명들을 살려야 한다. 그것이 의원인 내가 지금 해야 할 일이 아니겠는가. 그리고 나에게는 이 생명들을 살릴 수 있는 힘이 있다."

허준(許浚)은 부상병들을 치료하면서 수시로 입술을 지그시 깨물며 이런 다짐을 했다. 너무나도 처참한 광경에 마음이 흐트러져 나약해지려는 것을 다잡고, 스스로에게 용기를 북돋기 위해서였다.

허준은 선조로부터 어명을 받아 함께 이곳에 온 어의(御醫) 이공기(李公沂)를 비롯해서 전에 평양성에 있다가 허준을 찾아왔던 심약(審藥 ; 궁중에 진상할 약재들을 심사하고 감독하기 위하여 각 도에 파견하였던 의원), 도성 한양을 떠날 때부터 늘 함께 있었던 내의원(內醫院) 서리(書吏 ; 내의원에서 일하던 하급 관리인 아전) 용운(龍雲), 그리고 부상병들이 생길 것에 대비하여 명나라에서 파견되어 명군(明軍)을 따라온 명나라의 의원 10여 명 등과 함께 밤낮을 가리지 않고 부상병들

동의보감 東醫寶鑑

을 돌보며 최선을 다해 치료에 임했다.

피난 갔다가 평양성으로 돌아온 몇몇 젊은 부녀(婦女)들이 일손이 크게 부족하다는 말을 듣고 달려와 의녀(醫女) 대신 허준과 의원들을 도왔다.

하지만 부상병들의 수가 너무 많아 감당하기 어려웠다. 많은 부상병들이 치료를 받기도 전에, 혹은 치료를 받기 위해 장시간 기다리다가 끝내 치료조차 받아보지도 못한 채 고통스럽게 죽어 갔다.

다행히 명군을 따라온 의원들이 부상병 치료에 요긴하게 쓰이는 대자석(代赭石 ; 약으로 사용하는 광석으로서 수환須丸 또는 혈사血師라고도 하며, 지혈작용을 하므로 창상 등으로 인해 피를 흘릴 때 응급약으로 쓴다)을 비롯하여 악회(堊灰 ; 석회石灰라고도 하며, 지혈과 지사止瀉, 살균 및 살충작용을 한다. 출혈과 통증을 멎게 할 때 쓴다), 자연동(自然銅 ; 예로부터 뼈가 부러진 데 좋다고 하여 약으로 많이 써 온 광물성 약재로서 어혈, 통증 제거, 뼈와 힘줄을 잇는 데 등에도 쓴다. 산골山骨 또는 산골産骨이라고도 하며, 석수연石髓鉛이라고도 한다), 연화(蓮花 ; 활짝 핀 연꽃의 꽃봉오리를 따서 그늘에 말린 것으로서 출혈을 멎게 하는 작용이 있어 지혈제로도 쓰며 토혈, 타박상, 습창濕瘡 등의 약으로도 쓴다), 대황(大黃) 가루(외상이나 타박상 등에 쓰는 약재), 소목(蘇木 ; 타박상이나 어혈을 풀어주는 약재로서, 지혈과 진통작용도 하며 파상풍의 약재로도 쓴다), 상백피(桑白皮 ; 뽕나무뿌리 껍질로, 창칼에 상한 상처를 꿰매는 데 쓰이며, 생 뽕나무뿌리껍질로 실을 만들어 배가 터져서 장이 나왔을 때 꿰맨다), 그리고 전쟁터에서 적에게 쇠뭉치 같은 것으로 얻어맞은 뒤에 흔히 생기는 심한 통증 및 손목이나 발목을 삐어서 붓고 아픈 염좌(捻挫)와 화독(火毒) 등에 쓰이는 오황산(五黃散)과, 뼈가 부러진 것을 치료하고 통증을 없애며 지혈작용도 하는 외용약인 진왕단(陣王丹), 뼈가 부스러지고 힘줄이 끊어진 데 쓰이는 약인 접골단(接骨丹), 수술과 마취에 쓰이는 초오산(草烏散) 등 응급약들을 많이 가져 왔기에 부상병들을 치료하는 데 큰 도움이 되었다.

오랜 세월 동안 전쟁을 많이 겪어 왔을 뿐만 아니라, 오래 전부터 한의학과 한방 의술이 발달해 온 대국(大國)의 의원들답게 명나라 의원들이 부상병들을 치료하는 의술은 대단했으며, 부상병들에게 쓰이는 약들도 다양했다. 조선에서는 나지 않는 약재들을 처방하여 만든, 허준이 처음 보는 희귀한 응급약들도 다수 있었다.

반면 이들 명나라 의원들도 어의인 허준과 이공기가 이런 응급약들은 물론 침(針)과 뜸을 능숙하게 다루며 부상병들을 신속히 치료하는 것을 보고는 놀라움을 금치 못했다.

동의보감 東醫寶鑑

특히 이들은 이공기가 지금의 외과 처치술에 해당하는 침폄술(針砭術)에 아주 능할 뿐만 아니라, 자신들이 잘 쓰지 않거나 잘 모르고 있던 돌침(석침石針·폄석砭石·참석鑱石·침석針石이라고도 한다)을 써서 창상(創傷)을 입은 부상병들을 수술하여 빠른 치료효과를 보이는 것을 보자 혀를 내두르며 감탄했다.

"조선의 폄술(砭術 ; 돌로 만든 침으로 놓는 침술)이 대단하다는 얘기는 들었으나, 이리 뛰어난 줄은 미처 몰랐소이다. 언제 기회가 되면 꼭 배우고 싶소이다."

그러면서 이공기에게 호기심을 보이는 명나라 의원들도 있었다. 심지어 명나라 부상병들 사이에서 이공기의 침폄술이 아주 뛰어나다는 소문이 돌면서 평양성 전투에서 부상당한 명나라 장수와 군관들은 조선 조정에 이공기에게 치료를 받게 해달라는 요청을 할 정도였다.

이에 조선 조정에서는 이들의 요청을 받아들여 이공기로 하여금 부상당하거나 몸이 안 좋은 명나라 장수들과 군관 치료를 전담하도록 지시했다.

그러나 허준은 침술보다는 적절한 진단을 거쳐 이에 가장 적합한 응급약과 탕제(湯劑), 뜸을 통해 부상병들을 많이 치료해 주었으며, 침술을 통한 수술도 해 주었다.

그의 정확한 진단과 이에 따른 적절한 처방, 명쾌하게 수술

하는 모습을 본 명나라 의원들은 허준에 대한 칭찬도 아끼지
않았다.

"역시 대단한 의술입니다. 저도 의원이긴 합니다만, 조선
에 이토록 뛰어난 어의가 있는 줄을 몰랐습니다."

허준은 부상병들에 대한 치료뿐만이 아니라 틈이 나는 대
로 평양성과 평양성 인근에 사는 백성들 중에서 다치거나 병
이 난 사람들도 치료해 주었다.

그런데 이들 중에는 전쟁으로 인해 다친 사람들보다도 오
랫동안 굶주림에 시달려 병이 난 백성들이 훨씬 더 많았다.
계속되는 전쟁으로 인해 농사를 제대로 지을 수 없어 땅은 황
폐해지고, 농사일을 해야 할 장정들은 죽거나 피난가고, 혹은
조선군이나 의병에 가담하면서 곡식 생산이 크게 줄어드는
바람에 백성들은 더 이상 먹을 것이 없었고, 이로 인해 몸이
약해지며 각종 질병들에 대한 면역력이 떨어져 병이 난 사람
들이 많았던 것이다.

게다가 평양성에 들어온 명나라 원군은 부족한 식량을 보
충해야 한다며 민가에 들이닥쳐 강제로 식량과 재물을 빼앗
아 갔으며, 온 나라를 휘젓고 다니며 여인들을 희롱하고 강간
했다. 때문에 침략군인 왜군보다도 오히려 원군인 명나라 군
사들을 더 증오하는 일까지 생겨났다.

마침내는 굶주린 백성들이 배고픔을 견디다 못해 길가에

있던 사체(死體)에서 살을 떼어내 먹는 일까지 발생했다. 심지어는 여러 사람이 공모하여 한 사람을 몰래 살해하고는 그 내장과 골수까지 끓여서 먹는 일도 벌어졌다.

당시의 이 같은 참상을 직접 목격하였던 문신(文臣) 윤국형(尹國馨, 1543~1611)은 그의 《문소만록(聞韶漫錄)》에서 이렇게 적고 있다.

『왜적의 칼날과 화염에 해를 입어 천 리가 황폐해졌고, 밭을 갈고 씨를 뿌릴 수 없어 굶어 죽는 이가 태반이었다. 조선 팔도가 굶주림에 허덕였고, 군량을 옮기는 데 지쳤다.

노약자들은 죽어 산골짜기를 메웠고, 장정은 도적이 되었다. 전염병까지 겹쳐 거의 다 죽었다.

쌓인 시체가 들에 가득했고, 아비가 자식을 팔고 남편이 아내를 팔았다. 서로 살식(殺食)하고 시체를 쪼개 먹었다. 심지어 부자나 부부가 서로 잡아먹고 해골이 풀처럼 널려 있는 지경이 되었다.』

허준은 이처럼 굶주림에 시달리며 병들어 죽어가는 백성들을 보면서 전쟁의 칼날보다도 굶주림이 더 무섭다는 생각이 들었다. 그러면서 문득 사마천(司馬遷)의 《사기(史記)》「역생열전(酈生列傳)」에 나오는 말을 떠올렸다.

『임금은 백성을 하늘로 삼고, 백성은 먹고 사는 문제를 하늘로 삼는다(王者以民爲天 而民以食爲天).』

역이기(酈食其, ?~BC 204)는 역생(酈生)이라고도 하는 인물로서, 중국 진(秦)나라 말기에 살면서 장차 한(漢)나라 고조(高祖)가 되는 유방(劉邦)의 참모이자 언변이 뛰어난 세객(說客)이 되어 유방이 천하를 평정하는 데 크게 공을 세운 사람이다.

어려서부터 총명하고 책 읽기를 좋아했지만, 집안이 가난했던 역이기는 자신의 능력을 드러내지 않은 채 술을 마시고 미친 척하며 자신을 알아주는 사람을 만날 때를 기다리다가 천하 제패를 꿈꾸던 유방을 만난다.

유방은 「숨은 인재」였던 그를 대번에 알아보고는 자신의 참모로 기용하며, 역이기는 자신을 알아주는 유방을 주군으로 섬기며 특히 세객으로서 제후(諸侯)들을 설득하고 회유하는 일을 맡아 맹활약을 한다.

그러던 중인 기원전 204년, 유방은 초(楚)나라 항우(項羽, BC 232~BC 202)에게 형양(衡陽형양)을 빼앗기고 낙양(洛陽뤄양)으로 퇴각하여 이곳 방어에만 주력한다. 그런데 이때 항우가 진나라 시절부터 엄청난 곡식창고가 있어 군량미가 풍부했던 오창(敖倉)의 방비를 소홀히 하고 있는 것을 발견한 역이기가 유방에게 말한다.

"초나라가 지금 오창의 방비를 소홀히 하고 있습니다. 그러니 이 기회에 오창을 반드시 빼앗아야 합니다."

그러고는 역이기는 다시 이런 말을 덧붙인다.

"옛말에, '하늘을 아는 자는 왕업을 성취할 수 있고(知天之天 王事可成), 천하의 왕이 되고자 하는 사람은 백성을 하늘처럼 떠받들고, 백성은 양식을 하늘처럼 떠받든다(王者以民爲天 而民以食爲天).'고 했습니다. 이처럼 백성이 하늘처럼 여기는 양식이 많은 오창을 반드시 도모해야만 천하를 얻을 수 있습니다."

역이기는, 중국 춘추시대 때 제(齊)나라의 재상이자 사상가로서 제나라의 군주 환공(桓公)을 도와 군사력의 강화 및 상업과 수공업의 육성을 꾀하여 부국강병(富國强兵)을 꾀하였던 관중(管仲, ?~8C 645)이 쓴 《관자(管子)》에 나오는 「왕자이민위천 이민이식위천(王者以民爲天 而民以食爲天)」이란 구절을 인용해 이같이 말했던 것이다.

허준 또한 역이기와 관중이 말한 이 「왕자이민위천 이민이식위천」을 떠올리면서 『백성들에게는 먹는 것이 하늘』이라는 생각을 해 보았던 것이다.

그만큼 백성들은 먹고 사는 문제를 가장 중요시 여기는데, 지금 내 나라 백성들은 이처럼 가장 중요하고도 절박한 문제

허준
許浚

를 해결하지 못해 배고파하여 병들어 신음하고, 또 맥없이 죽어가고 있지 않은가.

전쟁이라는 거대한 폭력 앞에서 그 무엇보다도 양식을 하늘처럼 떠받드는 백성들이 양식이 없어 굶주리고, 이로 인해 각종 질병에 걸리고, 온갖 참혹한 피해들을 입고 있는 백성들을 바라보는 허준의 마음은 실로 슬프고도 안타까웠다. 그런 그들을 위해 자신이 지금 아무것도 할 수 없다는 자괴감이 그를 괴롭혔다.

더욱이 이 무렵, 명군 지휘부 내부의 알력으로 인해 무고한 조선 백성들이 어이없게 희생되는 일까지 있었다.

당시 명군의 최고사령관은 대도독(大都督) 이여송(李如松)이었지만, 그는 경략(經略)이자 병부시랑(兵部侍郞)이었던 송응창(宋應昌)의 견제를 받으며 서로 경쟁하고 대립하는 입장이었다.

명나라 조정에서는 이여송을 감독하고 조선 원군의 모든 행정업무를 관장하는 총사령관 격인 경략의 자리에 송응창을 임명하여 함께 조선에 보냈다.

그런데 북병(北兵) 출신의 야전사령관 격인 이여송과 남병(南兵) 출신의 행정사령관 격인 송응창 사이에는 서로 간에 미묘한 갈등과 대립 속에서 알력이 빚어지고 있었다.

이러한 알력 때문에 평양성 전투에서 승리하고 나자, 이여

동의보감 東醫寶鑑

송을 따르는 북병과 송응창을 따르는 남병 사이에는 평양성 전투의 승리에 대한 논공행상(論功行賞)을 놓고 갈등과 경쟁이 벌어졌다.

이와 함께 이들은 서로 자신들이 더 많은 왜군을 죽였다는 증거로 삼기 위해 왜군의 수급(首級)을 보다 많이 얻으려고 치열한 경쟁을 벌였는데, 이 과정에서 엉뚱하게도 무고한 조선 백성들의 시신(屍身)이 머리가 잘려 왜군의 수급으로 둔갑한 후 명나라 조정에 전리품으로 바쳐졌다.

심지어 이들 명군의 북병과 남병들 중에는 살아 있는 조선 백성들을 마구 붙잡아다가 목을 벤 뒤 그 머리카락을 깎아 버린 후 마치 왜군의 수급인 것처럼 위장하여 바치는 자들도 있었다.

이런 일들이 만연하자, 명나라 관리 주유한(周維翰)과 양정란(楊廷蘭)은 명나라 조정에 다음과 같은 보고서를 올린다.

『이여송 제독이 참획했다고 주장하는 왜군의 수급 가운데 절반은 조선 사람의 것이고, 불에 타 죽거나 물에 빠져 죽은 1만여 명 가운데 절반도 조선 사람입니다.』

그러면서 이들은 이여송을 탄핵해야 한다고 건의했는데, 이런 것만 보더라도 당시 얼마나 많은 조선 백성들이 원군이라는 미명하의 명나라 군사들에게 무참히 희생되었는지를 알 수 있다.

하지만 조선 조정은 이처럼 무고한 백성들이 억울하게 희생된 것을 잘 알면서도 사건의 실상을 밝히기 위해 적극적으로 나서지 못했다.

명군의 도움을 받으며 전쟁을 치르고 있는 터에 이런 문제를 들추어 이여송과 명군의 비위를 거스르고 싶지 않았기 때문이다.

공연히 그들을 자극해서 득이 될 것은 없지 않은가.

평양에서 이처럼 조선 백성들이 명군에 의해 무고하게 죽어가고 있을 무렵, 도성 한양에서도 왜군들이 조선 백성들을 무자비하게 살해하며 온갖 만행을 저지르고 있었다.

평양성에서 크게 패하여 한양으로 도망쳐 온 고니시 유키나가(小西行長)가 평양에서 자신이 명군에게 속은 것은 물론 명군을 도와 평양의 요로(要路)를 인도한 것이 모두 다 조선인의 계책이라며 그 보복으로 한양에 있던 조선인들을 마구 학살하고, 수많은 가옥에 불을 놓아 장안이 하루 종일 불길에 휩싸였던 것이다.

갈 길을 막은 벽제관(碧蹄館) 전투

평양성을 탈환했다는 소식을 전해들은 선조와 조선의 신료들은 뛸 듯이 기뻐하며 감격했다. 눈물을 흘리는 신료들도 많았다. 특히 선조는 승전 소식을 듣자마자 그 자리에서 명나라의 황제가 있는 황궁(皇宮) 쪽을 향해 큰절을 다섯 번 올렸다.

이것도 모자랐던지 선조는 다시 승전 소식을 갖고 온 명군의 작전참모 격인 찬획(贊劃) 원황(袁黃)과 유황상(劉黃裳)에게도 두 번 절을 했다.

그런 선조의 비위를 맞추기 위해서였는지 선조에게 이런 건의를 하는 신료도 있었다.

"평양대첩 덕분에 나라가 재조(再造)되고, 억만년 동안 이어질 기반이 마련되었습니다. 그러니 이번 대승에 공이 큰 이여송 대제독을 모시는 사당(祠堂)을 짓고 그의 화상(畫像)을 그려 봉안해야 합니다."

생사당(生祠堂), 즉 아직 살아 있는 사람을 모시는 사당을 세우자는 실로 어이없고도 파격적인 주장이었다.

얼마 후, 수복된 평양성으로 달려간 선조는 이여송을 보자 대승을 축하한다는 인사와 함께 그의 노고를 치하했다. 그러면서 이런 말을 덧붙인다.

"이 기세를 그대로 몰아 속히 도성(都城)도 찾아주면 좋겠습니다."

"글쎄요, 저 또한 그리 하고 싶긴 합니다만……"

무슨 이유에서인지 이여송은 말끝을 흐리며 명확한 대답을 내놓지 않았다. 선조는 그 이유를 알 수 없어 궁금했지만, 더이상 묻지 않았다. 그 자리에 있던 신료들도 서로 얼굴만 쳐다볼 뿐 침묵만 지켰다.

이들 신료들은 왜 가만히 있었던 것일까.

선조가 이여송을 만나고 난 후 당시 선조로부터 큰 신임을 받고 있던 병조판서 백사(白沙) 이항복(李恒福)은 조용히 선조를 찾아가 이렇게 아뢴다.

"전하, 한양으로 진격하자면 명나라 원군 5만이 먹을 군량을 조달해 주어야 하는데, 지금 우리 형편에 이만한 군량미를 마련하기가 어렵습니다. 그래서 이 제독도 더 이상 진격하지 못하고 있는 것입니다."

그러자 선조는 당시 도체찰사(都體察使)로 군무(軍務)를 총괄하고 있던 서애(西厓) 유성룡(柳成龍)을 불러 말한다.

"듣건대, 명나라의 대군이 지금 앞으로 진격하고자 하나 군량과 마초(馬草)가 없다고 하오. 그러니 나라 일을 생각하여 수고를 꺼리지 말고 급히 가서 군량과 마초를 준비하도록 하시오."

선조로부터 이 같은 명을 받은 유성룡은 자리를 물러나자마자 곧바로 종사관 몇 명을 불러 함께 말을 타고 평양을 떠나 남쪽으로 달렸다. 하얀 눈발이 꽃잎처럼 흩날리는 한겨울의 추운 밤이었다.

동의보감 東醫寶鑑

이들은 밤새도록 말을 달려 새벽녘에 황주에 도착했다. 유성룡은 이곳에 있던 황해감사 유영경(柳永慶)을 찾아가 다짜고짜로 명한다.

"도내에 있는 양미(糧米)를 모두 거두어 명군이 행군하여 오는 길에 대령하시오."

그런 다음 유성룡은 곧바로 평양으로 돌아가 평안도 순찰사 오리(梧里) 이원익(李元翼, 1547~1634)을 불러 말한다.

"황해감사 유영경이 곧 명군이 먹을 양미를 마련해 줄 것이오. 양미가 마련되는 대로 군사들을 풀어 이 양미를 나르도록 하시오."

유성룡은 이렇게 노고를 무릅쓰고 계책을 다하여 명군에게 필요한 군량을 신속히 마련한 다음, 이여송에게 군량이 마련되었다는 사실을 알렸다.

그러자 이여송은 비로소 대군을 움직여 한양을 향해 힘차게 진격한다. 1월 25일이었다.

이때 명군은 평양성 전투에서의 승전 여세를 몰아 개성까지 진격한 다음 다시 한양으로 남진하며 왜군의 주력부대를 섬멸하겠다는 작전계획을 세워놓고 있었다.

명군이 남하하고 있다는 첩보를 받은 왜군은 이에 맞서 싸울 생각으로 급히 북상했다. 왜군의 선봉은 벽제관에서 약간 남쪽에 있는 여석령(礪石嶺 ; 일명 숫돌고개)에 진을 치고는 숨어서 명군을 기다렸다.

이윽고 명군의 선봉장 사대수(査大受)가 이끄는 명군이 나타났다. 그러자 매복하고 있던 왜군이 이들을 몰아치듯 급습했다. 명군은 많은 사상자를 내고 벽제관까지 후퇴했다. 이 소식을 들은 이여송은 혜음령(惠陰嶺)을 넘어 서둘러 벽제관으로 진격했다. 이어 이곳 벽제관 일대에서 양군 사이에 격전이 벌어졌다.

이때 고바야카와 다카카게(小早川隆景)가 거느린 왜군의 대부대는 3대(隊)로 나뉘어 명군을 공격했다. 그러나 명군은 미처 포군(砲軍)의 지원을 받지 못하여 단지 기병(騎兵)만으로 싸웠다. 그러다가 명군은 왜군에 포위되어 집중사격을 받으며 전멸 위기에 놓였다.

다행히 부총병 양원(楊元)이 거느린 화군(火軍)이 달려와 명군은 간신히 왜군의 포위망을 뚫고 달아날 수 있었다. 왜군의 포위망에 갇혀 거의 죽을 뻔했던 이여송은 지휘사(指揮使) 이유승(李有昇)이 그의 목숨을 구해 주고 대신 죽은 덕에 간신히 탈출할 수 있었다.

명군은 평양성에서 왜군을 이기고 나자 자만하여 충분한 대비를 하지 않고 급히 진격하다가 평양성에서의 대패를 설욕하기 위해 벼르고 있던 왜군의 맹공격을 받고 대패하고 만 것이다.

이 싸움이 바로 1593년(선조 26년) 1월 27일에 있었던 벽제관(碧蹄館) 전투로서, 이때 패한 명군은 장수 이비어(李備禦), 마천총(馬千摠) 등을 비롯해서 많은 전사자를 냈고, 마침내 명군은 파주로 후퇴하였다가 다시 개성으로 한 발짝 더 물러난다.

이 벽제관 전투 때 조선군의 도원수 김명원(金命元)은 이미 여러 차례 왜군에게 크게 패한 경험이 있어 명군과 함께 진격하지 않고 명군의 후미에서 천천히 진격했는데, 이로 인해 조선군은 손실을 면할 수 있었다.

벽제관에서 명군이 대패했다는 소식이 전해지자, 유성룡은 크게 낙담했다. 그러나 그는 마음을 가라앉혀 이여송을 찾아가 위로하며 재공격을 하도록 권유했다. 하지만 겁을 잔뜩 먹은 이여송은 말을 듣지 않았다.

이 무렵, 함경도에 있던 왜군이 양덕과 맹산을 넘어 평양을 기습한다는 근거 없는 소문이 나돌았다. 그러자 이여송은 부하들에게 이런 말을 한다.

"평양을 잃으면 우리 군사의 길이 막힌다. 평양을 구원해야 우리 모두가 산다."

그리고 나서 그는 부총병 왕필적(王必迪)에게 개성에 머물러 지키도록 하는 한편 조선군에게는 임진강 북쪽에서 진을 치고 대기하라는 명령을 내린다. 그런 다음 이여송은 남은 병력을 이끌고 평양으로 돌아가 버렸다.

이후 이여송이 이끄는 명군은 왜군과의 전투에서 적극성을 잃고 소극적으로만 대응해 왜군의 주력부대를 섬멸할 기회를 놓치고 말았다.

아울러 벽제관에서의 패전은 명나라가 일본과의 협상에 보다 적극적으로 나서는 계기도 되었다. 하지만 조선에게는 그만큼 왜군을 몰아내기 힘든 형국이 되고 말았다.

권율(權慄)과 행주대첩(幸州大捷)

권율(權慄, 1537~1599)은 임진왜란 초기에 광주목사(光州牧使)로 있다가 1592년(선조 25년) 7월, 금산군 이치(梨崎) 전투에서 왜군을 물리치고 대승을 거두었고, 이 공으로 전라도관찰사 겸 순찰사가 되었다.

이후 권율은 평양성을 탈환한 명나라 원군이 도성 한양을 수복하기 위해 남하하자, 이에 호응하여 관군을 이끌고 북상했다.

북상하던 중 권율은 수원 독산성(禿山城)에서 왜군과 싸워 이들을 격파했다. 이어 그는 휘하의 부대를 한양 근교 서쪽으로 옮기기로 하고 조방장(助防將) 조경(趙儆)에게 적당한 지역을 물색하도록 지시한다. 이에 조경이 양천(陽川)에서 한강을 건너가 병력을 주둔시키기에 적합한 곳을 찾아다니다가 발견한 곳이 바로 행주산성(幸州山城)이었다.

권율은 휘하의 장수들과 상의한 끝에 이 행주산성으로 군사들을 은밀히 옮기기로 결정한다. 1593년(선조 26년) 음력 2월 초였다.

이때 권율은 병력을 나누어 부사령관이던 전라도병사 선거이(宣居怡)에게 4천여 명의 군사들을 내주며 금천(衿川, 지금의 시흥)의 금주산(衿州山 ; 지금의 호암산)에 진을 치고 적을 견제하도록 하고는 나머지 병력을 이끌고 한강을 건너 행주산성으로 들어가 진지를 구축했다.

이와 함께 권율은 전라도 소모사(召募使)였던 변이중(邊以中, 1546~1611)으로 하여금 군사 1천 명을 거느리고 행주산성과 금천의 중간 지점쯤 되는 양천에서 왜군의 동태를 살피며 견제하다가 만일 행주산성이 위급할 경우 속히 달려와 지원하도록 지시했다.

권율이 행주산성에서 진지를 구축하고 왜군과 싸울 준비를 하고 있다는 소식을 들은 의병장 김천일(金千鎰, 1537~1593)과 승장(僧將) 처영(處英)은 의병과 승병을 합해 1천여 명을 이끌고 행주산성으로 달려와 합세했다. 이로써 행주산성에 주둔한 병력은 1만 명에 이르렀다.

한강을 따라 한양으로 들어가는 길목에 위치하고 있으며,

평지 위에 우뚝 솟아 있는 돌출 형태의 행주산성은 천혜의 방어 조건을 갖추고 있었을 뿐만 아니라, 왜군의 보급로와 퇴로를 끊고 왜군을 궁지에 몰아넣기에도 아주 적합한 곳이었다.

행주산성은 그 후방에 한강이 흐르고 있었으므로 배수진의 형태였다. 그러나 행주산성은 그 높이가 불과 120미터밖에 안 되는 낮은 언덕이었으며, 성의 규모가 작고 성벽도 매우 낮은 토성에 불과했다. 때문에 권율이 이끄는 조선군은 토성을 둘러가며 목책(木柵)을 이중으로 치고 적의 공격에 만반의 대비를 했다.

한편 왜군은 총퇴각을 하던 중 벽제관 전투에서 명군을 대파한 후 한양에 머물러 있다가 조선군이 행주산성에 주둔하고 있다는 첩보를 받고는 이들을 공격하여 섬멸하겠다는 계획을 세운다. 그러면서 왜군의 장수들은 지난번에 이치와 독산성에서의 치욕적인 패배를 설욕하겠다며 다짐한다.

1593년(선조 26년) 2월 12일 오전 6시 경, 마침내 왜군이 총 3만여 명의 병력으로 행주산성을 공격하기 시작했다.

이때 왜군의 총대장은 우키타 히데이에(宇喜多秀家)였으며, 제1대장 고니시 유키나가(小西行長)를 비롯하여 제2대장 이시다 미쓰나리(石田三成)와 제5대장 깃카와 히로이에(吉川廣家) 등의 장수가 각기 이끄는 7개의 부대가 번갈아가며 공

동의보감 東醫寶鑑

격해 왔다.

이에 맞선 관군과 의병, 승병은 칼과 창, 화살 같은 일반적인 무기 외에도 화포와 석포(石砲 ; 돌을 날려 보낼 수 있는 대포), 변이중이 만든 화차(火車) 300량과 선조 때 이장손(李長孫)이 발명한 비격진천뢰(飛擊震天雷), 권율의 지시로 만든 수차석포(水車石砲) 등의 다양하고도 특수한 무기들을 가지고 있었다.

목책은 적이 들어오지 못하도록 이중으로 튼튼하게 만들었고, 흙을 높이 쌓아 적의 조총 공격에도 대비했다.

이와 함께 권율은 관군과 의병, 승병들에게 재를 담은 주머니를 각자 허리에 하나씩 차고 있다가 적이 가까이 오거나 육박전이 벌어지면 적의 얼굴을 향해 이 재를 뿌려 눈을 뜨지 못하도록 했다. 그러면서 이번 싸움에 나라의 운명이 걸려 있다는 것을 상기시키며 용기를 북돋았다.

이날 새벽, 먼동이 트기도 전에 왜군의 선봉 100여 기(騎)가 나타나더니 곧이어 대군이 밀려왔다. 제1대장 고니시 유키나가가 선봉에 섰다. 그는 평양성 전투에서 대패한 이후 벽제관 전투에는 참전하지 않았는데, 이번이 설욕할 수 있는 좋은 기회라 여기고 선봉을 자처하고 나섰던 것이다.

왜군이 공격해 오자, 조선군은 일제히 화차의 포를 발사하는 한편 비격진천뢰와 총통(銃筒) 등을 쏘아댔다. 수차석포에서는 돌들이 우박처럼 날아갔고, 궁수들은 수많은 화살을 퍼붓듯이 날렸다. 이에 놀란 왜군의 말들이 날뛰었고, 왜군들은 혼비백산하여 달아났다.

이시다 미쓰나리가 뒤를 이어 제2대를 이끌고 공격했으나 이 역시 실패하고 물러났고, 구로다 나가마사(黑田長政)가 지휘하는 제3대의 공격도 큰 피해만 입은 채 물러났다.

뒤에서 이를 지켜보던 총대장 우키타 히데이에가 크게 노해 선두에 나서자, 왜군 제4대가 그의 뒤를 따랐다. 제4대는 많은 희생자를 내면서도 용감하게 돌진해 1번 목책을 넘어 2번 목책까지 다가갔다.

이에 조선군이 약간 동요했으나, 권율의 독려로 다시 힘을 얻어 화포를 퍼붓고 활을 쏘아대며 적을 공격했다. 그러자 우키타 히데이에는 부상을 입었고, 그가 이끌던 제4대도 급히 뒤돌아서서 후퇴했다. 우키타 히데이에는 이때 중상을 입고 죽을 위기에 몰렸으나, 부하 병졸들이 그를 업고 뛰어 도망치는 바람에 간신히 목숨을 부지할 수 있었다.

제5대장 깃카와 히로이에는 제4대의 뒤를 이어 화통(火筒)을 성책 일부에 집중 발사해 불이 붙게 했으나, 관군은 미리 마련한 물로 꺼버렸다. 이어 관군이 시석(矢石)을 퍼붓자 깃카와 히로이에는 큰 부상을 입은 채 퇴각하지 않을 수 없었다. 그의 부하들 중 160명이 죽었다.

제6대장 모리 히데모토(毛利秀元)와 고바야카와 히데카네(小早川秀包)가 서쪽의 비교적 완만한 비탈면을 올라와 공격했다. 하지만 그곳을 지키고 있던 처영이 이끄는 승병들이 각기 허리에 차고 있던 재를 뿌리자 눈을 뜰 수 없게 된 왜군은 달아나고 말았다.

왜군은 마지막 남은 제7대로 다시 공격을 시작했다. 이때 제7대장이었던 노장(老將) 고바야카와 다카카게(小早川隆景)는 선두에 서서 서북쪽을 뚫고 성안으로 들어왔다. 아주 위급한 상황이었다.

권율이 이끄는 관군과 승병장 처영이 이끄는 승병들은 성안으로 돌진해 들어오는 왜군과 치열한 백병전을 벌였다. 왜군은 원래 백병전에 능했으나 조선군 또한 쉽사리 밀리지 않았다. 이때 권율은 구리 가마솥을 머리에 쓰고 지휘하다가 지친 군사들에게 쓰고 있던 가마솥을 벗어 물을 따라 주었다고 한다.

옆에 있던 관군들은 활을 쏘며 지원하다가 화살이 떨어지자 투석전을 벌였는데, 이때 부녀자들까지 동원되어 관민이 일치단결해 싸웠다.

특히 부녀자들은 긴 치마를 잘라 짧게 만들어 입고 돌을 날라다 관군들에게 줌으로써 적에게 큰 피해를 입혔는데, 여기서 훗날 「행주치마」 라는 말이 생겨났다고 한다.

또한 이 싸움에서는 우리나라의 전쟁 역사상 처음으로 「재주머니 던지기」라는 전법이 쓰였던 것으로 기록되었다.

그러나 포탄과 화살 등 성안의 무기가 떨어진 것을 눈치 챈 왜군이 기세를 올리며 다시 공격해 왔다. 그런데 이때 마침 경기수사(京畿水使) 이빈(李薲)이 화살 수만 개를 실은 배 두 척을 몰고 한강을 거슬러 올라오며 적의 후방을 칠 기세를 보였다.

게다가 이때 마침 양천으로 가는 수십 척의 전라도 조운선(漕運船)이 지나갔는데, 이를 본 왜군은 그 막강하다는 조선 수군이 원군으로 오는 것으로 착각했다. 이에 당황한 왜군은 성안에서 물러나기 시작했다. 그러자 성안에 있던 관군이 재빨리 왜군을 추격하여 130여 명을 죽였다. 왜군이 버리고 간 많은 물자도 노획했다.

치열하게 계속되던 전투가 끝나자 포성은 멈추었고 관군과 의병, 승병, 그리고 성안에서 함께 싸웠던 백성들은 감격의 눈물을 흘리며 환호했다. 이들의 눈앞에는 왜군의 시체가 가득했다. 그러나 이 전투에서 죽은 조선인들의 시신도 적지 않았다.

결국 왜군은 온종일 공격 끝에 1만 명에 가까운 전사자를 내고 패퇴했으며, 조선군은 3만여 명의 대군으로 공격해 온 왜군의 7차례 공격을 모두 물리치고 빛나는 승리를 거두었는

데, 이것이 바로 임진왜란 3대첩의 하나인 행주대첩(幸州大
捷)이다.

이 전투가 끝난 후 조선군은 주위에 널려 있던 왜군의 시
체들을 모아 찢어버린 후 나뭇가지에 걸어놓았다. 그동안 쌓
였던 울분과 적개심이 폭발했던 것이다. 권율은 이 행주산성
전투에서 대승한 공로로 그 후 김명원의 뒤를 이어 도원수(都
元帥)가 된다.

임금이 버리고 간 도성, 백성들이 되찾다

행주산성 전투가 끝난 이튿날 아침, 권율은 모든 군사들을
이끌고 급히 파주산성(坡州山城)으로 철군한다. 행주산성 전
투에서 크게 패한 왜군이 복수하기 위해 병력을 증강하여 반
드시 다시 오리라고 판단했기 때문이다.

삼국시대 때에 축조된 이 파주산성이 행주산성에 비해 방
어하기에 유리하다는 것도 고려되었다. 더욱이 파주산성에서
는 배후에 있는 조·명 연합군의 지원을 받을 수도 있고, 한
양 탈환에 소극적인 명군을 압박하는 의미도 있었다.

왜군이 다시 행주산성을 공격할 것이라는 권율의 판단은
적중했다. 그의 예상대로 왜군은 병력을 증강하여 행주산성
으로 다시 몰려들었다. 그러나 이들이 도착했을 때 행주산성

은 텅 비어 있었으며, 왜군은 완전히 허탕을 치고 돌아갈 수밖에 없었다.

왜군은 권율이 이끄는 조선군이 주둔하고 있는 파주산성을 공격할 계획을 세웠다. 그러나 행주산성 전투에서의 대패로 인해 왜군의 사기는 크게 떨어져 있었으며, 병력 손실도 많았던 터에 다시 파주산성을 공격했다가 패하기라도 하면 위태로운 상황이 될 것이라는 판단 하에 왜군은 파주산성을 공격하지 못했다.

대신 이들은 함경도와 강원도 등지에서 철수한 왜군들과 합세하여 남산 일대에 성을 쌓고 한강 주변에도 방어시설을 구축하는 등 한양 수비를 더욱 강화했다. 여러모로 불리한 상황이었지만, 빼앗은 조선의 왕도(王都)를 쉽게 내줄 수는 없었던 것이다.

조·명 연합군 역시 도성 한양을 속히 수복해야 한다는 생각은 갖고 있었으나 선뜻 공격에 나서지 못한 채 망설이고 있었다. 섣불리 공격했다가 지난번 벽제관 전투 때처럼 자칫 왜군에 패하기라도 하면 큰일 아닌가.

특히 벽제관 전투에서 대패하여 죽을 고비까지 넘겼던 이여송은 왜군이 만만치 않음을 간파하고 전투보다는 일본과의 화의(和議 ; 휴전하고 평화협정을 맺자는 의논)를 모색하고 있었다. 때문에 그는 평양성에 칩거한 채 쉽사리 움직이려 하지 않았다.

이런 가운데 왜군은 날이 갈수록 한양에서 버티기가 어려워졌다. 조선의 관군과 의병, 승병들의 끊임없는 공격과 기습으로 인해 개전 당시의 병력 가운데 절반 가까이 죽어 병력이 많이 모자랐을 뿐만 아니라, 조총과 활, 화살, 화포 등 전쟁에 필요한 무기와 물자, 군량 등이 부족했기 때문이다.

더욱이 이순신(李舜臣)이 이끄는 조선의 수군이 서해와 남해를 완전히 장악하는 바람에 바닷길이 막혀서 수로(水路)로는 무기와 물자, 군량 등을 더 이상 보급 받을 수 없어 육로로 힘겹게 보급을 받고 있는 실정 아닌가. 그런데 그것마저도 수송 도중 조선의 관군과 의병, 승병, 심지어는 조선 백성들의 공격을 받아 빼앗기기 일쑤였다.

결국 왜군의 총대장 우키다 히데이에는 일본에 있는 도요토미 히데요시(豊臣秀吉)에게 이 같은 절박한 상황을 보고하여 한양에서의 철수를 건의했고, 도요토미 히데요시는 이를 승낙했다.

그러나 도요토미 히데요시는 우키타 히데이에에게 이런 명령을 내린다.

"철수를 하더라도 명(明)과 협상을 벌여 안전한 퇴로를 보장 받으라!"

도요토미 히데요시로부터 이 같은 명령을 받은 우키타 히데이에는 명나라와 본격적인 협상을 벌인다. 왜군과의 전투를 꺼려하고 있던 이여송도 왜군과의 강화회담에 적극적으로 나섰다. 권율 등 조선군의 장수들은 왜군을 섬멸하고 싶었으나 명군이 조·명 연합군의 지휘권을 가지고 있어 어쩔 수 없었다.

1593년(선조 26년) 4월 18일, 한양에 있던 왜군은 마침내 포로로 잡은 조선의 두 왕자를 인질로 삼아 한양을 떠나기 시작했다. 이때 조선군은 퇴각하는 왜군을 공격하자고 했으나 명군은 반대했다.

파주산성에 주둔하고 있던 권율은 퇴각하는 왜군을 공격하기 위해 4월 20일 서둘러 한양으로 진격했다. 그러나 이들 조선군이 한양에 도착해 보니, 왜군은 이미 한양을 다 떠나고 없었다.

이로써 조선의 도성 한양은 왜군에게 점령된 지 약 12개월 만에 무혈(無血) 수복되었다. 무능한 군주 선조와 조선 조정이 너무도 쉽게 내주었던 도성 한양을 관군과 의병, 승병들의 목숨을 건 혈투와 명군의 도움으로 되찾게 되었던 것이다.

그러나 관군과 의병, 승병들은 한양에 입성하는 순간, 눈앞에 펼쳐진 처참한 광경에 치를 떨었다. 도성에 남아 있는 것

동의보감 東醫寶鑑

이라고는 왜군들에 의해 처참하게 학살된 백성들의 시신들뿐 아닌가.

도체찰사로서 조선군 및 명군과 함께 입성한 유성룡은 왜군들에게 마구 도륙당하여 처참하게 훼손된 백성들의 참혹한 시신들을 보고는 오열했다.

나는 조선의 중책을 맡은 신료였으면서도 나라를 지키고 백성들을 책임지지 못한 채 도성을 왜적의 손에 넘겨주고 도망친 비겁자, 피난가지 못한 채 도성에 남아 있던 수많은 백성들을 굶주리게 하고 고통 속에서 피 흘리며 죽게 한 죄인이 아닌가.

이런 생각에 유성룡은 통한의 피눈물을 흘리며 자책했다. 훗날 유성룡은 그의 《징비록(懲毖錄)》에서 도성 한양에 입성하던 이 날(1593년. 선조 26년 4월 20일)에 보았던 참상을 다음과 같이 기록하고 있다.

『성 안에 남아 있는 백성들을 보니, 백 명에 한 명 꼴로도 살아남아 있지 않았고, 살아있는 사람도 모두 굶주리고, 야위고, 병들고 피곤하여 얼굴색이 귀신과도 같았다. 이때는 날씨가 몹시 무더웠는데, 죽은 사람과 죽은 말이 곳곳에 드러난 채 있어 썩는 냄새가 성안에 가득 차서 길에 다니는 사람들이 코를 막고서야 지나갈 형편이었다.

관청과 여염집 할 것 없이 다 없어져 버리고, 오직 숭례문(崇禮門)에서부터 동쪽으로 남산 밑 일대에 왜적들이 거처하던 것들만 조금 남아 있었다.

종묘(宗廟)와 세 대궐 및 종루(鐘樓), 각사(各司), 관학(館學) 등 큰 거리 이쪽에 있는 것들은 모두 다 타서 없어지고 오직 재만 남아 있을 따름이었다. ……나는 먼저 종묘를 찾아가서 통곡하였다. 다음으로 제독이 거처하는 곳에 이르러 문안하려고 온 여러 사람을 보고 한참 동안이나 소리치며 통곡하였다.』

그야말로 1392년, 태조(太祖) 이성계(李成桂)에 의해 건국된 조선이 1394년(태조 3년)에 도읍을 한양으로 옮긴 이후 이제 200년이 된 이때 한양의 그 영화롭던 모습은 불과 1년 만에 온데간데없이 사라져 버리고 만 것이었다.

남은 것이라고는 오직 불에 타고, 찢기고, 부서지고, 무너져 내린 거대한 폐허 속에서 사방에 널려 있는 참혹한 모습의 시신들과 통곡하며 몸부림치는 불쌍한 백성들의 처절한 모습뿐이었다.

이렇듯 1년 만에 다시 찾은 도성 한양은 참혹하기 이를 데 없었으나, 그래도 이렇게 조선의 수도(首都)인 한양을 다시 찾은 것은 실로 다행스러운 일이 아닐 수 없었다. 또 이렇게 되기까지에는 물론 명나라의 도움도 컸던 게 사실이지만, 왜군에게 빼앗긴 나라를 되찾겠다는 구국(救國)의 일념(一念)으로 목숨 바쳐 싸운 수많은 조선의 관군과 의병, 승병, 그리고 백성들의 공이 컸다.

아울러 이들의 활약과 값진 희생은 왜군들로 하여금 전쟁을 포기하고 대신 강화교섭에 나서도록 만드는 데도 큰 역할을 했다.

사실 왜군은 조선의 수군 명장(名將)인 전라좌수사(全羅左水使) 이순신에 의해 서해와 남해의 제해권을 완전히 빼앗기고, 평양성 전투와 행주산성 전투에서 또 다시 대패한 이후 더 이상의 전쟁수행이 어렵다고 판단했다. 그래서 한양을 포기하고 멀리 남해안 쪽으로 물러나 부산과 울산, 순천, 김해 등지에 성을 쌓고 전쟁에 대비하는 한편 명나라와의 강화교섭을 벌이지 않을 수 없었다.

특히 이순신이 이끄는 조선 수군의 연이은 승첩은 임진왜란 초기에 궤멸되었던 조선의 관군이 다시 일어설 수 있는 데 큰 역할을 했을 뿐만 아니라, 전쟁의 흐름을 뒤집는 데 결정적인 기여를 했다.

또한 전국 각지에서 자발적으로 일어나 왜군과 맞서 싸웠던 의병과 승병들도 많았는데, 이들 가운데 대표적인 의병장과 승병장(僧兵將)을 살펴보면, 우선 경상도 지역의 의병장으로는 곽재우(郭再祐, 1552~1617)를 비롯하여 정인홍(鄭仁弘)과 김면(金沔), 권응수(權應銖) 등이 있었다.

전라도 지역에서는 김천일(金千鎰)과 고경명(高敬命), 충청도 지역에서는 조헌(趙憲), 함경도 지역에서는 정문부(鄭文孚), 황해도 지역에서는 이정암(李廷馣), 평안도 지역에서는 조호익(曺好益)과 양덕록(楊德祿), 경기도 지역에서는 심대(沈岱)와 홍계남(洪季男) 등의 의병장들이 있었다.

승병장으로는 서산대사(西山大師, 휴정休靜)를 비롯하여 사명대사(四溟大師, 유정惟政)와 영규대사(靈圭大師) 등이 있었으며, 이들은 각지에서 승병들을 이끌고 나와 왜군을 무찌르는 데 앞장섰다.

사랑하는 조국과 대대로 살아온 고향 땅이 왜군에 의해 마구 유린당하자, 향토와 백성들을 스스로 지키겠다는 각오로 일어나 의병들을 이끌었던 이들 의병장들 중에는 유교적인 충의(忠義) 정신이 강한 선비 계층이 특히 많았다.

1593년(선조 26년) 당시 전국의 의병 수는 관군의 약 4분의 1 정도인 2만 3천여 명이었는데, 이들 가운데 일부는 후에 조선 관군에 편입되어 관군 신분으로 왜군과 싸웠다.

조선이 임진왜란을 극복하고 도성 한양을 되찾을 수 있었던 데는 전쟁이 나자 급히 세자로 책봉되었다가 선조의 명에 따라 갑작스럽게 분조(分朝 ; 임진왜란 때 임시로 세운 조정)를 맡았던 광해군(光海君, 1575~1641)의 활약도 컸다.

선조는 왜군에게 쫓겨 몽진하다가 평안도 가산(嘉山 ; 박천의 옛 이름)에 이르렀을 때, 만일의 경우 한쪽이 잘못되더라도 다른 한쪽이라도 살아남아서 왕권과 종묘사직을 이을 수 있도록 하자며 광해군에게 분조를 맡기고 자신은 의주를 거쳐 요동으로 도주할 생각을 했었다.

그런데 이때 마지못해 분조를 맡은 광해군은 평안도와 함경도, 강원도 등지를 부지런히 돌며 민심을 잘 수습했던 것은 물론이고, 멀리 경상도나 전라도 등지까지 내려가 군량을 모으고 전쟁에 필요한 각종 무기와 물자들을 조달하는 등 상당한 공로를 세웠던 것이다.

한양을 수복한 후에도 광해군은 무군사(撫軍司)의 업무를 맡아 수도방위에도 힘썼다. 뿐만 아니라 훗날 명나라와 일본의 협상이 결렬되면서 1597년 8월(선조 30년)에 정유재란(丁酉再亂)이 발발하며 왜군이 재차 조선을 침공하자, 광해군은 전라도와 경상도로 내려가 군사들을 독려하고 군량과 무기 조달은 물론 백성들의 안위를 돌보는 등 국가 안위를 위해 많은 노력을 기울였다.

광해군은, 임진왜란 때 함경도로 피난 갔다가 성질이 난폭하여 백성들을 괴롭히다가 회령에서 백성들의 밀고로 왜장

가토 기요마사의 포로가 되었던 임해군(臨海君, 1574~1609)이
나, 역시 성질이 포악하여 사람을 함부로 죽이고 재물을 약탈
하다가 이복형인 임해군과 함께 회령에서 포로가 되었던 순
화군(順和君, 1580~1607) 같은 선조의 다른 아들들과는 사뭇
달랐던 것이다.

폐허가 된 도성(都城)

가을은 깊어가고 추위는 빠르게 다가왔다.

세찬 바람이 불며 낙엽이 우수수 떨어졌다. 떨어진 나뭇잎
들이 몸부림치듯 바람에 휩쓸려 다니며 소리를 냈다. 그 소리
가 마치 비바람 치는 소리 같았다.

1593년(선조 26년) 10월 1일, 도성 한양이 수복된 뒤에도 줄
곧 평양성에서 머무르고 있던 선조가 마침내 일부 신료들과
어의 허준, 이공기 등을 거느리고 뒤늦게 한양성으로 돌아왔
다. 한양이 수복된 날인 1593년 4월 20일로부터 5개월여가 지
난 때였다.

왜군이 남쪽으로 멀리 물러난 이후에도 선조는 만일의 경
우를 생각하여 선뜻 한양으로 돌아가지 않고 여전히 평양성
에 머무르며 왜군의 동태를 살피며 주저하다가 어쩔 수 없이
도성으로 돌아온 것이다.

늦은 봄비가 추적추적 내리던 지난 해 4월 30일, 선조가 미명(未明)을 틈타 한양을 떠나 몽진(蒙塵) 길에 올랐던 날로부터 따진다면 무려 1년 5개월여 만에 다시 한양에 돌아온 셈이었다.

선조와 일부 신료들, 그리고 허준과 이공기 등이 다시 한양으로 돌아온 이때는 조선군과 명군이 도성 한양을 수복하고 난 직후의 극도로 처참했던 모습에 비하면 그래도 상당히 나아진 모습이었다. 그러나 도성 한양은 여전히 폐허나 다름없는 피폐한 모습이었다.

전쟁과 굶주림에 시달린 백성들은 몹시 지치고 고단한 모습으로 거리 곳곳을 떠돌고 있었으며, 굶주리거나 병들어 죽은 백성들의 시신도 곳곳에 널려 있었다. 악취가 사방에서 진동했다.

악에 받친 듯 여기저기서 악다구니를 써가며 싸우는 사람들의 모습들도 보였고, 거리에 솥을 걸어놓고 주워 온 나뭇조각으로 불을 때며 무언가를 끓이는 사람들의 모습도 눈에 띄었다.

깡마르고 핏기 없는 모습으로 다 떨어진 누더기를 걸친 채 거리에 앉아 추위에 떨며 구걸하는 여인들과 어린아이들도 많았다.

허준은 선조를 따라 한양성으로 들어가는 도중에 길가에

쓰러져 있는 한 젊은 여인의 시신 위에 엎드려 젖을 빨고 있는 어린 아기를 발견했다.

이미 어머니는 죽어 꿈쩍도 하지 않고 있는데, 어린 아기는 어머니의 젖꼭지에서 입을 떼지 못하고 계속 빨고 있는 모습이 너무도 가여워 허준은 떨어지지 않는 발걸음을 억지로 옮겨놓으며 소리 없이 울었다. 그의 눈에서 흘러내린 눈물이 옷깃을 적셨다.

몽진을 떠날 때까지만 해도 그 웅장함과 화려함을 잃지 않았던 도성의 궁궐들은 하나같이 모두 불에 타버린 채 검고 흉측한 모습으로 변해 있었고, 도성 안팎은 문자 그대로 쑥대밭이었다.

조선 왕조의 법궁(法宮, 임금이 거처하는 궁궐)이며 조선의 중심이자 으뜸 궁궐인 경복궁(景福宮), 조선 임금의 권위를 상징하는 건물로서 예로부터 격조 높고 품위 있는 모습을 자랑해 왔던 이 경복궁마저 불에 타 무너져 내린 채 폐허가 되어 있었다.

그토록 위풍당당했던 경복궁이 불에 타 잿더미로 변하고 조선 왕권은 밑바닥으로 추락해 버린 것이다.

경복궁의 정문으로서 장려한 외관을 지닌 관문(關門)이었던 광화문(光化門) 또한 소실(燒失)되었다. 광화문 앞 동쪽에 있었던 의정부(議政府)와 이조(吏曹), 한성부(漢城府), 호조

(戸曹), 그리고 서쪽에 있었던 예조(禮曹)와 중추부(中樞府), 사헌부(司憲府), 병조(兵曹), 형조(刑曹), 공조(工曹) 등의 관아(官衙)들도 대부분 불에 타거나 파괴되어 보기 흉한 잔해더미로 변해 있었다.

경복궁에 이어 두 번째로 지어졌으며, 인위적으로 꾸미지 않고 주어진 자연환경과 조화를 이루어 아름다움을 뽐내던 창덕궁(昌德宮)과 창덕궁의 정문인 돈화문(敦化門), 그리고 서쪽으로는 창덕궁과 붙어 있고 남쪽으로는 종묘(宗廟)와 통하는 곳에 위치해 있던 창경궁(昌慶宮)도 소실되었다.

조선시대 역대의 왕과 왕비 및 추존(追尊)된 왕과 왕비의 신주(神主)를 모신 왕가의 사당(祀堂)이었던 종묘마저도 불에 타버렸다.

이처럼 조선 왕조의 중심 궁궐인 경복궁은 물론 전쟁이나 큰 재난이 일어나 공식 궁궐인 경복궁을 사용할 수 없을 때를 대비하여 지은 궁궐이었던 창덕궁을 비롯해 모든 궁들이 불에 타고 파괴되었으니, 조선의 군주 선조가 머무를 만한 궁(宮)이 없었다. 실로 난감한 상황이었다.

이에 신료들은 선조가 거처할 곳을 물색하다가 찾아낸 곳이 바로 조선조 9대 임금인 성종(成宗)의 형 월산대군(月山大君)의 집이었다. 궁궐이 모두 불에 타버리고 없던 터에 월산대군의 집이 그래도 적합하다고 여겨 선조가 임시로 거처할 행궁(行宮)으로 삼게 되었다.

흔히 월산대군의 집을 행궁으로 삼았다고 하면 월산대군이 현재 살고 있는 집을 그렇게 한 것으로 이해하기 쉬우나, 월산대군은 성종 19년(1488년)에 이미 세상을 떠나고 없었으며, 이때는 월산대군의 증손인 양천도정(陽川道正)이 살고 있었다.

그러나 이 집을 궁으로 사용하기에는 너무 좁았다. 그래서 궁여지책(窮餘之策)으로 인근에 있던 성종의 셋째아들 계성군(桂城君) 순(恂)의 양자이며 장경왕후(章敬王后)의 아버지 윤여필(尹汝弼)의 외손인 계림군(桂林君)과 선조 때에 예조참판과 병조판서를 지냈으나 이때는 세상을 떠나고 없는 청양군(靑陽君) 심의겸(沈義謙, 1535~1587)의 집 또한 궁으로 포함시켰다.

선조는 1593년 10월(선조 26년)인 이때 이곳을 행궁으로 상은 뒤 1608년 2월(선조 41년) 죽을 때까지 이곳에서 정무(政務)를 보았다. 그러나 선조는 끝내 이 비좁은 행궁에서 창덕궁으로 환어하지 못한 채 승하하고 말았다.

훗날 선조의 뒤를 이어 왕위에 오른 광해군도 이곳 서청(西廳, 지금의 즉조당)에서 즉위하여 머물렀다. 그러면서 행궁을 넓혀 지금의 정동 1번지 일대를 대부분 궁궐의 경내로 만들고 종묘를 중건했다.

그러다가 광해군은 1611년(광해군 3년) 10년, 창덕궁을 보수하여 거처를 창덕궁으로 옮긴 후 이 행궁을 경운궁(慶運宮)이라 하였다.

그러나 광해군은 창덕궁에서 약 2개월간 살다가 다시 경운궁으로 거처를 옮겼고, 1615년(광해군 7년) 4월에 다시 창덕궁으로 거처를 옮겼다.

그 후 1618년(광해군 10년), 광해군은 선조의 왕비인 인목대비(仁穆大妃)를 폐위한 뒤에 경운궁에 유폐(幽閉)했는데, 이후로 광해군은 이 경운궁을 가리켜 서궁(西宮)으로 낮추어 부르도록 했다.

경운궁은 훗날(1907년) 조선조 제26대 임금인 고종(高宗, 1852~1919)이 일제의 강요와 일부 친일 정객(政客)들의 매국 행위로 왕위를 물러나며 그 자리를 순종(純宗, 1874~1926)에게 양위한 뒤 이곳에 살면서 그 궁호를 덕수궁(德壽宮)으로 바꾸었다.

허준은 선조를 따라 한양을 떠나기 전까지 자신이 오랫동안 일했던 창덕궁의 약방(藥房)에 가보았다. 창덕궁의 약방은 조선시대 때 왕실에 필요한 약의 조제와 왕실 사람들의 치료를 위해 두었던 관청으로서 내의원(內醫院), 내국(內局), 내약방(內藥房), 약원(藥院)이라고도 했는데, 의관 특히 어의로서의 그의 삶의 흔적이 진하게 배어 있던 이곳도 창덕궁과 함께 불에 타버리고 잿더미만 남아 있었다.

허준을 내의원에 천거한 미암(眉巖) 유희춘(柳希春)

허준이 창덕궁의 이 약방, 즉 내의원에 처음 들어온 것은 빨라야 1569년(선조 2년) 윤 6월 3일 이후로 추정된다. 그 이유는, 허준과 친분이 아주 두터웠던 조선 중기의 문신 미암(眉巖) 유희춘(柳希春, 1513~1577)이 그의 《미암일기(眉巖日記)》에서 『1569년(선조 2년) 윤 6월 3일, 허준을 위하여 이조판서 홍담(洪曇, 1509~1576)에게 편지를 보냈다. 내의원에 천거해 준 것이다.』라며 자신이 이때 이조판서 홍담에게 편지를 보내어 허준을 내의원에 천거해 주도록 부탁했음을 밝히고 있고, 이에 홍담이 유희춘의 추천을 받아들여 허준을 천거하여 내의원에 들어갈 수 있도록 해준 것으로 보이기 때문이다.

그런데 그 이후의 기록들을 보면, 내의원에 들어간 허준은 얼마 후 지금의 보건복지부의 서기관(과장급)이나 이사관(국장급)에 해당하는 종4품 첨정(僉正)이란 벼슬을 받게 되며, 이후 허준은 1571년(선조 4년)부터 종4품 내의원 첨정을 시작으로 평생 의관(醫官)으로 살게 된다.

당시 조선에서는 내의원을 비롯하여 전의감(典醫監)과 혜

동의보감 東醫寶鑑

민국(惠民局) 등의 의료기관에서 근무할 의원은 과거시험 가운데 잡과(雜科) 시험을 통해 선발했는데, 의과의 시험과목은 모두 11과목이었다.

그리고 이 잡과에서 합격한 합격자들 가운데서 1등을 한 합격자, 즉 장원급제(壯元及第)를 한 사람에게는 종8품의 관직이 주어졌으며, 2등은 정9품, 3등은 종9품의 차별화된 관직이 주어졌다.

이런 점에서 볼 때 당시 33살의 젊은이였던 허준이 이런 잡과의 의과시험을 보지 않고서도 당시 창덕궁 안에 있던 당대 최고의 왕실 의료기관인 내의원에 곧바로 들어간 것도 그렇고, 또 내의원에 들어가자마자 종4품 첨정이라는 높을 벼슬부터 시작했다는 것은 실로 파격적인 대우를 받은 것이라고 하지 않을 수 없다.

그러나 이것은 인맥(人脈)의 추천에 의한 단순한 특혜가 아니라 허준의 의술이 워낙 뛰어났을 뿐만 아니라, 이와 함께 그의 해박한 학식과 경륜, 인품을 인정받았기 때문이다.

특히 허준은 기술직인 의술을 다루는 의원이면서도 의학 분야는 말할 것도 없고 인문과 철학, 경서(經書) 등 여러 분야에 걸쳐 학식과 문장이 뛰어났는데, 이것 또한 그의 커다란 장점이었다.

허준이 훗날 당대의 거의 모든 의서(醫書)들을 도맡아 편찬하게 된 배경에도 그가 이처럼 다양한 분야에 걸쳐 해박한 지식과 뛰어난 문장 능력 등을 갖추고 있었기 때문이 아니겠는가.

허준이 내의원에 처음 들어갔을 때 내의원에는 정1품인 도제조(都提調)와 정2품인 제조(提調)가 각각 1명씩 있었다. 그러나 도제조는 실질적인 어의라기보다는 행정자문 등의 역할을 맡고 있는 관료였다.

또한 내의원의 부제조 이하의 의관은 흔히 내의(內醫)라 했으며, 종4품인 첨정(僉正)과 종5품인 판관(判官), 종6품인 주부(主簿)가 각각 1명씩 있었고, 종7품인 직장(直長) 3명, 종8품인 봉사(奉事) 2명, 정9품인 부봉사(副奉事) 2명, 종9품인 참봉(參奉) 1명이 있었다.

이밖에 남녀유별의 유교 규범이 엄격하던 때라서 궁중 여인들만을 진료하던 의녀(醫女)들이 따로 있었고, 임금 곁에서 늘 임금의 시중을 들며 임금의 행동이나 건강상태 등을 살피며 잡무를 담당하던 내시(內侍)들도 있었으며, 내의원에서 여러 가지 궂은 잡일을 하던 아전(衙前) 격인 서리(書吏)도 4명 있었다.

의녀 제도는 조선 태종 6년(1406년)에 처음 생겼는데, 양반층의 부녀자들이 병이 나더라도 남자 의원에게 진료를 받는 것을 부끄러워하여 진료와 치료를 받지 못한 채 죽는 경우가 종종 있었기 때문에 생겨났다.

그런데 《양천허씨세보(陽川許氏世譜)》에는 허준이 1574년(선조 7년) 의과에 급제했던 것으로 기록되어 있다. 즉 「양천 허씨」 족보에 의하면, 허준이 추천에 의해서가 아니라, 정식으로 의과시험을 보고 급제하여 내의원에 들어갔다는 것이다.

허준을 그린 소설과 드라마 등에서도 흔히 허준이 1574년에 의과에 급제하였다고 묘사하고 있다.

그러나 1891년(고종 28년) 간행된 조선조 의과 급제생들의 방명록으로서 1498년(연산군 4년)부터 1891년(고종 28년)에 이르기까지 158회의 의과시험에서 급제한 사람들의 이름과 자, 생년, 관명, 가계 및 본관이 상세하게 기록되어 있는 《의과방목(醫科榜目)》에는 이상하게도 허준의 이름이 들어있지 않다.

혹 실수로 허준의 이름이 빠졌던 걸까?

그러나 조선조 선조 때의 뛰어난 어의(御醫)이자 저 유명한 《동의보감(東醫寶鑑)》을 지은 허준의 이름이 이런 곳에서 실수로 빠졌을 리는 없지 않겠는가. 오히려 이것은 허준이 의과시험을 통해 정식으로 급제하여 내의원에 들어간 것이 아니라 추천으로 특채되어 내의원 의관이 되었다는 것을 추정하게 해주는 반증(反證)이 된다.

이처럼 허준은 의과시험 급제자들의 명단 기록에는 분명히 그 이름이 빠져 있으나, 대신 1571년(선조 4년)에 종4품 내의원 첨정을 지냈다는 기록과 함께 1573년(선조 6년)에는 정3품 통훈대부 내의원정(內醫院正 ; 내의정內醫正이라고도 하며, 정3품 당하관의 벼슬)에 올랐다는 기록이 있는 것을 보면, 허준은 비록 의과시험에는 급제하지 못했거나 혹은 어떤 이유에서 본인 스스로 의과시험에 응시하지는 않았으나, 뛰어난 의술과 풍부한 의술 경험이나 임상 경험, 여러 분야에 걸친 해박한 학식과 경륜, 인품 등을 인정받아 의과시험에 장원급제한 급제자보다도 오히려 더 높은 벼슬에 임명된 것으로 추정할 수 있다.

그렇다면 허준의 의술과 의술 경험, 학식, 경륜, 인품 등을 높이 평가해서 내의원에 천거했던 이 유희춘이란 인물은 누구인가?

유희춘은 조선조 중기의 문신으로서 본관은 선산(善山)이며 1513년(중종 8년) 전라남도 해남에서 아버지 유규린(柳珪麟)과 어머니 송씨(宋氏)의 사이에서 태어났다. 그의 집안은 원래 영남에서 살았는데, 전라도 순천으로 이주했다가 다시 해남으로 옮겨 살게 되었다.

그런데 어렸을 때 그가 살던 집 뒤의 바위가 마치 눈썹 모

동의보감　東醫寶鑑

양이었다고 하며, 그래서 유희춘은 자신의 호를 미암(眉巖)으로 지었다고 한다.

유희춘은 20세 때 김안국(金安國)과 최산두(崔山斗)의 문하에서 수학했으며, 그는 날마다 학문에 정진한 끝에 1537년(중종 32년) 생원시(生員試)에 합격했다. 이어 1538년(중종 33년)에는 별시문과(別試文科)에 병과(丙科)로 급제했다.

그 후 1544년(중종 39년) 사가독서(賜暇讀書 ; 조선시대에 국가의 유능한 인재들을 양성하고 독서에 전념할 수 있도록 젊은 문신들에게 휴가를 주어 학문에 전념하게 한 제도)를 한 다음 수찬(修撰)과 정언(正言) 등의 벼슬을 역임했다.

그러나 유희춘은 을사사화(乙巳士禍 ; 1545년(명종 즉위년)에 윤원형尹元衡의 일파 소윤小尹이 윤임尹任의 일파 대윤大尹을 숙청하면서 사림이 크게 화를 입은 사건) 때 김광준(金光準)과 임백령(林百齡)이 윤임 일파 제거에 협조를 요청했으나 호응하지 않았던 것과 이 을사사화의 여파로 1547년(명종 2년)에 일어난 사화(士禍)로서 윤원형 일파가 대윤 세력을 숙청하기 위해 만들어낸 사건이었던 이른바 「양재역벽서사건(良才驛壁書事件 ; 조선 명종 때의 정치적 옥사獄事로, 당시 외척으로서 정권을 잡고 있던 윤원형 세력이 반대파 인물들을 숙청한 사건이며, 정미사화丁未士禍라고도 한다)에 연루되어 함경도 종성과 제주도에 유배되었다가 다시 함경도 종성으로 유배되었다.

이때 유희춘은 19년간의 긴 유배생활을 하면서 독서와 저술에 몰두했다. 그러면서 유배지 인근에 있던 못 배운 많은 사람들에게 글을 가르치며 교육을 시켰다. 그러다가 1567년 (선조 즉위년), 선조가 즉위하면서 기나긴 유배생활에서 벗어나며 사면되어 다시 벼슬길에 올라 성균관(成均館) 직강(直講) 겸 지제교(知製敎)로 등용되었다.

이어서 그는 대사성과 부제학, 전라도관찰사, 대사헌 등을 거쳐 1575년(선조 8년)에는 이조참판이 되었다. 그러나 그는 이조참판 직에서 스스로 물러나 낙향했다가 1577년(선조 10년) 한양에서 세상을 떠났다. 생전에 그는 선조 임금에게 유학(儒學)의 경서(經書)를 강론하는 경연관(經筵官)을 맡았을 정도로 학문이 출중했는데, 선조는 유희춘을 가리키며 이런 칭찬을 자주 했다.

"내가 공부를 하게 된 것은 유희춘에게 힘입은 바가 크다."

그만큼 유희춘은 경사(經史)에 밝고 성리학(性理學)에 조예가 깊었다. 뿐만 아니라 그는 경사에 능통했던 외조부인 최부(崔溥, 1454~1504)의 가르침과 학통(學統)을 이어받아 이항(李恒)·김인후(金麟厚) 등과 더불어 호남지방의 학풍을 진작시키는 데 큰 역할을 했다. 유희춘은 제자들과 자식들을 가르치면서 이런 말을 자주 했다.

"나는 항상 6가지 절목(節目)을 세워 책을 읽는다.

첫째, 부지런히 책을 읽을 것,

둘째, 읽은 책의 내용을 반드시 기억할 것,

셋째, 책을 읽은 뒤에는 정밀하게 생각할 것,

넷째, 분별을 분명하게 할 것,

다섯째, 읽은 것을 잘 기술할 것,

여섯째, 읽은 것을 충실하게 행동으로 옮길 것이다."

이처럼 경사에 특히 밝고 학문이 깊었던 유희춘은 《미암일기(眉巖日記)》를 비롯해서 《속휘변(續諱辨)》·《주자어류전해(朱子語類箋解))·《시서석의(詩書釋義)》·《헌근록(獻芹錄)》·《역대요록(歷代要錄)》·《강목고이(綱目考異)》·《속몽구(續蒙求)》 등의 많은 저서들을 남겼다.

만년에는 어명으로 《대학언해(大學諺解)》를 완성했으나, 아쉽게도 《논어언해(論語諺解)》는 다 끝내지 못한 채 세상을 떠나고 말았다.

유희춘은 지금까지도 사돈 간인 김인후(金麟厚, 1510~1560)와 함께 16세기 호남지방의 가장 명망 있는 유학자로서 호남을 대표하는 인물로 꼽힌다.

김인후는 조선 중기의 문신으로서 전라도 장성 출신이며,

1540년 문과에 합격하고, 1543년 홍문관 박사 등을 역임한 후 세자였던 인종을 가르치기도 했으나, 을사사화가 일어나자 고향으로 돌아가 성리학 연구와 후학 양성에만 정진했던 인물이다.

《미암일기》에 총 38회 거론된 허준의 이름

유희춘이 쓴 많은 저서들 가운데서도 특히 《미암일기》는 유희춘이 그의 나이 55세가 되던 1567년(선조 즉위년) 10월 1일부터 그가 세상을 떠나던 해인 1577년(선조 10년) 5월 13일까지 약 11년 동안에 걸쳐서 쓴 일기로서, 선조가 즉위하면서 오랜 유배생활에서 한양으로 돌아와 다시 관직생활을 할 때의 기록이다.

그런데 여기에는 그가 경연관으로서 선조 임금 등에게 강론한 내용을 비롯해서 관직을 수행할 때의 여러 가지 보고 겪은 일들, 조선 조정의 동태와 신료들의 발언 내용 들이 상세하게 기록되어 있다.

때문에 《미암일기》는 임진왜란의 발발로 인해 선조 25년(1592년) 이전의 기록이 다 불에 타고 없어지는 바람에 《선조실록(宣祖實錄)》을 다시 쓰게 되었을 때 율곡(栗谷) 이이(李珥, 1536~1584)의 《경연일기(經筵日記)》와 함께 중요한 사료로 쓰였다.

《미암일기》는 원래 14책이었으나 현재는 11책만이 전해지고 있는데, 이 가운데 10책은 유희춘 자신의 일기이고, 나머지 1책은 자신과 그의 부인인 홍주 송씨(洪州宋氏) 송덕봉(宋德峯, 1521~1578)의 시문(詩文)을 모은 부록이다. 덕봉(德峯)은 이름이 아니라 유희춘 부인의 호(號)이다. 당시 양반 가문의 여성은 이름이 알려진 경우가 거의 없고 성씨로만 불리는 것이 일반적이었으나 유희춘의 부인은 이처럼 성씨 대신 호로 불렸던 것이다.

유희춘의 부인 송덕봉은 섬세하면서도 우아하고 고상한 멋을 풍기는 한시(漢詩)를 많이 썼던 여류시인으로 유명하며, 전라도 담양에서 태어났다. 그녀의 집안은 학문과 시문(詩文)에 능한 지방의 명문가로서 그녀 또한 어려서부터 이러한 분위기 속에서 공부하며 자랐다.

그러다가 16세 때인 1536년(중종 31년) 12월 11일, 해남 출신으로 호남의 다섯 현인(賢人)으로 꼽히던 유희춘과 혼례를 올렸다. 이때 유희춘의 나이는 스물넷이었고, 송덕봉은 열여섯이었다.

혼인을 한 후에 유희춘은 어린 아내와 함께 지내지 않고 해남에 있는 자신의 집에서 지냈으며, 부인 송덕봉은 친정인 담양에서 지냈다. 그러다가 혼인한 지 2년 후, 유희춘은 스물여

섯 나이에 문과에 급제하면서 한양으로 올라와 벼슬살이를
시작했다.

그러나 유희춘이 을사사화와 「양재역 벽서사건(정미사
화)」에 연루되어 함경도 종성(鍾城)과 제주도 등지로 19번
동안이나 유배생활을 하는 바람에 이들 부부가 함께 산 시간
은 얼마 되지 않았다.

더욱이 유희춘이 오랜 유배생활에서 풀려난 후에도 유희춘
은 다시 벼슬길에 올라 한양으로 가는 바람에 여전히 함께 살
지 못했다. 유희춘은 한양에서, 그리고 송덕봉은 담양에 있는
친정에서 자녀들을 키우며 따로 살았던 것이다.

때문에 이들 부부는 서로 많은 편지를 주고받으며 이별의
아픔, 함께 살지 못하는 슬픔을 달랬다. 《미암일기》 곳곳에
이들 부부가 서로를 그리워하며 함께 살기를 바라는 염원이
가득한 것도 오랜 결혼생활에도 불구하고 함께 지낸 기간이
너무도 짧았기 때문이다.

《미암일기》에는 유희춘이 부인 송덕봉과 오랫동안 떨어
져 살며 주고받은 편지의 내용도 많이 실려 있는데, 부부 간
의 사랑과 그리움 및 서로의 건강을 염려하는 마음, 아내에
대한 미안함과 애틋한 마음 들이 섬세한 필치로 잘 묘사되어
있다.

조선시대 여성들의 경우 남성들에 비해 상대적으로 부각되

동의보감 東醫寶鑑

는 인물들이 그리 많지 않다. 그것은 강한 유교문화의 영향 아래 있었고, 학문이나 활동 영역 등에서 남성 위주의 사회였기 때문이기도 하다.

그런 가운데 신사임당(申師任堂, 1504~1551), 허난설헌(許蘭雪軒, 1563~1589), 이매창(李梅窓, 1573~1610), 황진이(黃眞伊, 1520~1560) 등은 지덕을 겸비한 탁월한 여성으로 익히 알고 있다. 이에 결코 뒤지지 않은 매력을 지닌 여성이 바로 담양의 송덕봉이다.

송덕봉의 휘는 종개(鍾介), 자는 성중(成仲)이며, 호는 덕봉(德峰)이다. 여성으로서는 흔치 않게 휘·자·호를 모두 가진 인물이다. 송덕봉은 경사(經史)와 시문에 뛰어난 여성문인으로 《덕봉집(德峰集)》이라는 시문집을 남겼다.

여기에는 흔히 유교라고 일컬어지는 성리학적 관점에서 사대부가의 사회적 가치, 부부간의 도리, 가족애 등이 담긴 그녀의 한시 25수가 담겨 있다. 특히 남편 유희춘과 주고받은 편지는 참으로 흥미진진하다.

어느 날, 유희춘이 여자로서 콧대가 센 아내 덕봉에게 이르기를,

『부인이 문 밖에 나감에 코가 먼저 나가더라(婦人出戶鼻先出).』라고 빗대어 놀리자,

이에 덕봉은,

『남편이 길을 다니매 갓 끈이 땅을 쓸더라(夫君行路櫻掃
地).』라며 유난히 키가 작은 미암에게 응수했다.

이 짧은 문장에서 조선시대에 주고받았던 내용이라고는 상
상하기 힘든 여유와 해학이 넘친다.

또 봄꽃이 흐드러지게 핀 어느 날, 미암은 정원에 핀 꽃을
감상하다가 시(詩) 한 수 적어 아내 덕봉에게 슬며시 건넸다.
시(詩)는,

「지극한 즐거움을 아내 성중(송덕봉)에게(至樂吟示成仲)」
라는 제목이다.

뜰의 꽃 흐드러져도 보고 싶지 않고,
음악 소리 쟁쟁 울려도 아무 관심 없네.
좋은 술 어여쁜 자태에도 흥미가 없으니,
참으로 맛있는 것은 책 속에 있다네.

園花爛漫不須觀　絲竹鏗鏘也等閑
好酒姸姿無興味　眞腴惟在簡編間

원화난만불수관　사죽갱장야등한
호주연자무흥미　진유유재간편간

동의보감　東醫寶鑑

자신은 오로지 학문에만 정진하며 다른 곳에는 한눈팔지 않고 있음을 은근히 과시하는 시구(詩句)였다.

그것을 읽고 난 아내 덕봉은 미암이 지은 시의 운율을 그대로 빌려서 화답한다.

봄바람 아름다운 경치는 예전부터 보던 것이요,
달 아래 거문고 타는 것도 한 가지 한가로움이지요.
술 또한 근심을 잊게 하여 마음을 호탕하게 하는데,
그대는 어찌하여 유독 책에만 빠져 있단 말이오.

春風佳景古來觀　月下彈琴亦一閑
酒又忘憂情浩浩　君何偏癖簡編間

춘풍가경고래관　월하탄금역일한
주우망우정호호　군하편벽간편간

오히려 남편보다 더 호방하고 유머러스하게 남편의 고지식한 면을 꼬집었다.

유희춘이 을사사화와 「양재역 벽서사건(정미사화)」에 연루되어 함경도 종성(鍾城)과 제주도 등지로 19번 동안이나 유배생활을 하는 바람에 이들 부부가 함께 산 시간은 얼마 되지 않았다. 송덕봉은 함경도 종성에 유배된 남편 유희춘을 만나러 가는 길에 마천령을 지나다 「마천령 위에서(磨天嶺上

吟)」라는 시를 짓는다.

가고 또 가서 드디어 마천령에 이르니
동해는 가없어 거울처럼 고르네.
아낙네는 무슨 일로 만 리길을 왔나
삼종의 의리는 무겁고 이 한 몸은 가벼워서라네.

行行逐至磨天嶺 東海無涯鏡面平
萬里婦人何事到 三從義重一身輕

행행수지마천령 동해무애경면평
만리부인하사도 삼종의중일신경

이 밖에 《미암일기》에는 유희춘이 첩(妾)과의 사이에서 태어난 딸들을 좀 더 좋은 집안에 혼인시키기 위해 근심하며 애쓰는 아버지로서의 심경과 안타까움, 부성애(父性愛) 등이 진솔하게 쓰여 있으며, 가족들이 꾼 꿈을 매일같이 기록하고는 그것이 길몽(吉夢)인지 흉몽(凶夢)인지 따져보며 가족을 걱정하는 내용의 글들도 있다.

심지어는 주변 사람들이 무언가를 부탁하기 위해 자신에게 가져온 생선과 젓갈의 종류 등과 집에서 부리는 게으른 노비를 체벌한 내용 등까지도 꼼꼼하게 기록해 놓고 있다.

이런 점에서 《미암일기》는 단순한 일기가 아니라, 당시

동의보감 東醫寶鑑

의 역사와 정치, 관료들의 삶의 모습과 각 관서(官署)의 기능 및 역할, 가족관계, 사회와 문화풍속, 부부관계 등을 두루 살필 수 있는 좋은 자료일 뿐만 아니라, 당시의 경제 상황도 짐작할 수 있으며, 일종의 가계부 역할도 했다.

해남 출신인 유희춘과 담양 출신인 송덕봉이 혼인한 탓에 《미암일기》에는 해남과 담양을 비롯한 당시 호남의 유명한 양반 가문의 인사들도 아주 많이 등장한다.

현재까지 남아 있는 《미암일기》를 다시 분류하여 살펴보면, 제1책은 1567년(선조 즉위년) 10월 1일에서 1568년(선조 1년) 3월 29일까지, 제2책은 1568년(선조 1년) 3월 29일에서 12월 5일까지, 제3책은 1569년(선조 2년) 5월 22일에서 12월 30일까지, 제4책은 1570년(선조 3년) 4월 24일에서 7월 8일까지, 제5책은 같은 해 7월 9일에서 12월 25일까지, 제6책은 1570년(선조 3년) 12월 26일에서 1571년(선조 4년) 12월 3일까지, 제7책은 1572년(선조 5년) 9월 1일에서 1573년(선조 6년) 5월 26일까지, 제8책은 1573년(선조 6년) 6월 1일에서 12월 30일까지, 제9책은 1574년(선조 7년) 정월 1일에서 같은 해 9월 26일까지, 제10책은 1575년(선조 8년) 10월 27일에서 1576년(선조 9년) 7월 29일까지, 그리고 제11책은 부록으로서 이 일기를 쓴 유희춘과 그의 부인 송덕봉의 시문과 잡록(雜錄)이 각각 수록되어 있다.

그런데 놀랍게도 유희춘의 이 《미암일기》에는 허준의 이름이 총 38회나 등장하고 있으며, 허준과 관련된 여러 가지 일들이 자세히 기록되어 있다. 때문에 《미암일기》는 허준에 관해서 많은 것들을 알 수 있게 해주며, 허준을 연구하는데도 큰 도움을 주므로 사료적 가치가 높다.

허준의 이름이 총 38회 거론된 《미암일기) 의 기록 내용을 살펴보면 다음과 같다.

『1568년(선조 1년) 1월 29일 ; 사직동으로 가서 새 해남군수가 된 이사영을 찾아보고 집으로 돌아오니, 허준이 왔다가 갔다.』

『1568년(선조 1년) 2월 20일 ; 허준이 와서 인사를 했다.』

『1568년(선조 1년) 2월 22일 ; 허준이 《노자(老子)》와 《문칙(文則)》, 《조화론(造化論》 책 세 권을 보내왔다. 아주 고맙고 또 기쁘다.』

『1568년(선조 1년) 4월 7일 ; 허준이 왔다가 갔다.』

『1568년(선조 1년) 4월 20일 ; 허준이 《좌전(左傳)》 10책과 《당본(唐本)》 (중국책), 《모씨시(毛氏詩)》를 보내왔다.』

동의보감　東醫寶鑑

『1568년(선조 1년) 6월 24일 ; 허준이 와서 인사를 하므로 부채를 주었다.』

『1568년(선조 1년) 7월 17일 ; 허준이 왔다가 갔다.』

『1569년(선조 2년) 6월 6일 ; 허준을 초청하여 나사침(羅士忱) 형의 병을 봐달라고 했더니, 기(氣)가 허해서 중풍이 된 것인데, 아직 치료가 가능하다며 강활산(羌活散 ; 풍사風邪가 옹체되어 코가 막히고 목소리가 무거우며, 어지럽고 구급拘急이 일어나며, 관절이 아픈 것을 치료하는 처방약)을 처방하였다.』

『1569년(선조 2년) 6월 23일 ; 허준이 와서 부인의 설종병을 논의하고 갔다.』

『1569년(선조 2년) 6월 29일 ; 내가 어제부터 얼굴 왼쪽에 종기가 생겨 허준의 말을 듣고 지렁이 즙을 발랐다.』

『1569년(선조 2년) 윤 6월 3일 ; 허준을 위하여 이판 홍담에게 편지를 보냈다. 내의원에 천거해 준 것이다.』

『1569년(선조 2년) 7월 2일 ; 허준이 와서 말하기를, 신흔(申昕)의 병이 비록 중하지만, 치유될 수 있다고 했다.』

허 준
許 浚

『1569년(선조 2년) 7월 15일 ; 허준이 와서 나덕명(羅德明
; 나사침의 아들)의 약재를 이야기하고 갔다.』

『1569년(선조 2년) 9월 9일 ; 허준이 와서 소토사(小兎絲)
의 환약 지을 일을 의논했다.』

『1569년(선조 2년) 11월 27일 ; 김시흡(金時洽)도 다른 사람
과 같이 따라왔다. (유희춘이 선산 사토를 위해 여가를 얻어
하향한 후 담양에 갔다가 홍문관 부제학을 삼노니 속히 올라
오라는 유지를 듣고 귀경하던 길이었음).』

『1569년(선조 2년) 12월 1일 ; 김시흡은 효자 부정 김유성
의 손이며 허준의 적(嫡) 3촌 숙부이다. 여기에서 김호는 서녀
인 김씨를 허준의 생모라고 하였다.』

『1570년(선조 3년) 5월 7일 ; 아침에 허준이 찾아와서 안부
인사를 하고 부인이 먹을 오수유환(吳茱萸丸 ; 설사를 하고
장부臟腑 기능이 조화롭지 못하며, 배가 그득하고 아프며 음
식이 소화되지 않으며, 몸이 늘어지고 눕고 싶은 것을 치료하
는 처방약. 냉기冷氣가 성盛해져 허리가 시리고 아프고 제대로
구부리지 못하는 것을 치료하는 데도 쓰인다)을 상의하고 갔
다.』

『1570년(선조 3년) 6월 6일 ; 허준이 나의 부름을 받고 와

동의보감　東醫寶鑑

서 한경두와 김진 등을 돌봐주었다.』

『1570년(선조 3년) 6월 30일 ; 허준이 와서 담양 나중부 아들의 습병 치료약으로 위령탕(胃苓湯 ; 비위脾胃에 습사濕邪가 성하여 소변의 양이 줄며 배가 끓고 설사가 나면서 아프고, 식욕이 부진하고 음식이 소화가 잘 되지 않는 데 쓰는 처방약이며, 급·만성 대장염 때에도 쓸 수 있다)을 의논하고 갔다.』

『1570년(선조 3년) 8월 12일 ; 허준이 왔다 갔다.』

『1570년(선조 3년) 8월 23일 ; 우선 사약방(司鑰房 ; 조선시대 때 궁궐 내 각 문의 자물쇠와 열쇠를 관리하던 잡직雜職인 사약司鑰이 머무르며 일을 보던 곳)으로 들어가 고산리 첨사 이우를 만나고, 또 허준을 불러다가 송군작의 약을 논의했다.』

『1570년(선조 3년) 9월 22일 ; 허준이 이황원(二黃元 ; 인삼고본환人參固本丸의 다른 이름으로서 영위榮衛가 부족하여 피부가 갈라지고, 트고 심하면 피가 나며 아프고, 가렵고 손발톱이 마르는 것을 치료하는 처방약으로, 《동의보감》에는 이 약에 대해「늙지 않고 오래 살게 하기 위하여 쓴다. 특히 머리털이 희어지면서 일찍 늙는데, 오후마다 열이 나고 잠 잘 때 땀을 흘리며 가슴이 답답하고 어지러우며 귀에서 소리가 나고 몸이 여위는 데 쓴다.」고 기록되어 있다) 8량을 지어 가지고 왔다.』

『1570년(선조 3년) 9월 25일 ; 허준이 강심탕(降心湯 ;《동의보감》에 「심화心火가 상역上逆되고 신수腎水가 부족하여 가슴이 답답하고 두근거리며 잠을 이루지 못하고 꿈이 많으며, 건망증이 심하고 번갈煩渴이 나서 물을 많이 마시고 점차 몸이 약해지는 데 쓴다.」고 기록되어 있는 처방약) 10첩을 지어 보냈다.』

『1570년(선조 3년) 11월 3일 ; 허준이 왔다가 갔다.』

『1570년(선조 3년) 12월 12일 ; 허준이 준 이황원 8량 1제를 부인에게 주어 먹도록 했다.』

『1571년(선조 4년) 7월 15일 ; 허준이 삼례 찰방 편에 2향을 보내왔다.』

『1571년(선조 4년) 11월 2일 ; 내가 다시 한양에 오자 내의 첨정 허준과 생원 허성이 방문하였다.』

『1571년(선조 4년) 11월 7일 ; 허준이 와서 전라도의 약재

동의보감 東醫寶鑑

우황(牛黃 ; 소의 담낭·담관에 염증으로 생긴 결석을 건조시켜 만든 약재로서 경련 예방과 진정작용에 효과가 있으며, 한방에서는 해열과 해독, 진정, 진통, 강심 등의 약재로 쓰인다)을 오늘 무사히 내의원에 바쳤다고 했다.』

『1571년(선조 4년) 11월 27일 ; 집에 돌아와 보니 허준이 와 있었다. 팥 1두를 허준의 어머니에게 보냈다.』

『1571년(선조 4년) 11월 29일 ; 약방에서 잠시 쉬면서 허준과 만나보았다.』

『1572년(선조 5년) 12월 6일 ; 권득경과 허준이 와서 나는 술을 대접하여 보냈다.』

『1573년(선조 6년) 1월 1일 ; 원일(元日, 음력 1월 1일, 즉 음력 정월 초하룻날인 설날)에 명함을 던지고 간 사람은 신여즙, 양대수……의원 허준……30명이다.』

『1573년(선조 6년) 3월 8일 ; 허준이 와서 호조판서 정종영의 편지를 받아 갔다. 이는 내의원 제조처에 녹용(鹿茸)을 구하는 것이다.』

『1573년(선조 6년) 7월 5일 ; 아침에 광문(光雯)을 시켜 소병사 흡에게 가서 사례를 하게 했더니 흡이 녹용을 보내왔다.

때마침 허준이 왔기에 나는 작말(作末 ; 한약을 쓸 때 약 성분이 보다 잘 흡수되도록 하기 위해서 가루를 내는 것)을 해달라고 맡겼다.』

『1573년(선조 6년) 11월 3일 ; 생원 석수도가 인사하러 왔을 때 내의정(內醫正 ; 내의원정을 말하며 정3품 당하관) 허준도 동행하여 왔다.』

『1574년(선조 7년) 3월 26일. 내의(內醫) 허준이 와서 유광룡의 병을 보라고 했더니, 준이 말하기를 평위원(平胃元 ; 비위脾胃에 습사濕邪가 울체鬱滯되어 음식을 먹고 싶은 생각이 없으며, 온 몸이 무겁고 명치 밑이 트적지근하면서 헛배가 부르고, 때로 구역질을 하며 트림이 나거나 신물이 올라오는 데 쓰는 처방약. 급성 및 만성 위염 등에도 쓰며, 체기滯氣를 받아 속이 트적지근하면서 입맛이 없고 소화가 안 되며 때로 배가 아프고 신트림이 나며, 머리가 아프고 열이 나는 등의 증상이 있는 데도 쓴다)에 맥문동(麥門冬)을 가한 약물과 청폐음(淸肺飮 ; 담음痰飮으로 인해 기氣가 역逆해서 나는 기침을 치료하는 처방약. 폐肺에 열이 있어서 기침이 나는 것을 치료하는 데도 쓰인다) 등의 약을 써야 한다기에 이를 명하였다.』

동의보감 東醫寶鑑

『1574년(선조 7년) 4월 29일 ; 허준이 나의 친척들을 치료해 주었다.』

『1574년(선조 7년) 5월 18일 ; 어제 허준과 더불어 청폐음의 습갈증을 의논하자, 건갈상지탕(乾葛桑枝湯)이 좋다고 하더니, 오늘은 상지탕(桑枝湯 ; 풍독風毒으로 인해 손발이 저리고 아프며 붉게 부어오르거나 피부의 감각이 둔해지는 것을 치료하는 처방약) 몇 첩을 보냈다.』

허
許 준
浚

제2장 불멸(不滅)의 빛

유희춘은 왜 허준을 내의원에 천거했는가

유희춘의 《미암일기》를 보면, 허준은 유희춘을 꽤 자주 찾은 것으로 적혀 있다. 또한 이 일기에 쓰인 허준과 관련된 내용들을 살펴보면, 질병 치료에 관한 이야기들이 가장 많은 것을 알 수 있다.

특히 당시 조정에서 부제학으로 있던 유희춘은 자기 부인이 앓고 있던 설종(舌腫)이란 병의 치료를 허준에게 부탁했을 뿐만 아니라, 자신의 얼굴 왼쪽에 생긴 종기 치료도 허준에게 부탁했다는 내용의 글이 나온다.

유희춘의 부인 송덕봉이 설종으로 인해 고생하고 있을 때의 상황을 자세히 기록한 《미암일기》의 내용을 살펴보면 다음과 같다.

『아내가 설종(舌腫)을 얻어 여의(女醫)를 불렀다. 노의녀(老醫女) 사랑비가 와서 아내의 백회혈(百會穴 ; 머리 꼭대기 정중선 중앙에 있는 경혈을 말한다)에 침(針)을 놓아 피를 뺐다. 허준이 부름을 받고 와 설종 병을 논의하고 갔다. (선조

2년, 1569년 6월 23일)

아내가 설종 때문에 온 몸에 번열기가 나서 밤 이경(二更)에 딸이 웅담을 올리니 열이 조금 내렸다. 밤에 경렴이 나와 함께 내 방에서 잤다. 아내가 의녀 등을 데리고 둘째 방에서 자기 때문이다.

딸자식이 아내를 위하여 무녀(巫女)를 청하려고 하자, 아내가 이를 허락하지 않고 목구멍의 분명한 병에 어찌 무당(巫堂)의 제사가 상관이 있겠느냐, 결단코 청해서는 안 된다 하였다. 그 명단(明斷 ; 명확히 판단을 내림. 또는 그 판단)이 이러하다.』

이 같은 내용의 기록을 보면, 유희춘의 부인인 송덕봉이 설종으로 고생하자, 딸이 어머니를 위해 무녀를 청하고자 했으나 송덕봉은 육체의 병에 무슨 무녀가 상관있느냐며 무녀를 부르는 것을 단호하게 거부하는 모습을 보인다. 그리고 유희춘은 이처럼 미신에 현혹되지 않고 의술에 치료를 기대하는 아내의 명쾌한 판단과 이성적이고도 합리적인 태도에 칭찬을 아끼지 않는다.

당시는 병 치료를 위해 무녀를 불러 푸닥거리를 하는 일이 흔하던 때였다. 그러나 여류 문인으로서 합리적이고도 과학적인 생각을 하며 의술을 더 신뢰했던 송덕봉은 미신 대신 노의녀 사랑비와 의원 허준의 치료에 더 큰 기대를 하여 무녀를 부르는 것을 단호하게 거절했던 것이다. 그리고 그녀는 자신의 이 같은 기대대로 허준으로부터 치료를 받고 병이 나을 수 있었다.

그렇다면 설종이란 어떤 병이며, 허준은 또 어떤 방법으로 그녀를 치료했을까.

설종이란 설창(舌脹)이라고도 하며, 혀가 붓는 병증을 말한다. 한방에서는 그 원인에 대해 심화(心火)가 갑자기 성하여 담(痰)과 어혈(瘀血)이 혀에 몰려서 생기거나, 칠정울결(七精鬱結)과 심화폭심(心火暴甚)으로 담탁어혈(痰濁瘀血)이 혀에 막힌 데에서도 생길 수 있는 것으로 보고 있다.

심(心)과 비(脾)가 허하여 풍열(風熱)이 승(乘)하면 사기(邪氣)가 맥을 따라 설(舌)에 이르고, 열기(熱氣)가 심(心)에 머물러 혈기(血氣)가 막히므로 혀가 붓는 것으로도 본다.

이 병에 걸리면 혀가 점차로 부어서 입 안에 가득 차며 단단하고 아프며 숨 쉬거나 말하는 데 장애가 나타난다.

치료 방법으로는 심열(心熱)을 말끔히 없애기 위해 양격산(凉膈散)을 쓰면서 삼릉침(三稜鍼)으로 국소의 나쁜 피를 조금 뽑아 준 뒤 조각자(皁角刺)·고백반(枯白礬)을 아주 곱게 가루 내어 환부에 뿌려 주는 방법이 있고, 혀가 부어 입 안에 가득 차서 말조차 제대로 할 수 없는 경우에는 포황산(蒲黃

동의보감 東醫寶鑑

散)을 쓰기도 한다.

《동의보감》 제2권 외형편(外形篇)에서는 설종을 목설(木舌)이라고도 하며, 옛 의서들에 나오는 증세와 치료 방법들을 인용하여 다음과 같이 소개하고 있다.

허
許 준
浚

설종(舌腫, 혀가 붓는 것)

- 혀가 부어 입에 가득 차서 숨을 내쉬지 못하는 것을 목설(木舌)이라 한다. 《의학입문》

- 목설은 심비(心脾)에 열이 막혀 생기는 것이다. 《의학입문》

- 목설이란 혀가 부어서 커지는 것인데, 점점 더 붓고 목구멍이 막혀서 죽게 된다. 《의학강목》

- 목설이란 혀가 딱딱하게 부어서 부드럽지 않은 것이다. 백초상·망초·활석을 가루 내어 술에 개어 바른다. 《단계심법》

- 목설을 치료하는 방법은 자설 두 돈(처방은 「화문」에 나온다)을 죽력에 잘 섞어 자주 입속을 닦아주면 저절로 없어진다. 《의학강목)

- 여러 가지 원인으로 인해 혀가 부은 데는 용뇌파독산(龍腦破毒散 ; 처방은 「인후문咽喉門」에 나온다) 반 돈을 손가락에 묻혀 혀의 위아래에 바른 후에 진액을 삼킨다.

《단심》

■ 한 노인이 혀뿌리가 붓기 시작하더니 점점 커져서 입 안에 꽉 차고 그 병세가 매우 나빴다. 대인이 "혈(血)이 지나치게 차 있으면 터주어야 한다," 고 하면서 피침(鈹針)으로 하루에 8~9회 찔러 피를 두세 잔 정도 빼내자 점차 붓기가 사라지면서 통증이 가라앉았다. 혀는 심(心)의 상태를 드러내는 곳(外候)으로, 심은 혈을 주관하기 때문에 피가 나오자 나은 것이다. 《유문사친》

■ 혀가 부은 데는 황련탕(黃連湯)·청열여성산(淸熱如聖散)·호박서각고(琥珀犀角膏)·상염산(霜鹽散)을 써야 한다.

■ 황련탕(黃連湯) ; 심화로 혀가 헐거나, 붓고 마르며 갈라지거나, 혀끝에서 피가 나오거나, 혹은 혀가 굳는 것을 치료한다.

  황련(술에 축여 볶은 것)·치자(볶은 것)·생지황(술로 씻은 것)·맥문동·당귀(술로 씻은 것)·적작약 각 1돈, 서각·박하·감초 각 5푼. 이 약들을 썰어서 1첩으로 하여 물에 달여 식후에 먹는다. 《회춘》

■ 청열여성산(淸熱如聖散) ; 혀 밑이 씨알만 하게 붓고, 터뜨리면 누런 담(痰)이 나온 후 다시 재발하는 것을 치료한다.

동의보감 東醫寶鑑

연교 1.5돈, 우방자(牛蒡子) · 황련 각 1돈, 천화분 · 치자
인 각 7푼, 지각 · 시호 · 형개 · 박하 각 5푼, 감초 3푼.
이 약들을 썰어서 1첩으로 하여 등심(燈心) 1단을 넣고
달인다. 약간 식혀서 먹는다. 《회춘》

■ 호박서각고(琥珀犀角膏) ; 인후나 입과 혀가 헐거나, 버
섯 같은 것이 돋는 것을 치료하는 데 신효(神效)하다.
산조인 복신 · 인삼 각 2돈, 서각 · 호박 · 주사 각 1돈,
용뇌 2.5푼. 이 약들을 곱게 가루 내어 꿀로 반죽하여 탄
자대(彈子大)로 환을 만든다. 이렇게 만든 환약을 한 알
씩 맥문동 달인 물에 녹여서 복용한다. 하루에 3~5알씩
먹는다. 《의학입문》

■ 상염산(霜鹽散) ; 혀가 갑자기 크게 붓는 것을 치료한다.
백초상 · 청염을 같은 양으로 가루 내어 우물물에 개어
혀에 바른다. 청염이 없으면 소금도 괜찮다. 《의학입
문》

기록에 나와 있지 않아 허준이 유희춘의 부인 송덕봉이 앓
고 있던 설종에 대해 어떤 처방을 써서 치료했는지는 알 수
없다. 그러나 훗날 허준이 《동의보감》에서 설종 치료에 대
한 처방으로 황련탕 · 청열여성산 · 호박서각고 · 상염산 등을
언급하고 있는 것을 보면, 이들 가운데서 송덕봉의 병세와 건

강상태, 처방약과 체질과의 상관관계 및 부작용 등을 자세히 살피고 따져본 후 이에 가장 적합한 처방약 하나를 선택해서 썼을 것으로 보인다.

또한 1569년(선조 2년) 6월 29일에 쓴 《미암일기》를 보면, 유희춘은 얼굴 왼쪽에 갑자기 종기가 생겨 허준에게 이를 상의한 후 허준의 말대로 지렁이 즙을 환부에 발랐다는 이야기가 나온다.

지렁이는 한방에서는 토룡(土龍)·구인(蚯蚓)·지룡(地龍)이라고도 하는데, 약으로 쓸 때는 목에 흰 띠가 있는 백경(白頸) 지렁이를 많이 쓰며, 보통 그대로 혹은 뱃속에 있는 흙을 제거하고 건조시킨 것을 사용한다.

예로부터 토룡은 통락(通絡 ; 맥을 잘 통하게 함), 평천(平喘 ; 숨이 찬 증세와 기침을 멎게 하는 것), 이뇨와 해열 및 해독작용 등을 하고 간단한 외상(外傷) 치료에 좋으며, 감기와 고혈압, 각종 종양 및 기미, 여드름, 피부미용, 인후통증, 임파선염, 종독(腫毒), 충독(蟲毒), 옻나무 독, 관절이 저리고 아픈 증세, 중풍, 배뇨곤란, 신장염, 간염, 복부팽만 등에 효능이 있는 것으로 알려져 있다.

지렁이 몸속에 있는 흙인 구인니(蚯蚓泥)는 해열에 효능이 있는 것으로 보았다.

《동의보감》에서는 지렁이에 대해, 『성이 한(寒)하고, 맛이 짜고, 독이 없다. 토룡은 해열과 해독, 이뇨작용을 하고 황달, 계절성 전염병, 인후염, 관절염 등에 효과적이며, 뱀·지네·벌레 따위의 독을 삭히고 장내 기생충의 구충, 허약체질에도 좋다.』고 했다.

지렁이가 지닌 이 같은 약리작용을 통해 볼 때 허준은 유희춘의 얼굴에 갑자기 생긴 종기에 지렁이가 지닌 해독 및 각종 종양의 독성제거 작용 등을 활용하면 치료가 가능하다고 생각해서 유희춘에게 지렁이 즙을 환부에 바르도록 한 것으로 보인다.

《미암일기》에 쓰인 내용들을 통해서도 알 수 있듯이, 유희춘은 허준의 의술과 의학에 관한 해박한 지식을 무척 신뢰하는 가운데 자신과 자신의 부인 송덕봉은 물론 그의 지인들과 친척들에게 어떤 병이 생기면 곧 허준과 상의하고 치료를 부탁했다.

그리고 허준은 유희춘이 이 같은 부탁을 해올 때마다 이를 거절하거나 치료를 망설이는 일 없이 이들의 병세에 가장 적합하다고 판단되는 약재나 탕제를 구해다 주거나 직접 처방해 주며 적극적인 자세로 최선을 다해 이들의 병을 치료해 주었다.

또한 《미암일기》를 보면, 유희춘이 허준의 어머니에게 팥 1두를 보냈다는 기록(1571년 11월 27일)을 비롯해서 허준의 적(嫡) 삼촌 숙부 김시흡 등 허준의 가족이나 친척에 관한 이 야기들도 심심치 않게 나온다.

그런데 이것은 허준과 유희춘만이 친분이 있었던 게 아니라, 허준과 유희춘의 가족 및 친척들이 전부터 서로 잘 알며 교분이 두터웠음을 의미한다.

더욱이 《미암일기》에는 새로 해남 군수가 된 이사영을 비롯하여 나주에 사는 나사침과 그의 아들 나덕명, 남원에 사는 신흔, 담양에 사는 나중부와 그 아들 등 전라도 지방에 사는 사람들이 유독 많이 나온다.

뿐만 아니라 이 《미암일기》를 자세히 읽어보면, 『1571년 (선조 4년) 7월 15일 ; 허준이 삼례 찰방(察訪 ; 조선시대 때 각 도의 역참驛站을 관리하던 종6품의 외관직) 편에 2향을 보내왔다.』하여 전주 북쪽에 있으며 전주와 바로 맞닿아 있는 전라도 완주군 삼례읍을 언급하는가 하면, 『1571년(선조 4년) 11월 7일 ; 허준이 와서 전라도의 약재 우황을 오늘 무사히 내 의원에 바쳤다고 했다.』하며 전라도의 여러 지명들을 자주 언급하고 있는 것을 볼 수 있다.

물론 이것은 유희춘의 고향이 전라도 해남이며, 그의 부인인 송덕봉의 고향 또한 전라도 담양이기 때문에 아무래도 이 전라도 지역에 일가친척이나 지인들이 많기 때문이기도 할 것이다. 그런데 허준의 어머니 또한 고향이 전라도 장성이다.

그리고 장성은 유희춘의 부인 송덕봉의 고향인 담양과 맞붙어 있을 정도로 아주 가깝고, 유희춘의 고향인 해남과도 그리 멀지 않다.

그렇다면 이것은 과연 무엇을 의미하는가.

비록 기록상으로는 나타나 있지 않지만, 허준의 어머니 집안과 유희춘의 집안, 혹은 허준의 어머니 집안과 유희춘의 부인인 송덕봉의 집안이 서로 어떤 인맥으로 얽혀 있거나 친척 사이일 수도 있고, 이웃으로 서로 잘 알고 지내던 사이였다는 것을 의미하는 것이 아닐까.

더욱이 유희춘이 그의 《미암일기》에서 허준의 어머니에게 팥 1두를 보냈다고 한 것을 보면, 유희춘과 허준의 어머니는 오래 전 전라도에서 살 때부터 이미 잘 알고 지냈을 가능성도 있다.

허준의 출생 배경을 다시 살펴보면, 허준은 아버지 허론(許礒)이 전라도 부안 군수로 있을 때 소실(小室, 첩)이었던 어머니 영광(靈光) 김씨 사이에서 태어났다.

그리고 허준이 태어난 곳은 허준의 집안인 양천(陽川, 공암 孔巖) 허씨(許氏)가 누대(累代)에 걸쳐 살아온 경기도 양천현 파릉리(지금의 서울시 강서구 등촌 2동 능안마을)에서 태어난 것으로 알려져 있다.

허준의 집안이 대대로 살아온 양천현이 지금의 경기도 김포를 포함하고 있었다고 하여 허준의 고향을 김포로 보는 사람들도 있다.

그러나 허준의 어머니 고향이 전라도 장성인 데다가 허준의 아버지가 전라도 부안 군수로 있을 때 그의 소실이 된 어머니가 이때 허준을 임신한 것으로 미루어 허준이 부안에서 태어났을 것으로 보는 견해도 있으며, 어머니가 허준을 임신한 후 고향인 장성으로 내려가 허준을 낳았을 가능성도 있다.

그런데 조선시대 때에는 허준이 태어나던 때인 16세기는 물론이고, 그 이후인 17세기까지도 결혼한 이후의 거처와 출산이 모계(母系) 중심이었고, 이때에는 대개 외가(外家)에서 아이를 낳는 경우가 많았다. 따라서 허준의 어머니는 허준을 임신한 후 출산이 가까워질 무렵, 자신의 고향인 장성으로 가서 허준을 낳았을 가능성도 충분하다.

만일 허준이 어머니의 고향인 장성에서 태어났다면 어린 시절, 또는 한양으로 올라오기 전까지의 청소년기와 청년기를 장성을 비롯한 전라도 일대에서 보냈을 가능성도 적지 않다.

실제로도 허준은 20대의 젊은 시절, 당시 전주에 있던 전라감영(全羅監營)에서 심약(審藥 ; 조선시대 때 궁궐에 진상할 약재들을 심사하고 감독하기 위하여 각 도에 파견하였던 잡직)으로서 전라도 지방에서 나는 각종 약재들을 검사하여 중앙으로 상납하는 일을 했다.

뿐만 아니라 허준이 젊은 시절에 전라도에서 의원으로 활동했다는 기록도 있다.

따라서 허준은 어린 시절부터 젊은 시절까지 오랫동안 전라도에서 살았을 가능성이 있으며, 전라도에서 살던 이때 허준은 이런저런 인연으로 유희춘, 혹은 유희춘의 가족이나 친척, 또는 유희춘의 부인인 송덕봉 및 그 가족이나 친척 등과 알게 되었을 가능성도 있다.

이와는 달리 허준이 어머니의 고향인 장성, 혹은 아버지가 부안 군수로 있을 때 부안에서 태어나 그곳에서 어린 시절을 보내다가 아버지 허론이 허준의 교육을 위해 허준의 집안이 대대로 살아온 경기도 양천현으로 허준을 보냈고, 이로 인해 청소년기나 청년기를 양천현이나 경기도 일대, 혹은 양천현과 가까운 한양에서 살았을 수도 있다.

그러나 어느 TV 드라마와 소설에 나온 것처럼 허준이 아버지가 용천 부사로 있던 평안도 용천에서 태어나 경상도 산청에서 자랐다고 하는 것은, 허준의 출생 배경과 당시의 사회 풍습, 주변 사람들과의 친분관계, 《미암일기》를 비롯한 여러 기록들을 통해 볼 때 그 가능성이 낮아 보인다.

許浚
허준

어쨌든 이런 모든 점들을 종합해 보면, 특히 허준의 출생 배경과 당시의 사회 풍습, 주변 사람들과의 친분관계, 그리고 《미암일기》를 비롯한 여러 가지 기록들을 두루 살펴보면 허준이 전라도 지역과 상당히 연고가 깊고, 이 지역 사람들과 상당한 인연을 가지고 있으며 서로 친밀하게 지냈던 것은 분명하다.

또한 여러 가지 정황으로 미루어 허준이 유희춘을 처음 알게 된 것도 한양이 아니라, 오래 전 전라도에서였을 것으로 추정된다.

이런 점에서 유희춘은 자신과 자신의 부인인 송덕봉은 물론 그의 지인 및 친척들의 병을 치료해 주었을 뿐만 아니라, 오래 전부터 친분이 있고 가깝게 지내던 허준의 뛰어난 의술과 풍부한 임상경험, 여러 분야에 걸친 해박한 학식과 경륜, 인품 등을 잘 알고 있던 데다가 자신과 자신의 부인 송덕봉의 고향 및 일가친척들과 이런저런 인맥(人脈)과 지연(地緣)으로 얽혀 있는 허준의 능력을 높이 평가하여 이조판서 홍담(洪曇)에게 편지를 보내 허준을 내의원에 천거했던 것으로 판단이 된다.

이런 이유들과 함께 당시 조정에서 대제학으로 있던 유희춘이 궁중 내에서의 자신의 입지를 보다 강화하고 자신의 인

동의보감 東醫寶鑑

맥을 끌어들이기 위해 자신과 가까운 동향(同鄕) 사람인 허준을 천거했을 가능성도 배제할 수 없다. 『팔은 안으로 굽는다』는 옛말도 있지 않은가.

허준은 전라감영(全蘿監營)의 심약(審藥)이었다

조선시대에는 궁중에서 쓰는 의약(醫藥)의 공급 및 임금이 하사하는 의약에 관한 일을 맡아보던 관청인 전의감(典醫監)과 함께 의약 및 일반 서민들에 대한 치료를 맡아보던 관청인 혜민서(惠民署)가 있었다.

이곳에 소속된 관리들 중에는 동반(東班) 종구품(從九品)의 외관직(外官職)인 심약(審藥)이란 직책도 있었는데, 심약은 원래 궁중에 진상할 약재들을 심사하고 감독하기 위하여 각 도에 파견하였던 잡직(雜職)으로서, 이들은 전의감과 혜민서의 의원들 가운데서 임명되었으며, 경기도·전라도·황해도·강원도에 각 1인, 충청도·평안도에 각 2인, 경상도·함경도에 각 3인을 두었다.

때로는 중앙에서 파견하지 않고 그 지역에 있는 의원들 가운데서 능력 있는 사람을 선발하여 이예직(吏隸職 ; 관원과 토착민 가운데서 임명하는 직책)으로 임명하는 경우도 있었다.

《경국대전(經國大典)》에 의하면, 각 도의 감영(監營)과 절도사가 있는 주진(主鎭 ; 조선시대 때에 각 도의 병마절도 사와 수군절도사가 주재하는 곳으로서 지방군을 관장하던 각 도의 최상부 군영)에 심약을 배치하였으며, 전라도의 경우 당 시 전라도에 속했던 제주에도 따로 1인을 둔 것으로 기록되어 있다.

주진에 배치되었던 심약은 전쟁이나 훈련 중에 다친 병사 들을 치료해 주거나, 병에 걸린 병사들을 돌보고 치료하는 일 을 주로 했다. 말하자면 조선시대 때에 주진에 배치된 심약은 각 도의 감영에 배치된 심약들과는 달리 지금의 군의관이나 군대의 위생병 같은 역할을 했던 것이다.

그런데 허준도 한양으로 진출하기 전인 젊은 시절, 지금의 전라북도와 전라남도, 그리고 제주도까지 총괄하는 지방통치 관서인 전라감영(全羅監營)에서 심약으로 일했다. 그가 이곳 에서 심약으로 일한 시기와 심약으로 임명된 때 등은 불분명 하나, 허준이 전라감영에서 한때 심약으로 일했다는 기록이 있는 것이다.

조선조 초기 전주에 설치된 전라감영은 「호남제일성(湖南 第一城)」이라고 불리던 전주성 안에 있었으며, 전라도의 정 치·행정·경제·군사·문화 등의 중심으로 여러 지방 감영 들 중에서도 그 규모가 가장 클 정도로 중요한 위치를 차지하

동의보감 東醫寶鑑

고 있었다.

당시 전라감영은 전주성의 남문(南門)인 풍남문(豊南門)에서 객사(客舍)를 향해 반듯하게 뚫린 주작대로(朱雀大路) 서편에 자리하고 있었는데, 이 전라감영에는 중심 건물이자 정청(政廳)인 선화당(宣化堂)을 비롯하여 감사의 처소인 연신당(燕申堂), 감사 부친의 처소인 관풍각(觀豊閣), 감사의 가족 처소인 내아(內衙), 예방비장(禮房裨將)의 집무소인 응청당(凝淸堂), 6방 비장의 사무소인 비장청(裨將廳), 감사의 잔심부름을 맡아 하는 통인청(通人廳), 하부 실무자들이 일하는 곳인 작청(作廳), 정문인 포정루(布政樓) 등 총 25개의 시설이 갖추어져 있었다.

감영이란 조선시대 때 각 도의 관찰사가 상주하며 업무를 보던 관청으로서 조선시대의 감영은 모두 8곳이었다. 오늘날의 도청에 해당한다.

조선시대 때에 전국에 있었던 각 감영의 소재지를 보면 충청도는 충주에 있다가 선조 35년(1502년) 공주로 이전했으며, 전라도는 처음부터 줄곧 전주였고, 경상도는 상주에 있다가 선조 34년(1601년) 대구로 이전했다.

황해도는 해주, 강원도는 원주, 평안도는 평양이었으며, 함경도는 함흥에 있다가 선조 33년(1600년)에 영흥으로 이전했다. 경기도 감영은 한양 돈의문(敦義門) 밖에 있다가 광해군 때인 1618년에 영평(永平, 지금의 경기도 포천 일대)에 두었다.

감영의 최고 통치자는 관찰사였으며, 그 임기는 2년으로 해당 읍의 수령을 겸직했다. 감영에는 관찰사를 보좌하는 임무를 띠고 중앙에서 파견된 경력(經歷, 정3품), 도사(都事, 종5품), 판관(判官, 종5품) 등과 그 지역의 토착민을 임명하는 이예직(吏隷職) 등이 있었는데, 허준도 이예직으로 심약을 맡게 된 것으로 보인다.

그런데 허준이 이예직으로 전라감영의 심약이 되었다는 것은, 이때 허준은 이미 의원이었다는 것을 의미한다. 왜냐하면 심약은 의원인 사람들 가운데서 선발하여 임명하는 직책이기 때문이다.

또한 허준이 젊은 시절에 전라도에서 의원으로 활동했다는 기록도 있고 보면, 허준은 전라도의 어느 지역에서 이미 오래 전부터 약초와 의학에 관한 지식을 공부하고 의술을 익혀 의원으로서 활동하다가 전라감영의 심약으로 선발된 것으로 보인다.

그러나 허준이 언제 어디서 의원 수업을 받고 의원이 되었는지, 또는 왜 그가 의원의 길을 택하게 되었는지는 명확하지가 않다.

어쩌면 허준은 신분 차별이 엄격하던 사회 속에서 어린 시절과 소년 시절을 힘겹게 보내면서 자신이 출세할 수 없는 서얼 출신이라는 것을 깨닫고는 당시 중인(中人) 계층이 많이 진출하던 의원이 자신의 갈 수 있는 유일한 길로 생각하고 스스로 이 길을 선택했는지도 모른다.

허준의 아버지 허론이 서자인 허준이 벼슬길에 오를 수 없는 현실을 안타깝게 여겨 허준에게 호남이나 한양에서 의학과 의술을 배우도록 하여 의원이 되게 하였고, 이렇게 해서 의원이 된 허준은 어머니와 연고가 있고 자신이 살았던 전라도 지역에서 의원으로 일하다가 누군가의 추천으로 전라감영의 심약으로 선발되었을 수도 있다.

이처럼 허준은 전라감영의 심약으로 일하기 전부터 이미 의원이었다. 때문에 그는 약초들을 직접 채취하고, 절단하여 건조시키고, 이들 약초들로 만든 처방약을 써서 병자들을 치료한 경험도 많았을 뿐만 아니라, 각종 약초들에 관해 해박한 지식도 갖고 있었다.

이와 함께 허준은 한의학도 공부했을 것이며, 침술도 배웠을 것이다. 그리고 허준은 자신의 이러한 능력과 경험을 인정받아 전라감영의 심약이 되었을 것이다.

허준은 전라감영의 심약으로 있으면서 자신의 뛰어난 약초 및 약재 감별 능력을 바탕으로 궁중에 진상할 약재들을 심사하는 일을 맡아 최상급의 약재들만을 엄선하여 궁중으로 올려 보냈다.

그러면서 그는 전라감영에 속해 있던 약초꾼들이 지리산을 비롯한 전라도 전역의 산야(山野)에서 채취해 온 갖가지 약초들의 품질을 검사하여 등급에 따라 분류하여 선별한 후 말리고 가공하는 일을 직접 지휘하고 감독했다.

때로는 보다 좋은 약초들을 직접 채취하기 위해 자신이 관리하고 지휘하는 전라감영의 약초꾼들과 함께 지리산을 비롯한 인근의 산과 들로 나가기도 했으며, 혼자 길을 떠나 좋은 약초들을 찾아다니기도 했다.

이때 허준은 전주에서 그리 멀지 않은 전라북도의 완주와 진안, 무주, 장수, 남원, 순창, 임실, 정읍, 김제, 부안, 고창, 익산, 금산(당시는 금산이 전라도에 속했다) 등을 비롯해서 조금 멀리 있는 전라남도의 영광과 장성, 담양, 곡성, 구례, 고흥, 보성, 화순, 나주, 함평, 무안, 영암, 해남 등지에 이르기까지 두루 돌아다니며 보다 좋은 약초와 약재들을 구하고자 애썼다.

간혹 지리산과 섬진강 너머에 있는 하동이나 산청, 밀양, 창녕, 김해, 양산 등과 같은 경상도 지역에도 갔으며, 충청도의 논산과 부여, 공주, 당진, 서산 등을 찾기도 했다.

또 이렇게 다니다가 허준은 산속에서 길을 잃고 헤매는 일도 허다했으며, 산속에서 호랑이나 곰 같은 맹수들을 만난 적

동의보감　東醫寶鑑

도 있었다.

또한 폭우로 인해 물이 불어난 계곡을 건너다가 급류에 휩쓸려 떠내려가다 가까스로 살아난 적도 있었으며, 추위와 굶주림 등에 시달린 적도 많았다. 혼자 외진 길을 가다가 도적을 만나 곤경에 빠진 일도 있었다.

약초의 섬 조약도(助藥島) 혹은 약산도(藥山島)

계절은 신록이 짙어가는 5월이었다.

호남평야에 있는 드넓은 청보리밭에서는 푸른 보리들이 바람을 맞으며 이리저리 넘실댔다. 그 푸른 보리 물결이 바람에 쓸려 곧 넘어질 듯 하다가 어느새 다시 몸을 일으킨다. 마치 바다에서 물결이 밀려왔다가 밀려가는 것 같았다.

드넓은 청보리밭이 끝나는 곳에는 멀리 지평선이 보이고, 그 지평선에 맞닿아 푸르른 하늘이 이어졌다. 푸른 보리밭과 푸른 하늘이 서로 맞닿아 있는 이런 아름다운 풍경을 바라보고 살랑살랑 부는 봄바람을 맞으며 보리밭 사이로 가늘게 난 황톳길을 따라 걷고 있는 허준은 가슴이 확 트이며 자유로움을 느꼈다.

허준이 남쪽을 향해 빠르게 걸으며 보니, 남녁의 들에서는 보리와 밀이 한창 익어가고 있었다. 왠지 서럽고 슬프게 느껴지는 꽃, 하얗고 순박하고 청순한 꽃 찔레꽃도 여기저기 만발하여 그 향기가 물씬 풍겨 왔다.

괴나리봇짐을 둘러메고 전주 감영을 떠난 허준이 너른 들을 지나고, 산을 넘고, 냇물과 강을 건너 부지런히 걷고 또 걸어 이틀 안에 도착한 곳은 전라도 남녘 땅 끝에 위치하고 있는 해남의 어느 포구(浦口)였다.

허준은 땅 끝에 우뚝 서서 심호흡을 크게 한번 한 다음 주위를 둘러보았다. 비록 높은 산은 없었지만, 야트막한 산들이 너른 들판과 포구를 감싸고 있었고, 눈앞에 넓은 바다가 펼쳐져 있었다.

포구 바로 앞 바다 쪽에 큰 섬이 보였다. 그 옛날 신라시대 때 일본과 중국을 잇던 해상교통의 요충지이자 통일신라 흥덕왕(興德王, 재위 826~836) 때의 무장(武將) 장보고(張保皐, ?~846)가 해상권을 장악하고 중국 및 일본과 무역하던 곳인 청해진(淸海鎭)이 있던 완도(莞島)였다.

원래의 이름이 「궁복(弓福)」으로 전해지며 청해진이 설치되었던 완도 혹은 이 근처의 어느 섬에서 미천한 신분으로 태어난 것으로 추정되는 장보고는 어려서부터 힘이 세고 수영을 잘했으며 무술에 능했다.

《삼국사기(三國史記)》에는 장보고에 대해 이렇게 기록되어 있다.

『말을 타고 창을 쓰는 데 있어서는 장보고를 대적할 자가 없을 정도로 그는 무예가 뛰어났다. 자기보다 몇 살 아래인 정년(鄭年)과 함께 성장기를 보냈는데, 두 사람 모두 싸움을 잘하고 수영에도 능했다. 특히 정년은 바다 밑으로 들어가 50리를 가면서도 물을 내뿜지 않았다고 한다.』

장보고와 정년은 일찍이 당나라 서주(徐州)로 건너가 무령군(武寧軍) 소장(小將)을 지냈는데, 이때 장보고는 당나라 해적들이 신라인들을 납치해 노비로 팔아넘기는 것을 보고는 정년과 함께 신라로 돌아와 흥덕왕에게 청해에 진영을 설치할 것을 간청했다.

"중국을 두루 돌아보니, 우리 신라 사람들이 해적들에게 강제로 잡혀와 노비가 된 사람이 많았습니다. 소인이 청해(淸海)에 진(鎭)을 설치하여 도적들이 더 이상 우리 신라인들을 붙잡아가지 못하도록 하겠습니다."

이 말에 흥덕왕은 몹시 기뻐하며 군사를 내주었다. 그러자 장보고와 정년은 이 군사들을 이끌고 해적을 소탕하기 시작하여 해적들을 몰아내는 데 성공했다.

그런 후에 장보고는 완도 앞에 있는 작은 섬 장도(長島)에 진(鎭)을 설치해 해상권을 장악한 다음 일본과 당나라를 잇는 삼각무역의 중계 역할을 시작했는데, 이 일은 신라와 일본,

당나라 3국의 해상무역에서 신라가 주도권을 차지하는 계기가 되었다.

당시 서남해안의 해적을 평정하고 당나라와 일본을 상대로 국제무역을 주도했던 장보고는 우리 역사서보다 중국과 일본 역사서에 더 상세히 소개된 국제적인 인물이다.

허준은 그 옛날 무예가 출중하고 명민하기까지 했던 장보고와 정년이 사회적 차별로 인해 신분 상승의 길이 막혀 조국을 버리고 멀리 당나라까지 갔던 일을 생각하며 자신 또한 이들과 다를 바 없다는 생각이 들었다.

그러면서 허준은 철저하게 계급화 되고, 신분에 따라 사람을 차별할 뿐만 아니라, 신분에 의해 직업과 장래까지 달라지는 불합리한 사회 속에서 자신의 힘만으로는 이 그릇된 차별의 장벽을 뛰어넘을 수 없는 현실이 너무도 안타깝고 화가 났다. 그러나 어쩌겠는가.

"내가 할 수 있는 것은 오직 장보고처럼 내 스스로 힘을 길러 이 가혹한 신분의 굴레에서 벗어나는 것이다."

허준이 이런 생각을 하며 완도를 바라다보고 있는 동안 어느새 바다 위에서는 노을이 지고 있었다. 그 모습이 황홀할 정도로 아름다웠다. 붉디붉은 노을 속에서 흘러나온 붉은 물이 바다 쪽으로 뚝뚝 떨어질 것만 같았다.

東醫寶鑑

동의보감

허준이 이처럼 발걸음을 재촉하여 전주 감영에서 멀리 떨어진 이곳까지 온 것은, 이곳 해남에서 배를 타고 완도(莞島)의 동북쪽에 있는 자그마한 섬 조약도(助藥島)로 가기 위해서였다.

허준은 간혹 궁중에 진상할 좋은 약초들을 구하기 위해 전주에서 멀리 떨어져 있는 서남해안에 있는 여러 도서(島嶼)들을 찾곤 했는데, 그는 서남해안에 있는 많은 섬들 가운데서도 특히 조약도를 자주 찾았다.

그 이유는 이 섬에 예로부터 유난히 좋은 약초들이 많았고, 이 섬에서 채취한 약초들을 말린 약재들을 전주의 감영이나 한양의 궁중에 선별하여 보내는 것이 그가 맡은 임무 가운데 하나였기 때문이다.

그러나 허준이 이곳 포구에 왔을 때 날은 이미 저물었고, 조약도로 가는 배는 없었다. 할 수 없이 허준은 포구에 있는 어느 주막에서 하룻밤을 묵고 이튿날 아침 일찍 조약도로 가는 작은 배를 탔다.

배는 푸른 물결을 서서히 헤치며 완도 북쪽을 돌아 조약도로 향했다. 조약도로 가는 동안 하늘은 더 없이 맑고 푸르렀고, 비릿하고도 짭짤한 바닷바람이 계속 불어왔다.

하얀 물새들이 소리를 지르며 빠른 날갯짓으로 허준이 탄 배를 따라왔다.

조약도는 완도와 아주 가까운 곳에 있어 금세 도착할 수 있었는데, 이 조약도는 원래 다른 이름으로 불리며 삼한시대 때에는 백제의 새금현(塞琴縣)에 속했고, 통일신라시대 때는 탐진현(耽津縣 ; 전남 강진康津 일대의 통일신라시대 때 이름)에 속했으며, 고려시대 때에는 영암군(靈巖郡)의 탐진현에 속해 있었다.

그러다가 조선조 초 태종 17년(1417년)에 탐진현이 도강현(道康縣)과 합하여 강진현(康津縣)으로 통합되면서 강진현 조약도(助藥島)란 이름이 붙게 되었는데, 남도(南道) 지역에 있는 수많은 섬들 중에서 「약(藥)」자가 들어간 섬은 오직 조약도 한 곳뿐이며, 여기서 「조약(助藥)」이란 『약을 수북이 담아 일한다』는 뜻이다.

그런데 이 섬 이름에 「조약」이란 말이 들어간 데는 이런 이야기가 전해온다. 즉, 조선시대 때에 우리나라에서는 약제에 쓸 약초와 약재들을 중국에서 많이 수입했는데, 이때 중국의 약초들을 우리나라에서 직접 키우기 위해 이 섬에 중국산 약초들을 많이 심었다고 한다.

그러자 이 섬에서는 전보다도 더 많은 좋은 약초들이 자라게 되었으며, 이로 인해 이 섬사람들이 약초들을 수북이 캐서 담게 되었다는 뜻으로 섬 이름에 「조약」이란 말이 붙게 되었다는 것이다.

동의보감 東醫寶鑑

그러나 조약도는 지금은 흔히 약산도(藥山島)로 불린다. 이 섬에 있는 산에 약초가 많이 난다고 해서 「약의 산(藥山)」이란 뜻으로 붙여진 이름이다.

그만큼 이 섬에는 산이며 길마다 약초가 널려 있다고 할 정도로 예로부터 약초가 많았으며, 그 품질 또한 뛰어났다. 특히 이 조약도에 있는 삼문산과 장룡산은 산세가 험하며, 예로부터 희귀한 약초가 많이 자라는 것으로 유명하다.

이 섬의 산과 산자락에는 삼지구엽초(三枝九葉草)를 비롯해서 탱자나무, 보리수, 구절초, 참빗살나무, 노루발, 황련, 야생 도라지, 더덕(사삼), 하수오 등 무려 130여 종의 약초들이 자란다.

특히 이 섬에는 강장제로 유명한 삼지구엽초가 많이 자생한다.

그래서 약산도에서 방목하는 흑염소들은 이 삼지구엽초를 비롯해서 갖가지 귀한 천연 약초를 뜯어먹고 자라기 때문에 그 약효가 훨씬 더 좋은 것으로 널리 알려져 있다.

약산도에서 자란 흑염소는 약초를 먹고 자라 혀가 까맣고 산악지대에서 생활하다 보니 무릎이 까져 털이 벗겨져 있는 게 특징이며, 옛날에는 약산도에서 나는 흑염소가 궁중 진상품이었다.

삼지구엽초는 가지가 셋이고 잎사귀가 아홉 개 붙어 있다고 해서 붙여진 이름이다. 삼지구엽초의 잎을 말린 것을 음양곽(淫羊藿)이라고도 하는데, 음양곽은 예로부터 「강정·강장의 비약(秘藥)」으로 손꼽힌다.

특히 음양곽은 남자들의 정력 부족이나 음위(陰痿) 등에 좋은 것으로 유명하며, 건망증에도 좋은 약재로 알려져 있다. 근래에 음양곽에 대한 성분 분석을 해본 결과에 의해서도 음양곽에는 에피메딘이라는 배당체(配糖體)가 들어 있어 이것이 성호르몬의 분비를 촉진하는 한편 정수(정액)를 풍부하게 해주는 것으로 밝혀졌다.

더욱이 음양곽에는 이카리친이라는 배당체도 함유되어 있는데, 이 성분이 말초신경을 자극하는 역할을 한다. 즉 이카리친이 혈관의 확대작용을 하면서 남근의 해면체를 팽창시키는 기능과 함께 성욕을 촉진하는 등 흥분작용을 일으키는 것이다.

허준은 자신이 쓴 《동의보감》에서 음양곽에 대해 다음과 같이 언급하고 있다.

『음양곽은 허리가 아프고 무릎이 쑤시는 증세에 좋다. 또한 남자의 양기를 돋우며, 여자에게는 음기 부족으로 인해 아이를 낳지 못하는 것을 다스린다. 더욱이 발기부전에 또한 효과가 있으니, 남자가 장복하면 아들 딸 많이 낳고 장수할 수

동의보감 東醫寶鑑

있다.』

그런데 원래 삼지구엽초로 불리던 야생초가 음양곽이란 이름으로 불리게 된 데에는 다음과 같은 이야기가 전해온다.

중국 사천 북부의 어느 산지 초원에서 양을 치던 목동이 양들을 유심히 살펴보았더니, 숫양들 중에서 유독 몇 마리가 많은 암양들을 거느리며 실로 무서운 성력(性力)을 과시하는 것이었다.

이런 숫양들 가운데는 심지어 하루에 무려 1백 회나 교미하는 놈까지 있었다고 한다.

이를 이상하게 여기던 목동이 어느 날, 이들 성력이 강한 숫양들이 산골짜기로 들어가는 것을 보았다. 그래서 뒤쫓아가 보았더니, 이들 숫양들은 어떤 풀을 열심히 골라 뜯어먹는 것이 아닌가.

이에 목동은 그 풀을 뜯어다가 직접 먹어 보았다. 그러자 놀랍게도 성욕이 넘치며 남근이 힘차게 뻗치더라는 것이었다. 그래서 이후로 이 풀을 음양곽이라고 부르게 되었다는 이야기다.

삼지구엽초를 「지팡이를 던지는 풀」이라 하여 「방장초(放杖草)」라고도 부르는데, 여기에는 다음과 같은 유래가 전해온다.

옛날에 한 노인이 산에 나무하러 갔다가 우연히 이 풀을 먹어보게 되었다. 그러자 갑자기 성욕이 몹시 동하여 들고 있던 지팡이를 내던지고 부랴부랴 집으로 달려가 아내인 할머니를 끌어안았다는 것이다.

이 같은 전해오는 이야기들뿐만이 아니라, 일본의 어느 학자의 동물실험 결과로도 이 약초의 효능은 분명히 입증되고 있다. 이 약초의 엑기스를 동물에게 투여하고 관찰해 보니, 교미력이 상당히 증강되었다는 것이다.

어쨌든 음양곽이 남자들의 성력 증강에 도움이 된다는 것은 여러모로 설득력이 있어 보인다.

조선조 초기의 전국 지리서로서 국가 통치를 위해 필요한 여러 자료들이 지역별로 상세하게 기록되어 있으며, 1454년(단종 2년)에 완성된 《세종실록지리지(世宗實錄地理志)》에 의하면, 조약도에서 채취한 약재는 이곳 관서리(冠西里)에 있는 도청(道廳 ; 진상용 약재를 관리하는 관청)에서 수집하여 포대 나루를 거쳐 직접 배를 통해 한양으로 올려 보냈다고 하며, 이때 조약도에 있는 온갖 약초들을 먹고 자란 흑염소들도 진상품으로 함께 한양으로 보냈다고 한다.

따라서 전라 감영의 심약이었던 허준은 조약도에 자주 들러 전주 감영의 하급 관청인 조약도의 이 관서리 도청에서 채취하고 건조시켜 모아 놓은 약초들의 품질을 검사하여 가장 최상급의 약재들만 엄선하여 궁중으로 올려 보내는 일과 전주에 있는 전라 감영에서 쓸 약재들도 골라 보내는 일도 했다.

허준은 조약도에 도착하자마자 관서리에 있는 도청부터 찾아갔다. 그곳에서 일하던 사람들이 허준을 알아보고는 반겼다. 허준은 이곳에서 그동안 모아두었던 약초와 약재들을 꼼꼼히 살펴보았는데, 예전과 다를 바 없이 품질이 대부분 우수했다. 한양에 있는 궁중과 전주 감영에 보내도 좋다는 판단이 들었다.

일을 마친 후 허준은 관서리 도청에 있는 사람의 집에서 저녁식사를 하게 되었는데, 흑염소로 만든 양탕(羊湯)이 나왔다. 멀리서 온 허준을 위해 특별히 조약도에서 방목하여 키운 흑염소 한 마리를 잡은 것이었다.

옛날에는 흑염소 고기를 주재료로 이용한 탕을 양탕(羊湯) 혹은 흑염소탕이라고 했는데, 지역에 따라 그 만드는 방법이 달랐다. 전라도 지방에서는 흑염소의 껍질을 벗겨낸 다음 끓는 물에 고기와 뼈가 푹 익을 때까지 삶아낸 후 고기가 다 익으면 고기는 건져서 찢어놓고 남은 국물은 계속 끓이는데, 이때 국물에 된장과 함께 파와 마늘, 토란대, 머위대 등을 넣어 계속 끓인 후 부추나 들깻잎, 들깨가루 등을 넣어 만든 탕을 양탕이라 했다.

　그러나 경상도 북부지방에서는 흑염소 고기와 뼈를 푹 곤 국물에 파와 마늘 등을 넣어 먹는 탕을 흑염소 탕이라 하여 즐겨 먹었다.

　그런데 조약도 관서리 도청에서 일하는 사람의 집에서는 조약도에서 방목한 흑염소 한 마리를 잡아 그 고기와 뼈를 커다란 가마솥에 넣은 다음 여기에 이 섬에서 많이 나는 삼지구엽초와 더덕, 하수오, 구절초, 보리수, 노루발 등의 약초들을 함께 넣고 푹 삶은 후 그 고기와 뼈는 건져서 찢어놓고, 흑염소 고기와 그 뼈를 삶은 육수에 다시 된장과 토란대, 머위대 등의 채소를 넣어 한 번 더 끓인 후에 부추와 들깻잎, 들깨가루 등을 얹어 만든 양탕을 허준에게 내놓았다.

　이렇게 만든 양탕이나 흑염소탕은 예로부터 보양식, 특히 땀을 많이 흘리고 원기가 떨어지는 여름철 보양식으로 즐겨 먹었다.

　흑염소 고기는 몸이 허약하거나 원기(元氣)가 부족한 사람과 몸이 찬 사람, 회복기의 환자, 노인, 늑막염이나 복막염, 폐결핵을 앓고 있는 사람, 산전(産前) 산후의 여성, 신경통으로 고생하는 사람 등에게 더욱 좋은 식품으로 알려져 있으며, 게다가 남성들의 양기(陽氣)를 북돋아 주는 식품으로도 유명하다.

　사실 흑염소 고기는 지방이 적고 단백질, 칼슘, 철분, 비타민 E 등이 많이 들어 있어 몸이 허약한 사람의 기력회복에 좋으며 임산부, 여성, 노인, 성장기 어린이의 보양식으로도 효과가 뛰어나다.

또한 흑염소 고기는 지방이 적고 고기가 연해서 소화 흡수율이 매우 높을 뿐만 아니라, 다른 육류에 비하여 콜레스테롤의 함량이 적어 오래 전부터 노약자나 어린이와 임산부의 보신용으로 많이 이용되어 왔다.

또한 세포의 노화 방지와 불임 치료에도 효과가 있는 것으로 알려져 있으며, 흑염소의 간에는 특히 비타민 A가 아주 많아 야맹증과 시력 감퇴에 효과적이다.

중국 명(明)나라 때의 본초학자(本草學者) 이시진(李時珍, 1518~1593)은 그의 약학서(藥學書) 《본초강목(本草綱目)》에서 흑염소 고기에 대해 이렇게 썼다.

『흑염소 고기는 원기를 보(補)하며 허약한 사람을 낫게 하고, 보혈(補血)과 강정(强精)에도 좋다. 오로(五勞 ; 오장이 허약해서 생기는 허로虛勞를 5가지로 나눈 것, 즉 심로心勞 · 폐로肺勞 · 간로肝勞 · 비로脾勞 · 신로腎勞를 말한다)와 골열(骨熱)을 다스린다. 또한 두뇌를 차게 하고 피로와 추위를 물리치고, 위장의 원활한 작용을 도와 마음을 평온하게 다스리는 보양제 역할을 한다.』

《동의보감》에서는 흑염소를 고양육(羖羊肉, 숫양고기)이라고 하여 그 효능이 양고기의 효능과 비슷한 것으로 보고 있으며, 흑염소의 효능에 대해 다음과 같이 말한다.

『고양육은 성질이 몹시 따뜻하고, 맛은 달며, 독이 없다. 몸이 허약하고 피로한 것과 한(寒)과 냉(冷)을 치료하고, 중초(中焦 ; 음식의 흡수와 배설을 맡는 소화기를 총칭하는 부위로서 심장에서 배꼽 사이를 가리킨다)를 도와주어 기력을 더해주며, 마음을 안정시키고 놀라는 것을 멎게 한다. 또한 음식 맛을 나게 하고, 살찌고 건강하게 한다.

그러나 그 고기의 성질이 몹시 열하기 때문에 열병을 앓고 난 지 백일 이내에 먹으면 다시 열이 나게 된다. 학질을 앓을 때 환자가 먹으면 열이 나고 몹시 피곤해지기 쉽다.

또한 고양육은 소화기를 보호하고, 인체의 기운을 끌어올려 오장(五臟)을 따뜻하게 하며, 병자들의 기력 회복에도 아주 좋다. 출산 직후 임산부의 체력과 기운을 보충해 주며, 마음을 편하게 다스리도록 돕는 효능도 있다.

신경통과 골다공증에도 좋으며, 피를 잘 통하게 하며 보혈 작용을 한다. 냉증과 생리통에도 좋다.』

흑염소는 고려시대 충선왕 때에 안우(安祐)라는 사람이 약으로 쓰기 위해 중국에서 처음으로 들여왔다고 하는데, 흑염소는 예로부터 섬의 야산에서 방목하여 키운 토종 흑염소가 더욱 약효가 좋은 것으로 여긴다.

공기가 맑고 오염되지 않은 청정한 섬에서 자유롭게 돌아다니며 갖가지 약초들을 뜯어먹고 자랄 뿐만이 아니라 운동량 또한 많기 때문이다.

허준은 모처럼 조약도에 와서 방목한 흑염소를 잡아 만든 양탕을 먹으면서 그 맛이 너무 좋아 음식이 혀에 척척 감기는 것을 느꼈다. 국물 맛 또한 아주 시원하면서도 담백했다. 술도 한잔 곁들이니, 가슴속에 가득 쌓여 있던 세상 시름도 조금 잊혀졌다.

무수한 별빛이 술잔 위에 쏟아져 내렸고, 밝고 은은한 달빛을 가득 받은 바닷물이 황홀한 빛으로 일렁였다.

유의태(柳義泰)는 허준의 스승이 아니었다

허준은 전라감영의 심약으로 있으면서 좋은 약초들을 구하기 위해 전라도 지역뿐만 아니라, 경상도와 충청도 지역도 다녔다. 때로는 멀리 강원도와 평안도, 함경도 지역 등까지도 찾았다.

더욱이 서자 출신이었던 허준은 어려서부터 자신의 신분의 한계를 느끼고 이에 대한 울분과 한(恨)이 쌓여 세상을 떠돌며 곡절 많은 젊은 시절을 보냈다. 그러다가 그는 오랜 고뇌 끝에, 문과에 급제하여 출세를 할 수 없을 바에는 차라리 병들어 죽어가는 민초(民草)들을 구하는 의원이 되기로 결심하고 한의학과 약초 및 약재들에 대한 공부를 하면서는 더욱 사주 전국 각지를 유랑했다.

이때 허준은 특히 자신이 오랫동안 살아 왔고, 또 의원과 전라감영의 심약으로 일하던 전라도 땅과 가까울 뿐만 아니라, 무려 1,000여 종의 약초가 자란다는 지리산 일대를 자주 찾았다.

지리산 자락에 있는 전라도 지역인 진안과 장수, 임실, 남원, 곡성, 구례 등을 비롯하여 경상도 지역인 하동과 진주, 함양, 거창, 합천, 의령, 산청 등을 그는 내 집 드나들 듯이 무시로 드나들었다.

이 가운데서 경남의 서북부에 위치하고 있는 산청군(山淸郡)은 동으로 합천군과 의령군이 접해 있고, 서로는 함양군과 하동군, 남으로는 진주시, 북으로는 거창군과 접해 있는 깊은 산골로서 이 산청군과 함양군의 경계에는 지리산 최고봉인 천왕봉(天王峰, 1,915m)이 높이 치솟아 있다.

또한 산청군의 중앙으로는 맑은 경호강(鏡湖江)이 흐르고 있으며, 단계천과 덕천강이 각각 동류·서류하다가 단성면 일대에서 만나 남강으로 흘러든다.

동의보감 東醫寶鑑

그런데 이 산청군의 옛 이름은 산음현(山陰縣)이었으며, 허준이 살던 시대에도 산음(山陰)으로 불렸다. 그러다가 1767년(영조 43년) 이 고을에서 일곱 살 된 여자아이가 아기를 낳았다고 하는데, 이것이 이 지역 이름에 응달지고 음탕한 의미가 있는 음(陰)이라는 글자가 들어갔기 때문이라는 소문이 나돌았다.

그래서 이 「음(陰)」 자를 「청(淸)」 자로 고쳐 산청현(山淸縣)으로 이름을 바꾸었다고 하며, 1895년(고종 32년)에는 진주부 관할의 산청군이 되었다.

산지(山地)로 둘러싸여 있다는 환경적인 이유에서 붙여진 「산(山)」 이라는 글자는 그대로 두고 부정적인 이미지가 있는 「음(陰)」 자를 맑고 청아하다는 뜻을 지닌 「청(淸)」 으로 바꾸어 산청(山淸)이라 했던 것이다.

산청은 지리산의 최고봉인 천왕봉 바로 밑에 자리하고 있는 까닭에 예로부터 천왕봉의 힘찬 기상(氣像)과 신비스런 정기(精氣)가 충만한 땅으로 여겨져 왔으며, 산청 주위에는 천왕봉 이외에도 높은 산들이 많고 깨끗한 물이 흐르는 강과 계곡 또한 많이 있다. 그런 때문에 경치도 수려하고 공기도 맑을 뿐만 아니라, 온갖 좋은 약초들도 많이 자라는 곳으로도 유명하다.

천왕봉을 비롯한 지리산의 영험한 기운이 이곳에서 자라는 온갖 약초들의 뿌리에서부터 잎까지 골고루 깃들어 있어 산청의 약초는 그 효능이 더욱 탁월하다는 소문도 나 있다.

그런데 이은성(李恩成) 작가가 극본을 쓰고 1975년에 MBC TV를 통해 방영된 허준의 일대기를 그린 《집념》이란 드라마와 이 《집념》의 극본을 바탕으로 이은성이 1990년에 다시 쓴 장편소설인 《소설 동의보감》이 독자들에게 큰 인기를 끌면서 이 드라마와 소설에서 묘사된 것처럼 허준이 경상도 산음(山陰)에서 태어나 이곳에서 당대의 명의 유의태(柳義泰)를 만나 그의 뛰어난 의술을 배우고, 또 이를 발전시켜 허준이 더욱 훌륭한 조선 최고의 명의가 된 것으로 아는 사람들이 많다.

그 뿐만 아니라 허준의 스승 유의태가 평생 가난하고 소외된 백성들의 병을 고쳐 주며 헌신적인 삶을 살다가 반위(反胃, 위암)에 걸려 죽음에까지 이르자, 자신의 몸을 제자(?) 허준에게 해부실험 대상으로 내놓고 스스로 목숨을 끊었으며, 이에 허준은 스승의 고귀한 뜻을 받들어 비장한 각오로 눈물을 머금고 밀양의 얼음골에서 스승 유의태의 시신을 해부한다는 드라마와 소설의 내용을 사실인 것으로 알고 있는 사람들 또한 적지 않다.

이에 관해서 우리나라 국민들을 대상으로 실시한 어떤 조사에서는, 조사 응답자들 중 81퍼센트가 드라마와 소설에서

동의보감 東醫寶鑑

살신성인(殺身成仁)의 명의(名醫)로 묘사된 유의태가 허준의 실제 스승인 것으로 알고 있다고 응답한 것으로 나타나기도 했다.

이런 이유 등으로 허준의 고향이 산청인 것으로 아는 사람들도 많고, 허준이 젊은 시절에 산청에서 주로 활동한 것으로 아는 사람들도 흔히 볼 수 있다.

그러나 결론부터 말한다면, 허준의 고향은 산청이 아니다. 허준의 고향이 산청이라는 구체적인 기록도 없다.

오히려 위에서 이미 언급한 바와 같이 허준의 출생 배경과 살아온 환경, 당시의 사회 풍습과 어머니의 고향, 그리고 《미암일기》를 비롯한 허준에 관한 여러 기록들을 종합해 볼 때 허준이 실제 태어난 고향이나 어려서 자란 곳, 혹은 한양으로 진출하기 이전에 주로 활동한 지역은 전라도일 가능성이 높다.

산청군 금서면 특리에는 한방과 온갖 약초들을 직접 보고, 느끼고, 체험도 할 수 있는 한방 테마공원과 한의학 박물관, 약초 둘레길, 한의원, 탕제원, 산약초 타운, 한방 휴양림 등이 잘 갖추어져 있을 뿐만 아니라, 《동의보감》 발간 400주년을 기념해 특별히 마련되었으며, 「2013년 산청 세계전통의약 엑스포」의 주 무대이기도 했던 「동의보감촌(東醫寶鑑村)」이 자리 잡고 있다.

특히 이곳에 있는 한의학 박물관은 국내 최초의 한의학 관련 견문 박물관으로서 한의학 및 《동의보감》과 관련된 각종 문헌과 영상, 유물, 세계 전통의약 관련자료, 문화체험 공간, 전통 의학실, 약초 전시실 등이 잘 갖추어져 있다.

또 한의학의 기초인 음양오행설(陰陽五行說)과 허준의 《동의보감》에 실린 「신형장부도(身形藏府圖)」에 근거한 인체 내부의 장기(臟器)를 테마로 조성한 공원인 한방 테마공원도 있으며, 전망대 역할도 겸하는 거대한 곰 조형물과 호랑이·거북이 조형물, 대형 침(鍼) 조형물, 12지신(地神) 분수광장, 십장생(十長生) 마당 등도 마련되어 있다.

이와 함께 산청군에서는 한방에서 쓰는 각종 약초들의 우수성과 한의학의 신비한 효능을 보면서 느끼고, 체험할 수 있는 「산청 한방약초 축제」도 매년 개최하고 있다.

그러면서 산청군에서는 산청이 우리나라 최고의 명의이자 의성(醫聖)으로까지 일컬어지며 지난 2009년 유네스코 세계기록문화유산으로 등재된 데 이어 2015년 6월 22일에는 국보 제319-1호로 지정된 저 유명한 《동의보감》의 저자이기도 한 허준과 그의 스승이라는 유의태, 그리고 조선 후기에 중국에까지 명성을 떨쳤던 초삼과 초객 형제 등과 같은 명의들을 많이 배출한 전통 한방의 본고장이라며 홍보해 오고 있다.

이들이 모두 산청에서 살면서 의술을 배워 명의가 되었다

동의보감　東醫寶鑑

는 것이다.

그러나 산청이 지리산 자락에 위치하여 청정한 자연조건 속에서 온갖 좋은 약초들이 많이 나며 조선시대 때에는 28종의 약초들을 궁중에 진상했던 약초의 고장인 것은 분명한 사실이나, 산청이 허준의 고향은 아니다.

또한 허준이 젊은 시절에 산청에서 명의 유의태를 만나 그의 제자가 되었다거나, 산청에서 많은 활동을 했던 것도 아니다.

이러한 것들은 모두 허준을 그린 드라마와 소설 속에 나오는 허구일 뿐이다. 더욱이 이 같은 드라마와 소설에서 허준의 스승으로 나오는 유의태는 실존인물도 아니다.

다만 거창에서 태어났으나 오랫동안 산음에서 살면서 훌륭한 의술을 펼쳐 명의로 소문났고, 조선조 후기 숙종 때 어의를 지내기도 했던 신연당(新淵堂) 유이태(劉以泰 혹은 劉爾泰, 1652~ 1715)라는 인물이 실제로 있었다.

그런데 드라마 《집념》과 《소설 동의보감》을 쓴 작가 이은성이 이 실존했던 명의 유이태의 이름을 유의태란 이름으로 한 글자만 다르게 바꾸어 드라마와 소설 속에 허구로 넣었을 뿐이다.

그렇다면 실존했던 명의 유이태란 인물은 누구인가?

유의태는 허구, 유이태는 실존했던 전설적인 명의였다

유이태는 1652년(효종 3년) 지금의 경상남도 거창군 위천면 서마리에서 태어났으며, 그의 고조부는 정유재란 때 거창 좌수(座首)로 황석산성(黃石山城)에서 왜군과 싸우다 순절한 유명개(劉名蓋)이며, 조부는 통정대부(通政大夫)·효자로, 《동국여지승람(東國輿地勝覽)》과 《안의읍지(安義邑誌)》 등에 등재된 유유도(劉有道)이다.

그의 이름에 쓰이는 한자는 두 가지로 표기되었는데, 「유이태(劉以泰)」는 그의 가문에서 쓰던 이름이고, 「유이태(劉爾泰)」는 그가 의서(醫書)를 쓸 때 사용했던 이름이다.

유이태는 거창에서 태어났으나, 어린 시절에 그의 외가가 있는 산음(지금의 산청군 생초면 신연리)으로 옮겨와 살며 이곳에서 의원으로서 많은 의술활동을 펼쳤다.

그는 특히 신분의 귀천이나 남녀노소, 빈부(貧富)에 차별을 두지 않고 오로지 위민(爲民)과 애민(愛民) 정신으로 인술을 실천했던 참 의원으로 알려져 있으며, 『죽어가는 사람도 살린다』는 소문이 나돌았을 정도로 그는 덕(德)이 높고 뛰어난 명의였다.

50대 중반이었던 1706년(숙종 32년)에 이르러 유이태는 두

동의보감 東醫寶鑑

진(痘疹, 천연두)과 마진(痲疹, 홍역) 등이 크게 번지며 많은 백성들이 아까운 목숨을 잃는 것을 보고는 이에 자극을 받아 그의 집안에서 예로부터 전해 내려오던 《마진경험방(痲疹經驗方)》을 참고하여 마진에 대한 예방 및 치료서인 《마진편(痲疹篇)》을 펴냈다.

조선조 후기의 실학자 이익(李瀷, 1681~1763)이 쓴 《성호사설(星湖僿說)》에 기록된 마진이 창궐한 연도를 살펴보면, 1613년에 처음으로 마진이 발생했으며, 그 후 1668년과 1680년, 1692년, 1706년, 1718년, 1729년, 1752년에도 창궐한 것으로 되어 있다.

그런데 이때에는 마진이 한번 발병하면 한 가족은 물론 마을 전체가 폐허가 되곤 했다. 그래서 전영병인 이 병이 발생한 마을의 입구에는 깃발을 세워 외부인들의 출입을 막았으며, 사람들은 이 병에 감염되지 않도록 다른 지역으로 피난을 시켰다.

당시 두창에 관한 치료법은 세조 때부터 이미 있었고, 《동의보감》에도 치료법이 기록되어 있다. 그러나 그 당시 신종 전염병이었던 마진에 대해서는 《동의보감》에도 치료법이 나와 있지 않았다.

때문에 이때에는 마진에 관한 치료는 중국의 의서(醫書)에 의존할 수밖에 없었는데, 유이태는 전부터 그의 집안에서 내려오던 《마진경험방》을 참고하여 마진에 대한 예방 및 치료서인 《마진편》을 펴냈던 것이다.

그래서 유이태는 마진학(홍역학)의 태두로 불리며, 그의 이러한 마진 치료법은 훗날 조선 후기의 학자 겸 문신이었던 다산(茶山) 정약용(丁若鏞, 1762~1836)이 1798년(정조 22년)에 편술한 《마과회통(痲科會通)》에도 영향을 끼친다.

《마과회통》은 당시 성행했던 전염병인 두진과 마진의 증상과 치료법에 대해 중국과 조선에서 이미 발간된 여러 의학서들을 분석하고 연구하여 종합한 연구서라고 할 수 있는데, 허준의 《동의보감》 이후 편찬된 의학서 가운데 최고의 걸작으로 평가받고 있는 의학서다.

숙종 39년 12월 16일자(1714년 1월 31일) 《숙종실록》에는 『경상도 의원 유이태가 조정의 부름에 빨리 응하지 않으므로 처벌해야 한다』는 사헌부의 탄핵 내용이 실려 있다. 당시 숙종은 심한 종기로 고생하고 있었는데, 경상도에 있는 의원 유이태가 명의라는 소문을 듣고 궁궐에서 그를 불렀으나, 그가 빨리 올라오지 않았다는 것이다.

그런데 이것은 유이태가 비록 산골(산청)에 묻혀 지내며 가난한 백성들의 치료에 전념하다 보니 임금의 부름을 받고도 선뜻 이들 곁을 떠나지 못했음을 보여주는 것이며, 또한 이 당시 그의 명성이 이미 궁중에까지 알려져 있었음을 의미하는 것이기도 하다.

그러나 유이태는 그 후 한양으로 올라가 숙종의 종기를 치료하였고, 그 공로를 인정받아 어의가 되었다. 그 후 유이태는 안산 군수로 임명되기도 했으나, 이를 사양하고는 산음으로 돌아가 병자들을 돌보고 치료하는 데 전념했는데, 그의 의술이 신기(神技)에 가깝다 하여 중국의 명의인 화타(華佗)와 편작(扁鵲)에 비유되기도 했다.

유이태는 《마진편》 외에도 《실험단방(實驗單方)》,《인서문견록(麟西聞見錄)》 등의 저서를 남겼으며, 그의 묘소는 경상남도 산청군 생초면 갈전리에 있다. 그러나 유이태는 허준보다도 무려 113년 늦게 태어난 인물이다. 따라서 유이태는 근본적으로 허준의 스승이 될 수 없다.

허준보다도 100년 년 후에 태어난 인물이 어찌 허준의 스승이 될 수 있겠는가. 그런데도 드라마 《집념》과 《소설 동의보감》의 작가인 이은성은 허준의 스승을 왜 유의태라고 했던 것일까.

우선 드라마나 소설은 허구가 얼마든지 용인되므로 이은성 작가가 자유로운 인물 설정을 했을 가능성이 있다.

혹 이은성 작가는 허준이 산청(山淸)에서 태어나 젊은 시절을 이곳에서 활동했던 것으로 보고, 이 산청 지역에서 오랫동안 명의로서 활동했던 유이태(劉以泰 혹은 劉爾泰)의 이름

을 유의태(柳義泰)로 바꾸어 허준의 스승으로 등장시켰던 것
은 아닐까.

이와는 달리 드라마 《집념》과 《소설 동의보감》의 작가
이은성이 허준의 스승으로 유의태를 설정한 데는 다음과 같
은 일화에서 비롯되었다는 견해도 있다.

유의태란 인물은, 경희대학교 초대 한방병원장을 지낸 노
정우(盧正祐, 1918~2008) 박사가 지난 1965년에 발표한 《인
물한국사》「허준 약전」편에서 처음으로 등장하는데, 이때
노정우는 「허준 약전」을 쓰기 위해 자료들을 조사하던 중
당시 진주에 살며 1950년대 후반에 《동의보감》을 최초로
한글로 번역하였으며, 한학자(漢學者)이자 당시 한국화가로
서도 명성이 높았던 운전(芸田) 허민(許珉, 1911~1967)에게 전
화를 걸어 진주 근처에서 태어났거나 활동했던 명의들에 대
해 물었다고 한다.

그러자 허민은 산청에서 오랫동안 활동했던 명의 유이태를
소개했다고 한다.

이때 노정우는 전화로 이 이름을 듣고는 정확한 고증 없이
「진주 유씨(晋州柳氏)」에 「의로울 의(義)」와 「클 태(泰)」
자를 임의로 써서 유의태를 실명인 것처럼 하여 《인물한국
사》「허준 약전」편에 유의태가 산청에 살던 명의이자 허준
의 스승이었던 것으로 글을 썼다고 하는데, 그가 쓴 「허준

동의보감　東醫寶鑑

약전」편에는 다음과 같은 내용의 글이 나온다.

『……그의(허준의) 생애에 대한 뚜렷한 기록이 적어 이를 다방면으로 장시간을 두고 고증(考證) 답사한 결과 그는 지금의 김포군(金浦郡 陽村面 孔巖里 陵谷洞)에서 고고의 소리를 내었고, 자라기는 경남(慶南 山淸郡)이라고 믿어진다.

— 중략 —

할머니가 진주(晋州) 출신의 유(柳)씨인 점으로 미루어 그의 어렸을 때의 생장은 역시 경상도 산청이라고 생각된다. 그 당시 산청 지방에 유의태라는 신의(神醫)가 있었는데, 그는 학식과 의술이 뛰어났을 뿐 아니라 인품이 호탕하고 기인(奇人)으로서 많은 일화와 전설을 남기고 있는데, 이 유의태가 바로 허준의 의학적인 재질과 지식을 키워준 스승이었다는 것이 여러 각도로 미루어 보아 부합되는 점이 있어 수긍이 간다……』

이후 이 「허준 약전」은 다른 사람들에 의해 정확한 검증 없이 자주 인용되었다고 하며, 드라마 《집넘》을 쓰기 위해 허준에 관한 자료들을 조사하던 작가 이은성도 이 글을 읽고는 이를 사실로 받아들여 허준의 스승을 유의태로 설정하여 소설을 썼다고 한다.

그래서 작가 이은성이 허준의 일대기를 그린 드라마로서

1975년에 방영된 《집념》을 처음 썼을 때는 물론 이 《집념》의 극본을 바탕으로 그가 1990년에 다시 《소설 동의보감》을 썼을 때에도, 그리고 이를 바탕으로 다시 나온 1991년의 드라마 《동의보감》을 비롯해서 1999년의 드라마 《허준》, 2013년의 드라마 《구암 허준》 등에서도 모두 유의태가 허준의 스승으로 나오는 바람에 유의태란 가공의 인물이 실존인물이며 허준의 진짜 스승인 것처럼 세상에 널리 알려지게 되었다는 것이다.

만일 이 같은 드라마나 소설에 나오는 유의태(柳義泰)가 실존했던 당대의 명의였다고 한다면 「진주 유씨(晋州柳氏)」 집안 족보에 그 이름이 당연히 등재되어 있어야 한다. 그러나 「진주 유씨」 집안 족보에는 유의태란 이름이 등재되어 있지 않다.

다만 2005년도에 간행된 「진주 유씨」 족보에 「조부는 유지(忠贊), 부친은 유응성(文行鳴世), 유의태는 후사가 없는 「유운」이라는 이름에 「일명 의태」라는 기록이 있으나, 여기에 나오는 유의태는 드라마 《집념》이나 《소설 동의보감》에 나오는 그 유의태와는 가계도 전혀 다르고 살았던 인생 또한 전혀 다른 인물이다. 즉 「진주 유씨」 가문에는 드라마 《집념》이나 《소설 동의보감》에 나오는 그 유의태란 인물은 존재하지 않는 것이다.

동의보감 東醫寶鑑

더욱이나 실존 인물이었던 명의 유이태는 「진주 유씨」가 아니며 성(姓)의 한자 또한 다른 「거창 유씨(居昌 劉氏)」이다.

《소설 동의보감》에서는 허준의 스승 유의태를 「버들 유(柳)씨」로 그리고 있는데, 실존 인물이었던 명의 유이태와는 그 본관과 성에 쓰인 한자부터가 다른 것이다.

또한 《소설 동의보감)에서는 허준의 스승 유의태의 조부인 유술은 「약초 캐는 사람」으로, 그리고 유의태의 부친인 유흥삼은 「비전(秘傳)의 유가고약(柳家膏藥) 행상」으로 묘사되어 있으나, 실존 인물이었던 명의 유이태의 조부는 통정대부란 벼슬을 했던 유유도이다.

이처럼 산청이 낳은 전설적인 명의 유의태가 그 이름이 약간 바뀌어 자신보다 100여 년이나 앞서 살았던 허준의 스승인 것처럼 묘사된 것에 대해 《인물한국사》「허준 약전」편에 유의태라는 인물을 처음으로 등장시켰던 노정우는 훗날 자신의 이 같은 오류를 인정하며 이런 말을 했다.

"1955년 모 백과사전 출판사로부터 허준의 약전을 써달라는 요청을 받고 허준을 연구했습니다. 하지만 허준에 대한 정보가 너무 없었습니다.

족보를 조사해 본 결과 허준의 조부가 경상우수사, 조모가

진주 유씨로 되어 있어 진주와 관련 있다고 생각해 진주에 거
주하는 허 모에게 전화해 '허준의 조부가 경상우수사, 조모
가 진주 유씨로 되어 있어 허준이 진주와 관련 있는 것으로
보이는데, 진주 근처에 유명한 한의(韓醫)로부터 의술을 배운
것으로 판단된다. 혹시 유명한 한의가 있었느냐?'라고 존재
여부를 그에게 물었습니다.

그러자 허 모 씨는 '산청에 수백 년 전에 유이태라는 전설
적인 명의가 있었다.'고 답해 진주 유씨(晋州柳氏), 의로울
의(義), 클 태(泰)를 썼을 것이라 보고 「유의태」를 허준의
스승으로 발표했습니다."

그러면서 그는 이런 말을 덧붙였다

"사실을 확인하지 못한 점에 대한 오류를 인정합니다. 허
준의 스승은 역사학자들이 밝혀내야 할 몫이며, 유이태의 후
손인 거창 유씨 가문에 미안할 따름입니다."

결국 드라마 《집념》과 《소설 동의보감》에 나오는 허준
의 스승 유의태는 절대로 실존 인물이 아니며, 이 드라마와
소설을 쓴 작가 이은성이 노정우가 쓴 「허준 약전」을 읽고
이를 사실로 생각해 시대적으로 허준보다 100여 년 후대에 살
았던 명의 유이태를 허구의 인물 유의태로 만들어 드라마와

소설 속에 등장시켰다는 것을 알 수 있다.

그런데도 드라마 《집념》과 《소설 동의보감》에서 산청이 유의태란 허구의 인물이 태어나고 의원으로서 오랫동안 활동한 곳으로 그려지고, 이 드라마와 소설이 큰 인기를 끌자 경남 산청군에서는 실존 인물이었으며 진짜로 산청에서 오랫동안 명의로 활동했던 유이태 대신 허구 인물인 유의태를 「산청을 빛낸 인물」로 선정해 산청 한의학 박물관에 그 영정까지 전시해 놓고 있다.

심지어 유의태의 가묘와 묘비, 동상, 기념비 등까지 제작해 대대적으로 홍보하고 있으며, 「유의태 약수터」까지 만들어 관광객들을 불러 모으고 있다. 실제로 존재한 적이 없는 허구의 인물 유의태를 산청이 낳은 위대한 신의(神醫)로 홍보하고 있는 것이다.

이에 대해 유이태의 후손들은 버젓한 실존 인물이 있는데도 불구하고 허구의 인물 유의태를 실존 인물인 것처럼 거짓 홍보하여 사실을 왜곡하고 있을 뿐만 아니라 명의 유이태와 그 후손들의 명예를 떨어뜨리고 있다며 산청군에 항의하며 시정을 요구하고 있다.

그러나 산청군은 유이태 후손들의 이 같은 항의와 시정 요구에도 별다른 반응을 보이지 않고 있다고 한다.

양예수(楊禮壽) 역시 허준의 스승이 아니었다

드라마 《집념》이나 《소설 동의보감》에서 묘사된 것과
는 달리 허준의 스승이 유의태가 아니라면, 허준의 스승은 과
연 누구인가?

일부에서는 드라마와 소설 속에서 허준을 괴롭히는 인물로
그려진 내의원의 어의이자 허준의 상관이었던 퇴사옹(退思
翁) 양예수(楊禮壽, ?~1597)가 허준의 스승이었을 것이라고
주장한다.

그러면서 이들은 우선 양예수와 허준이 내의원의 선임과
후임의 어의였을 뿐만 아니라, 이들이 훗날 《동의보감》편
찬에 함께 참여했다는 것을 그 근거로 제시한다. 이와 함께
이들은 유희춘이 쓴 《미암일기》에 양예수와 허준이 유희춘
의 집을 자주 방문했다는 기록이 있는데, 이를 통해서 허준이
내의원에 들어가기 전부터 양예수와 잘 아는 사이였으며, 스
승과 제자 사이였을 것으로 추정한다.

그러나 이러한 주장은 구체적이고도 논리적이지도 못할 뿐
만 아니라 막연한 추측에 불과한 것이다. 왜냐하면 양예수와
허준이 내의원에서 선임과 후임의 어의로서 함께 근무했고,
또 이들이 《동의보감》편찬에 함께 참여했다고 해서 스승과

동의보감　東醫寶鑑

허 許
준 浚

제자 사이라면 당시 내의원에 근무했던 어의들과 《동의보감》 편찬에 함께 참여했던 어의나 의원들은 양예수와 허준 말고도 많이 있었는데, 그렇다면 이들도 서로 스승과 제자 사이란 말인가.

또한 양예수와 허준이 유희춘의 집에 각기 자주 드나든 것은 사실이고, 이때 이들이 서로 알고 지내던 사이일 수는 있다. 하지만 이들이 유희춘의 집에 각기 자주 들렀다고 해서 반드시 서로 잘 아는 사이라고는 할 수 없으며, 단지 양예수와 허준이 같은 집에 드나들었다고 해서 스승과 제자 사이라고 하는 것은 설득력이 거의 없는 주장이다.

더욱이 이때 이미 양예수와 허준이 스승과 제자 사이였다면 유희춘이 허준을 내의원 의원으로 천거하기에 앞서 스승이며 내의원 어의로 있던 양예수가 먼저 허준을 천거해야 하지 않겠는가.

뿐만 아니라 유희춘이 허준을 내의원에 천거했을 때 허준은 이미 의술 경험이 풍부한 의원이었고, 또한 허준이 의학을 공부하는 동안 양예수 밑에서 수학을 했다는 기록은 어디에도 없다.

또 허준이 일찍이 의원의 길에 뜻을 품고 공부할 때와 허준이 전라감영의 심약으로 있을 때에 양예수는 허준이 있던 지역에 있지도 않았을 뿐만 아니라, 그는 이미 어의로서 임금

곁에서 지낼 때였는데, 그러던 그가 언제 궁중 밖으로 나와 당시 이미 의원과 전라감영 심약으로 바쁘게 살던 허준을 제자로 삼아 가르쳤겠는가.

그렇다면 양예수는 어떤 인물이며, 또 이떠한 삶을 살았을까.

1891년(고종 28년) 간행된 조선조 의과 급제생들의 방명록으로서 1498년(연산군 4년)부터 1891년(고종 28년)에 이르기까지 158회의 의과시험에서 급제한 사람들의 이름과 자, 생년, 관명, 가계 및 본관이 상세하게 기록되어 있는 《의과방목(醫科榜目)》에 의하면, 양예수는 1549년(영종 4년) 식년(式年) 의과에 급제한 것으로 되어 있으며, 박학다식하고 의술에도 능통한 명의로 알려져 있다.

그러나 그는 1563년(명종 18년) 내의원 주부(內醫院主簿)로 있을 때 명종의 아들인 순회세자(順懷世子)의 병을 치료하지 못한 책임을 지고 투옥되었다. 하지만 이듬해(1564년, 명종 19년)에 그는 다시 예빈사판관(禮賓寺判官)으로 발탁되었으며, 이어 1565년(명종 20년)에는 어의로서 명종의 총애를 받아 통정대부에 오른다.

그러다가 1567년 명종이 세상을 떠나자, 그의 어의들이 책임을 지고 처벌을 받을 때 양예수도 함께 투옥되었다가 곧 복직되었다.

1580년(선조 13년)에 그는 가선대부(嘉善大夫)에, 1586년(선조 19년)에는 가의대부(嘉義大夫), 그리고 1595년(선조 28년) 중추부동지사(中樞府同知事)가 되었으며, 이듬해인 1596년(선조 29년)에는 태의(太醫)로서 허준과 함께 《동의보감》의 편찬에도 참여했다.

그는 특히 박세거(朴世擧)·손사명(孫士銘) 등과 함께 《의림촬요(醫林撮要)》를 저술하였는데, 13권 13책으로 된 이 의서는 우리나라 역대 의학자들의 치료활동과 이들이 쓴 저서들을 소개하는 한편, 당시까지의 우리나라 한의학의 발전 성과들을 종합하여 병증을 구분하고 매 병증마다 원인과 증상, 치료법, 간단한 처방들을 추려서 싣고 마지막 부분에는 필자의 경험방을 싣고 있다.

또한 이 책에는 당시 우리나라에서 생산되는 약재들로 쉽게 만들어 쓸 수 있는 처방들이 자세히 실려 있으며, 식이요법의 중요성도 강조되어 있다.

이 《의림촬요》에는 양예수가 《의림촬요》 8권을 저작한 것으로 기록되어 있다. 그러나 허준이 쓴 《동의보감》권1 「역대의방서목(歷代醫方書目)」에는, 『《의림촬요》는 정경선(鄭敬先) 소찬(所撰), 양예수(楊禮壽) 교정(校正)』이라고 기록되어 있다. 즉 『《의림촬요》는 정경선이 편찬하고, 양예수가 교정하였다(醫林撮要 本國內醫鄭敬先所撰楊禮壽

校正).』라고 밝히고 있는 것이다.

그런데 여기에 나오는 정경선은 양예수의 스승으로 알려진 의원으로서 명종 때에 내의를 지낸 인물이다. 따라서 《의림촬요》는 원래 정경선이 편찬한 8권이었으나, 선조 때에 이르러 양예수가 박세거·손사명 등과 함께 증보하여 총 13권으로 만들었다는 견해도 있고, 양예수가 먼저 편찬한 8권의 저작물에 그의 스승인 정경선이 증보(增補)하고 양예수가 이를 다시 교정한 것으로 보는 견해도 있다.

양예수는 이처럼 훌륭한 어의였으나 당시의 잘못된 관습에 따라 임금의 병을 고치지 못해 죽음에 이르게 했다는 이유로, 혹은 세자의 병을 치료하지 못한 책임을 지고 자리에서 물러나 투옥되는 등 굴곡진 삶을 살다가 1597년(선조 30년)에 세상을 떠났다.

양예수와 허준의 삶을 비교해 볼 때, 이들은 특히 내의원에서 오랫동안 어의로서 함께 일했음은 분명하다. 그러면서 이때, 특히 허준이 내의원에 처음 들어갔을 때 허준은 자신의 상관이자 어의로서 풍부한 경험과 뛰어난 의술을 지니고 있었던 양예수로부터 많은 지도를 받았을 가능성은 높다. 그러나 이것이 곧 양예수가 허준의 스승이었다고는 말할 수 없는 것이다.

또한 양예수가 만일 허준의 스승이었다면 허준은 스승인

東醫寶鑑 동의보감

양예수로부터 배우고 익힌 것들, 혹은 스승의 의술 경험 등을 따라서 하거나 활용하기 마련이다.

또 이런 이유로 스승과 제자 사이에는 아무래도 스승의 의술 방법이나 처방 내용, 약재의 선호나 약물을 쓰는 방식, 또는 사상(思想)이나 사고방식 등이 유사한 경우가 많은 법이다.

그런데 양예수와 허준의 의술 방법이나 처방 내용, 약재의 선호나 약물을 쓰는 방식, 또는 사상이나 사고방식 등이 유사하기는커녕 상당한 차이를 보였다. 심지어 정반대의 경향마저 보였다.

이를테면 양예수는 어떤 처방을 할 때 그 성질이 따뜻한 온성(溫性)이나 그 성질이 뜨거운 열성(熱性) 인삼 같은 약재들을 주로 선호하며 처방한 데 비해 허준은 이와는 반대로 그 성질이 차갑거나 서늘한 한성(寒性) 약재들을 더 선호하는 경향이 있었다.

또한 투약 방법에 있어서도 양예수는 보다 빠른 치료 효과를 위해 부작용이 좀 있는 약재라고 하더라도 과감히 써서 좋은 치료 효과를 보기도 했으나, 부작용으로 사람을 상하게 하는 일이 많았다고 하며, 이에 비해 허준은 빠른 효과보다는 보다 안전하고 부작용이 적은 처방약을 주로 택하는 경향이 있었다.

이런 상반된 투약 방식만 놓고 보더라도 양예수와 허준이 스승과 제자 사이라고 보기는 어렵다.

더욱이 양예수와 허준은 내의원에서 같은 어의로서 오랫동안 함께 일했는데, 스승인 양예수가 보는 앞에서 제자인 허준이 스승과는 상반된 투약을 한다는 것은 스승으로부터 배우고 익힌 것을 그대로 따라야 하는 것이 스승에 대한 인간적 도리이자 관례였던 당시의 풍습으로서는 거의 있을 수 없는 일이 아닌가.

결국 양예수는 내의원의 수의(首醫)로서 후배인 허준에게 자신의 의술과 의술 경험 등을 전수해 주고 많은 가르침과 조언을 해주었을 것은 분명해 보이나, 우리가 흔히 알고 있는 그런 스승과 제자 사이는 아니었다는 뜻이다.

또 허준의 입장에서 본다면, 양예수는 자신보다 내의원 서열이 훨씬 높은 선배 어의였으므로 허준은 양예수에게 배우고 지시받는 입장이었다. 그리고 당시에는 자기보다 나이가 10살만 많아도 부친의 예우로 대해야 했는데, 양예수의 출생 연도가 알려져 있지 않아 정확한 나이 차이는 알 수 없지만, 양예수와 허준의 나이 차이는 이보다도 훨씬 더 컸을 것으로 보인다.

따라서 서열과 나이의 차이가 컸을 뿐만 아니라 상하관계였던 이들은 서로 대립하고 충돌하며 경쟁할 만한 관계는 아

동의보감 東醫寶鑑

니었다.

또 이런 점에서 《소설 동의보감》에서 묘사된 것과는 달리 양예수가 허준을 못살게 굴지도 않았을 것이다.

비록 소수의 의견이기는 하나, 조선조 중기의 뛰어난 학자였으며 화담(花潭) 서경덕(徐敬德, 1489~1546)의 문인(門人, 문하생)으로서 유(儒)·불(佛)·선(仙)에 모두 조예가 깊고, 예서(禮書)에도 정통했을 뿐만 아니라, 특히 기수학(氣數學)에 뛰어나 명종 때 으뜸가는 학자로 꼽혔으며 2권 1책으로 된 문집 《수암유고(守庵遺稿)》와 저서 《사례집설(四禮集說)》을 쓴 수암(守庵) 박지화(朴枝華, 1513~1592)를 허준의 스승으로 보는 견해도 있다.

왜 그런가?

우선 박지화가 어떤 인물이었는지를 살펴보면, 그는 어려서부터 재주가 많고 총명하였으나, 자연 속에서 생활하기를 좋아해 전국에 있는 명산(名山)들을 두루 찾았다. 또한 그는 일반 사람들이 먹는 음식은 거의 먹지 않고 솔잎을 따서 먹었으며, 생식을 주로 했다.

나이 70여 세 때에 그는 금강산을 유람한 적이 있는데, 이때 그는 여러 길 되는 물을 가볍게 뛰어넘고 걸음이 어찌나 빠르고 날렵했던지 마치 새가 나는 것 같아 함께 있던 스님들이 이를 보고는 놀라 혀를 내둘렀다는 일화도 있다.

　1614년(광해군 5년)에 조선조 중기의 명신(名臣)으로서 주청사(奏請使 ; 조선시대 때 중국에 외교문제 관계로 보내던 비정규적인 사절 또는 그 사신)로 연경(燕京 ; 베이징의 옛 이름)에 내왕하며 예수회 소속 이탈리아 신부 마테오 리치(Matteo Ricci, 利瑪竇)가 한문으로 저술한 천주교 교리서인 《천주실의(天主實義)》 등을 들여와 한국 최초로 서학(西學)을 도입했던 지봉(芝峰) 이수광(李睟光, 1563~1628)이 편찬한 한국 최초의 백과사전 격의 저술인 《지봉유설(芝峯類說)》에는 박지화의 기이한 행적이 수록되어 있는데, 그 내용을 보면 다음과 같다.

　『그는(박지화) 밥을 먹지 않고 솔잎과 소나무 껍질만 먹었으며, 엄동설한(嚴冬雪寒)에도 무명옷을 입고 지냈으나, 그 옷은 언제나 금방 다린 것처럼 구김이 전혀 없었으며, 잘 때는 책을 베개로 삼고, 이따금 종일토록 말 한마디 없이 꿇어 앉아 있었다.』

　이처럼 박지화는 세상과는 좀 떨어져 기이한 삶을 살았으나, 그의 학문은 높이 평가되어 일찍이 이문학관(吏文學官)에 임명되기도 했다. 그러나 그는 이를 사양하고 나가지 않았다. 다만 그는 한때 현감(縣監)을 지낸 적이 있는데, 이것이 그가 맡았던 유일한 공직이었다.

동의보감　東醫寶鑑

1592년(선조 25년) 임진왜란이 일어나자, 그는 왜군들을 피해 친구인 정굉(鄭宏)과 함께 백운산(白雲山)으로 들어가 은신했다. 그러던 중 왜군들이 몰려와 그를 잡기 위해 포위하자 그는 두보(杜甫)의 오언율(五言律) 한 수를 써서 나뭇가지에 걸어 놓은 다음 그 아래 있던 계곡의 물속으로 몸을 던져 스스로 목숨을 끊었다.

그는 죽은 후에 다시 수선(水仙), 선인(仙人), 도사(道士)가 되었다는 이야기도 전해온다.

이 같은 삶을 살았던 박지화는 생전에 조선 중기의 유학자로서 학문연구에서 격물(格物)을 통해 스스로 터득하는 것을 중시하며 독창적인 기일원론(氣一元論)의 철학을 제창했던 서경덕의 문인으로 들어갔는데, 당시 서경덕의 제자나 문인으로는, 훗날 《토정비결(土亭秘訣)》을 지은 토정(土亭) 이지함(李之菡, 1517~1578)을 비롯하여 우리나라 최초의 소설인 《홍길동전》을 지은 작가로 인정되는 허균(許筠)의 아버지 허엽(許曄), 선조 때 영의정을 지낸 박순(朴淳) 등 많은 사람들이 있었다.

그런데 박지화가 허준의 스승이었다고 주장하는 사람들은 그 근거로 우선 허준이 《동의보감》을 집필할 때 전대(前代)의 학설을 널리 흡수하고 자신의 의견은 간략히 개진하는 이른바 「술이부작(述而不作)」의 논리전개 방식을 사용했는데, 이것이 바로 서경덕이 평소 제자와 문인들에게 강조했던 『학문적 경향은 궁리(窮理)와 격치(格致)를 중시하고 전대의 학설을 널리 흡수하면서도 자신의 견해는 간략히 개진하는 방식』과 흡사하다는 것을 들고 있다.

그러면서 이들은 《동의보감》에서의 이러한 집필 방식은 서경덕의 문인이었던 박지화가 스승인 서경덕으로부터 「술이부작」의 논리전개 방식을 배워 이를 다시 자신의 제자인 허준에게 가르쳐 주었기 때문으로 주장한다.

즉 서경덕이 자신의 제자와 문인들에게 강조했던 「술이부작」의 논리전개 방식이 서경덕의 문인이었던 박지화를 거쳐 다시 박지화의 제자인 허준에게 이어져 허준이 《동의보감》을 쓸 때 스승 박지화에게 배운 대로 「술이부작」의 논리전개 방식을 채택했으며, 따라서 허준은 박지화의 제자라는 것이다.

그러나 서경덕이 평소 제자와 문인들에게 「술이부작」의 논리전개 방식을 강조했고, 허준은 《동의보감》을 집필하면서 전대의 학설을 널리 흡수하고 자신의 의견은 간략히 개진하는 「술이부작」의 논리전개 방식을 썼다고 해서 이것이 곧 박지화가 허준의 스승이라는 주장은 지나친 논리의 비약이라고 하지 않을 수 없다.

더욱이 「술이부작」의 논리전개 방식은 서경덕이 처음으

로 창안해 낸 것이 아니라, 중국 유교의 근본 문헌이자 유가 (儒家)의 성전(聖典)이라고도 할 수 있으며, 공자의 가르침을 가장 확실하게 전하고 있는 《논어(論語)》 술이편(述而篇)에 나오는 말이다.

그리고 공자는 여기서 자신의 저술에 대해 「술이부작」 즉, 『서술은 하되 지어내지는 않는다.』 혹은 『나는 옛사람 의 설(說)을 저술했을 뿐 새롭게 창작한 것은 아니다.』라며 자신의 저술에 대해 겸양(謙讓)을 나타내는 뜻으로 「술이부 작」이란 말을 했던 것이다.

다시 말해 공자는 자신의 저술에 대해 자신이 새롭게 창안 하여 쓴 것은 거의 없으며, 자신은 단지 옛 사람들이 오랫동 안 공들여 이룩해 놓은 저술이나 업적을 참고하고 이를 다시 인용하여 쓴 것일 뿐이라며 지극히 겸손한 태도를 보인 것인 데, 「술이부작」이란 이 말은 그 후 『선인들의 업적을 이어 이를 설명하고 서술할 뿐 새로운 부분을 만들어 첨가하지 않 는 태도』를 뜻하는 말로 쓰이게 되었다.

따라서 「술이부작」이란 말은 서경덕이 처음으로 한 말도 아니며, 「술이부작」의 논리전개 방식 또한 그 근본은 《논 어》 술이편에 나오는 공자의 가르침에 의한 것이다.

서경덕은 다만 공자의 이러한 가르침을 배우고 스스로 연 구한 끝에 여기에다 나름대로의 의견과 구체적인 방법을 통해 자신의 제자와 문인들에게 「술이부작」의 논리전개 방식을 가르쳤을 뿐이다.

이런 점에서 허준이 《동의보감》을 쓸 때 「술이부작」의 논리전개 방식을 채택했던 것도, 그 또한 《논어》의 술이편을 공부하며 공자의 가르침대로 자신의 저술을 겸손하게 낮추기 위한 것으로 보인다.

즉 허준은 《동의보감》의 내용이 이제까지 없었던 것을 자신이 새롭게 창안하여 쓴 획기적인 창작물이 아니라, 옛 문헌들에 이미 나와 있는 한의학 이론 및 각종 질병에 관한 연구와 치료법, 고래(古來)로 쓰여 온 처방의 효능과 부작용, 각종 질병에 걸렸을 때나 위급한 상황에서의 대처법, 약초와 약재들의 특성과 효능 및 부작용 등을 다시금 살피고 종합하여 정리하는 한편, 우리나라 현실에 맞게 보완한 것이라며, 『서술은 하되 지어내지는 않는다』라는 공자의 가르침에 따라 「술이부작」의 논리전개 방식을 채택했던 것이다.

물론 허준이 자신보다 조금 앞선 시대에 살았던 현인(賢人) 서경덕의 문인이었던 박지화나, 자신과 먼 친척 관계였던 허균의 아버지 허엽(許曄, 1517~1580), 또는 서경덕의 다른 제자나 문인 등을 통해서 서경덕의 가르침이나 「술이부작」의 논리전개 방식을 간접적으로 배웠을 수도 있으며, 이렇게 배운 것을 《동의보감》 집필 때 활용했을 가능성도 배제할 수는 없다.

하지만 허준이 이런 사람들, 특히 박지화에게 서경덕의 가르침이나 「술이부작」의 논리전개 방식을 배웠다는 기록은 어디에도 없으며, 설령 허준이 박지화 등으로부터 이런 것들을 배웠다고 해도 그것이 곧 허준의 스승은 박지화라고 말할 수는 없지 않은가.

더욱이 박지화는 자신의 건강관리를 위해서, 그리고 선인(仙人)이 되기 위하여 평소 밥을 먹지 않고 솔잎과 소나무 껍질만 먹는 등 생식을 주로 하며 자연 속에서 살면서 꾸준히 도인법(導引法 ; 도교道教에서 몸을 튼튼하게 하고 병을 치료하거나 선인이 되기 위하여 시행하는 장생양생법長生養生法을 말하며 도인술導引術이라고도 한다. 정신을 집중하는 법, 침을 삼키는 법, 숨을 조절하는 법, 힘을 쓰는 법, 운동하는 법, 손으로 만지고 비비는 법 등 여러 가지가 있다)을 실행한 사람이기는 했으나, 정식으로 의학수업을 받고 병자들을 상대로 의술을 시행했던 의원은 아니었다.

뿐만 아니라 그는 자유로운 삶을 추구하며 전국에 있는 명산으로 돌아다니기를 좋아했으며, 한곳에 얽매여 사는 것을 무척 싫어했다.

그런데도 이같이 타고난 방랑기질을 지녔던 데다가 의술을 정식으로 공부한 의원도 아닌 박지화가 어떻게 허준에게 의술을 가르친 스승이라고 할 수 있겠는가.

제자를 두고 의술을 가르치려면 많은 세월이 소요되며, 스승과 제자가 오랫동안 함께 지내야 하는데, 의원도 아니고 여기저기 떠돌아다니며 자유로운 삶을 살았던 박지화가 허준 곁에서 오랫동안 함께 있으며 의술을 가르칠 수는 없지 않았겠는가.

제3장 내의원 출사(出仕)

허준, 약방(藥房) 의관이 되다

허준이 유희춘의 천거로 1569년(선조 2년) 이후에 종4품 내
의원 첨정이란 벼슬을 받고 내의원 의관으로서 처음 출사(出
仕)했을 때 내의원은 흔히 약방(藥房)으로 불렸으며, 「내약
방(內藥房)」 혹은 「내원(內院)」으로 불리기도 했다. 약방의
위치는 경복궁(景福宮) 안 홍문관(弘文館) 동쪽에 자리 잡고
있었다.

홍문관은 흔히 옥당(玉堂)이라 불렸는데, 홍문관은 경서(經
書)와 사적(史籍)의 관리, 문한(文翰)의 처리 및 왕의 자문에
응하는 일을 맡아보던 관아로서 학문적·문화적 사업에 주도
적 구실을 하는 기관이었다. 또한 홍문관은 사헌부(司憲府),
사간원(司諫院)과 더불어 삼사(三司)라고도 불렸다.

당시 경복궁 안에는 수정전(修政殿)을 중심으로 하여 대전
장방(大殿長房)·내반원(內班院)·수라간(水刺間)·정원(政
院)·빈청(賓廳)·선전관직방(宣傳官直房)·검서청(檢書
廳)·옥당(玉堂)·약방·의관방(醫官房)·내각(內閣) 등 많
은 전각들이 영추문(迎秋門)에 이르기까지 즐비하게 자리 잡

고 있었다.

이들은 모두 임금과 왕실을 가까이에서 보좌하는 업무를 맡은 근위 관청으로서 흔히 궐내각사(闕內各司)라고 했다. 궐내각사란 「궁궐 안의 관아」라는 뜻으로서 조선시대의 여러 관원들이 궁에 들어와서 일하던 관청을 말한다.

이에 비해 광화문(光化門) 밖에 있었던 관청을 궐외각사(闕外各司)라고 했으며, 당시 육조(六曹 ; 고려와 조선시대 때에 정무政務를 나누어 맡아보던 6개의 중앙관청인 이조吏曹・호조戶曹・예조禮曹・병조兵曹・형조刑曹・공조工曹를 말한다) 등 대부분의 관청은 궁궐 바깥에 따로 있던 궐외각사에 속했다.

경복궁 안에 있던 많은 궐내각사 건물들 중에서도 특히 수정전은 가장 격이 높고 웅장한 건물로서 임금이 거처하기도 하였으며, 세종(世宗) 때에는 집현전(集賢殿 ; 고려와 조선 초기에 걸쳐 궁중에 설치한 학자 양성과 학문연구를 위한 기관으로서 경연經筵과 서연書筵을 담당하던 곳)이 설치되었던 곳이기도 했다.

그러나 1456년(세조 2년) 단종(端宗) 복위를 꾀했던 사육신(死六臣)을 비롯하여 세조에 반대하는 사람들이 집현전에서 많이 나오자, 왕위를 찬탈한 세조(世祖)는 이 집현전을 폐지하고 여기에 소장되었던 많은 서적들은 예문관(藝文館)에서 관장하게 하였으며, 집현전과 같은 기능은 훗날 홍문관에서 대신하게 되었다.

그런데 이들 궐내각사들은 서로 밀집되어 있어 그 각사 사이로 난 좁은 길들은 마치 미로(迷路)와 같이 복잡하게 얽혀 있었다. 때문에 허준은 의관이 되어 내의원에 처음 들어갔을 때 어디가 어딘지 몰라 이리저리 찾아다니는 등 어려움을 겪었다.

그러나 경복궁 안에 있던 수정전은 물론 그 많던 궐내각사들은 임진왜란 때 모두 불타 버리는 수난을 겪는다. 이때 허준이 일하던 내의원 또한 불에 타 없어지고 만다.

그러다가 내의원은 훗날 광해군이 경복궁과 함께 임진왜란 때 불타버린 창덕궁(昌德宮)을 중건하면서 창덕궁 안으로 옮기게 되며, 경복궁 수정전은 이보다도 한참 후인 1867년(고종 4년)에 재건된다.

허준이 내의원에서의 첫 벼슬인 종4품 내의원 첨정이 되어 내의원에 들어간 첫날, 나이가 좀 들어 보이는 의관 하나가 허준을 안내하여 내의원의 어의와 의관들이 평소 머무르는 의관방(醫官房)으로 데려갔다.

그는 먼저 의관방에 모여 있던 수의(首醫) 양예수를 비롯한 여러 어의들과 의관들에게 허준을 소개한다.

"다들 알고는 계시겠지만, 이번에 우리 약방에 첨정으로 새로 오게 된 허준 의관입니다."

이 말에 허준은 그 자리에 있던 어의와 의관들을 향해 정중하게 인사를 올리며 말한다.

"약방에서 새로 일하게 된 허준이라고 하옵니다. 부족한 점이 있지만, 너그러이 봐 주십시오. 잘 부탁드립니다."

이어 안내하는 의관이 허준을 양예수 앞으로 데려가더니, 허준에게 눈짓을 하며 말한다.

"수의 어른이시네. 어서 인사 올리게."

"허준이라고 하옵니다. 말씀 많이 들었습니다. 이렇게 뵙게 되어 영광입니다."

허준은 이렇게 말하고는 양예수 앞으로 다가가 큰 절을 올렸다.

허준은 내의원에 들어오기 전부터 이미 양예수를 알고 있었다. 비록 양예수와 개인적으로 잘 아는 사이는 아니었지만, 허준은 유희춘의 집에 자주 드나들면서 그곳에서 간혹 양예수를 만난 적이 있었기 때문이었다.

또한 허준은 그때 유희춘의 소개로 양예수에게 인사를 올리고 잠시 이야기를 나눈 적도 있었다. 유희춘이 쓴 《미암일기》에도 양예수가 유희춘의 집에 한 달에 한 번 정도 드나들었으며, 유희춘 자신을 진료해 주었다는 기록이 보인다.

그러나 허준은 내의원의 여러 어의들과 의관들이 보는 앞에서 구태여 양예수를 이미 잘 알고 있다는 것을 드러내고 싶지 않았다. 그래서 허준은 양예수를 보자 짐짓 모르는 투로 이같이 말했던 것이다.

양예수 또한 허준에게 아는 체를 하지 않았다. 그는 다만 턱 밑으로 길게 내려온 하얀 수염을 손으로 만지작거리며 고개만 끄덕였을 뿐이다.

"부족한 게 너무 많사오니, 많은 가르침 청하옵니다."

허준이 다시 이렇게 말하자, 양예수도 입을 연다.

"우리 약방에 온 것을 환영하네. 나도 자네에 대한 이야기는 많이 들었네. 자네도 잘 알겠지만, 우리는 전하와 왕실의 건강을 책임지고 있는 사람들이야. 그러니 한 치의 실수도 있어서는 안 돼. 목숨 바쳐 전하를 잘 보필하겠다는 각오로 최선을 다하게."

"알겠습니다. 말씀, 명심하겠습니다."

"의과 시험을 거치지 않고 이렇게 첨정이 되어 온 사람은 자네가 처음일세. 기대해 보겠네."

이날, 허준은 수의 양예수를 비롯한 내의원의 모든 어의들 및 의관들과 인사를 나누었다. 이들 가운데 몇몇은 의과시험을 거치지 않고 내의원에 들어와 대번에 첨정 자리를 꿰어 찬 허준을 못마땅한 시선으로 바라보았고, 허준도 이를 의식했다.

이로부터 며칠 후, 양예수는 허준을 조용히 불러 이런저런 이야기를 나누다가 불쑥 이런 말을 한다.

"미암(유희춘)으로부터 혹 내 얘기를 들었는지는 모르겠으나, 난 자네와는 달리 의과에 여러 번 낙방한 끝에 겨우 합격하여 약방에 들어왔네. 정말 힘들게 들어왔어."

그러더니 양예수는 자신이 오래 전 내의원에 처음 들어왔던 때가 생각나는지 눈을 지그시 감은 채 한동안 말이 없었다.

침묵이 꼬리를 물고 이어지는 듯 길게 흘렀다.

사실 양예수는 의과시험을 통과하지 않고 유희춘의 천거에 의해 내의원에 들어온 허준과는 사뭇 달랐다. 게다가 그는 허준보다도 더 신분이 낮은 천민 출신이었다.

양반들로부터 무수한 핍박과 멸시를 받으며 천민으로 살던 양예수는 어려서부터 의원이 되어 중인 신분으로 상승해 보겠다는 마음을 먹었다.

그래서 그는 스무 살도 채 되기 전의 어느 날, 집을 나와 산 속에서 은거하고 있던 장한웅(張漢雄)을 찾아갔다. 장한웅이 신비의 의술로서 많은 병자들을 고쳐 주었다는 소문을 듣고서였다.

장한웅은 당시 서경덕과 쌍벽을 이룬다는 말이 있을 정도로 학문이 높고 신비한 의술을 지닌 인물로 소문나 있었는데, 양예수는 그런 사람 밑에서 의술을 배우면 자신도 틀림없이 명의가 될 수 있을 거라고 믿고 그를 찾아가 무릎을 꿇고 제자 되기를 청했던 것이다.

그렇다면 장한웅은 또 누구인가?

그의 자세한 내력(來歷)은 알 수 없으나 그의 집안은 장한웅의 조부로부터 3대에 걸쳐 양의(瘍醫 ; 종기와 부스럼, 외상 등의 외과 질환을 주로 치료하는 의원)를 가업으로 이어 내려 왔다고 하며, 이 양의 분야에서 특히 뛰어났던 것으로 전해 온다.

특히 장한웅의 부친은 일찍이 상륙(商陸 ; 자리공과에 속하는 다년생 초본식물의 비대한 뿌리를 상륙이라고 하는데, 독성이 강하지만, 강한 이뇨작용이 있어서 이뇨제로 많이 사용하는 한약재다. 장류근章柳根, 자리궁者里宮, 자리거者里居, 문장류文章柳, 자리군者里君, 자리궁者里芎이라고도 한다)을 먹고 나서는 귀신을 볼 수도 있고 부릴 수도 있었다고 하며, 나이가 98세가 되었을 때에도 마치 40세 정도로 젊게 보였다고 한다.

그는 출가하여 집을 떠날 때 두 권의 책을 아들 장한웅에게 주었는데, 이 책들이 바로 《옥추경(玉樞經)》과 《운화현추(運化玄樞)》였다고 하며, 장한웅이 이 책을 받아 수없이 읽고 나자 그 또한 귀신을 불러오게 할 수 있었고, 학질(瘧疾)도 낫게 할 수 있었다고 한다.

그런데 그는 갑자기 이 일을 그만두고는 자기 아버지처럼 마흔 살에 출가하여 지리산에 들어갔으며, 그곳에서 어떤 이인(異人)을 만나 연마법(煉魔法)과 도교(道敎)의 수진법(修眞法)을 배운 것으로 알려져 있다.

젊은 양예수가 찾아와 의원이 되겠다며 제자 되기를 청하자, 장한웅은 양예수를 쏘아보듯이 한참 동안 바라보더니, 한마디 던진다.

"의원이 되겠다고? 의원이 꼭 하고 싶은가?"

"예, 전 스승님으로부터 의술을 배워 꼭 훌륭한 의원이 되고 싶습니다. 저 같은 신분에 제가 할 수 있는 일은 그것밖에 없는 것 같습니다."

그러자 장한웅은 큰소리로 껄껄 웃었다. 그러더니 한마디를 던진다.

"하긴 이 따위 추악한 세상에서 상놈에 지나지 않는 네가 할 수 있는 일이 뭐가 있겠는가? 또 네가 의원이 된다 한들 뭐가 달라지겠는가? 양반들 밑에서 그들의 종노릇하는 것과 다를 바 없을 텐데……."

이런 말에도 양예수가 끈질기게 매달리며 제자가 되겠다고 하자 장한웅은 마지못해 그를 제자로 받아들였다.

허
許 준
浚

양예수는 산속에 있는 장한웅의 움막에서 그와 함께 기거하며 장한웅으로부터 의술과 약초들에 관한 것들을 배웠다. 장한웅이 그의 아버지가 준 책들을 보면서 스스로 터득했다는 여러 가지 비법과 연마법, 도교의 수진법 등도 배웠다. 그러다가 장한웅이 자신은 더 깊은 산속으로 들어가 혼자 공부하겠다며 떠나버리자, 양예수는 산을 내려와 의과시험에 응시했다.

그러나 결과는 낙방이었다. 여러 차례 다시 응시했으나 번번이 낙방했다. 그러자 양예수는 의관이 되기를 단념하고는 궁궐에 들어가 험한 잡일을 했다.

그러던 중 양예수는 당시 내의원의 내의로 있던 정경선의 눈에 들어 그에게서 다시 의술을 배우는 한편, 고위 관리였던 정호음(鄭湖陰)의 도움으로 학문도 배운 뒤 1549년(명종 4년) 다시 의과에 도전한 끝에 좋은 성적으로 합격하여 내의원의 내의가 될 수 있었다.

이후 그는 뛰어난 의술로 많은 병자들을 치료하며 명성을 날렸지만, 양반들은 천민 출신인 그를 여전히 무시하며 못마땅하게 여겼다.

특히 그를 못마땅하게 여기던 몇몇 고위 관리들은 그에게 누명을 씌워 내의원에서 쫓아낼 생각으로 계책을 꾸미고는 어느 날, 고위 관리 하나가 양예수를 불러 자신의 친척을 치료하라고 했다.

이에 양예수는 이 고위 관리의 친척이라는 사람의 집으로 가 보았더니, 그는 자리에 누운 채 양예수의 위아래를 훑어보면서 빈정거리는 투로 이렇게 말하는 것이었다.

"요 며칠 동안 계속 한기(寒氣)가 들다가 열이 나고, 온몸이 피곤해서 눕고 싶은 생각만 드네. 그리고 기운이 떨어지며 식은땀도 나고…… 듣기에 자네가 용하다고 하던데, 이럴 때는 어떤 처방을 써야 낫겠는가?"

그러나 양예수가 진맥을 해보니 그는 일부러 여러 날 굶은 것 같았으며, 특별한 병은 없어 보였다.

양반들이 자신을 시험하여, 자신이 만일 이런 병에는 어떤 처방약을 써야 한다고 하면 아프지도 않은데 무슨 약이냐며 트집을 잡으려고 꾸민 계략임을 직감한 양예수는 이렇게 말한다.

"알겠습니다. 곧 나을 수 있는 좋은 처방약을 알려 드리지요. 우선 햅쌀로 잘 지은 밥을 커다란 상추에 싸서 주먹만한 크기로 환(丸)을 만드십시오. 그런 다음 이렇게 만든 상추환을 아침과 점심, 저녁때마다 10개씩 드시는데, 이때에는 생선구이나 고기로 만든 음식을 꼭 곁들여 드십시오. 며칠간만 이 환약을 꾸준히 드시면 틀림없이 몸이 거뜬해지며 자리에서 일어나실 겁니다."

이 같은 양예수의 기지 있는 처방 이야기가 천민 출신인 그를 괜스레 못마땅하게 여겨 내의원에서 쫓아내려고 했던 고위 관리들에게 전해지자, 이들은 크게 웃으며 이런 말을 했다고 한다.

"하하, 천한 신분이라 의술도 형편없을 줄 알았는데, 우리 꾀에 속아 넘어가지를 않네. 기지도 있고 그만하면 내의원 의원으로도 손색이 없겠어."

이처럼 양예수는 기지가 뛰어나고 의술 또한 훌륭한 어의이자 내의원의 수의로서 허준에게는 그야말로 하늘과 같이 높고 가까이하기에도 어려운 존재였다. 때문에 내의원에 들어간 지 얼마 안 되었을 때 허준은 양예수와 개인적으로 자주 만날 수도 있었고, 양예수 또한 허준의 존재에 대해 그리 신경 쓰지도 않았다.

더욱이 양예수는 어느 소설이나 드라마에서 묘사된 것과는 달리 허준을 구박하지도 않았으며, 허준에게 질투심이나 라이벌 의식 같은 것은 더더욱 느끼지 않았다.

물론 양예수의 눈에도 여러 차례의 의과시험 낙방과 온갖 고생 끝에 가까스로 내의원에 들어온 자신과는 달리 운이 좋고 뒤가 좋아 의과시험을 거치지 않고서도 내의원에 들어온 허준이 그리 곱게 보일 리는 없었다.

그러나 그는 이를 빌미로 허준을 구박하거나 미워할 정도

로 소인배는 아니었으며, 그는 허준을 자신보다는 아직 의술
이나 의술 경험이 한참 부족한 신입 의관쯤으로 여겼다.

날로 높아가는 허준의 명성

내의원에 들어간 이후에도 허준은 유희춘과의 오랜 교분을
꾸준히 이어나가며 시간이 날 때마다 유희춘의 집에 자주 들
렀다. 허준에게는 유희춘이야말로 늘 자신의 힘이 되어주는
은인과도 같은 사람이었다.

유희춘 또한 허준을 항상 친자식처럼 아껴주며 그 자신이
나 그의 가족, 가까운 친척 등이 아플 때마다 허준을 불러 진
료를 요청했다.

그런데 허준이 유희춘의 집을 방문하여 가만히 살펴보면,
유희춘은 늘 혼자 외롭게 살면서 담양에 있는 친정에서 자녀
들을 키우며 따로 살고 있는 부인 송덕봉을 몹시 그리워하는
것이 느껴졌다.

유희춘은 오랜 유배생활에서 풀려난 후에 다시 벼슬길에
올라 한양에서 혼자 살고 있으면서 멀리 떨어져 있는 본부인
을 늘 잊지 못하며 그리워하고 있었던 것이다.

더욱이 그의 첩 또한 유희춘의 고향인 해남에서 따로 살고
있었다. 유희춘은 무슨 이유에서인지 본부인은 물론 첩과도

멀리 떨어져 홀로 외롭게 살고 있었던 것이다.

다만 그의 부인 송덕봉이 어쩌다 한 번씩 한양으로 올라올 때가 있었는데, 유희춘은 송덕봉으로부터 한양으로 온다는 편지를 받으면 몹시 기뻐하며 자신의 노비 대공(大工)을 멀리 담양까지 내려 보내 송덕봉은 물론 그녀와 함께 오는 가족이나 친척 등의 일행이 담양에서 출발하여 한양에 도착할 때까지의 모든 필요한 일들을 거들어주며 잘 모시고 오도록 할 정도로 부인에 대한 사랑과 배려심이 컸다.

송덕봉은 한양으로 올 때면 담양과 그리 멀지 않은 부안군의 줄포(茁浦) 나루에서 배를 타고 서해안을 거쳐 마포 나루로 왔는데, 당시의 줄포 나루는 조선시대 나라 전체의 경제를 좌우할 정도로 활발한 경제활동이 이루어졌던 곳으로서 남녘에 있던 법성포(法聖浦)와 한양의 마포(麻浦) 나루와 함께 조선의 삼포(三浦)로 불렸다.

특히 줄포 나루 인근에는 부안과 김제를 비롯한 인근의 호남평야 각지에서 거두어들인 세곡(稅穀)을 보관하던 큰 창고가 있었으며, 줄포 나루에는 한양의 마포 나루로 가는 세곡 운반선들이 수시로 드나들었다.

유희춘은 송덕봉과 그 일행이 줄포 나루에서 배를 타고 한양의 마포 나루로 온다는 전갈을 받으면 즉각 마포 나루로 달려가 부인과 그 일행이 타고 오는 배를 기다렸다.

풍랑 등으로 인해 배가 늦어지면, 마포 나루 인근에 있는 주막이나 객사(客舍)에서 하룻밤을 묵고는 다시 나루로 나가 배가 오기를 기다렸다.

또 이렇게 해서 송덕봉과 그 일행이 마포 나루를 거쳐 한양에 있는 그의 집에 당도하면, 유희춘은 이들과 며칠을 함께 즐거운 시간을 보내며 여기저기 한양 구경을 시켜 주었다.

뿐만 아니라 유희춘은 이들이 담양으로 돌아가야 할 때에 이들만 그냥 돌려보내는 법이 없었다.

그는 이들이 떠나기 전 조정에 미리 간청하여 긴 휴가를 얻은 다음 이들과 함께 마포 나루로 가서 배를 타고 동행하여 시골로 내려갔던 것이다.

그만큼 그는 대단한 애처가라고 할 수 있었는데, 이상하게도 그는 시골로 내려갈 때마다 부인의 고향이자 자신의 처가가 있는 담양에는 들르지 않았다. 대신 그는 송덕봉과 그녀와 함께 온 일행만 담양으로 보내고 나서는 혼자 그의 고향이자 첩이 기다리고 있는 해남으로 갔다. 그리고는 해남에 머물면서 담양에 하인을 보내 부인 송덕봉으로 하여금 해남에 있는 자기 집으로 오도록 했다.

허준은 유희춘이 이처럼 본부인 송덕봉을 극진히 사랑하고, 또 헤어져 있으면 그토록 그리워하면서도 그녀를 한양으로 불러들여 함께 살지 않고 긴 이별과 짧은 만남을 반복하는 것이 이해하기 어려웠다.

하지만 허준은 이들 부부가 오랫동안 서로 떨어져 살면서도 품격을 잃지 않고 서로를 존중해 주며 애틋한 부부관계를 지속하는 것이 존경스러웠다. 이들이 멀리 떨어져 있으면서도 수시로 편지와 시문(詩文)을 주고받으며 사랑을 나누고, 서로 문학적·학문적 조언까지 해주며 사는 모습이 무척 품위 있고도 아름답게 느껴졌다.

그런데 하루는 허준이 유희춘의 집에 가자, 유희춘이 심각한 표정으로 허준에게 이런 말을 하는 것이었다.

"담양에 있는 내자(內子, 안사람)에게서 서신이 왔는데, 지금 임질(淋疾)에 걸려 피를 쏟는다고 하네."

그러더니 유희춘은 놀란 표정으로 자신을 바라보고 있는 허준에게 다시 말을 덧붙인다.

"헌데, 그게 아무래도 나 때문이 아닌가 싶어. 오래 전에 내가 변방(邊方)에서 혼자 유배 시절을 보낼 때 너무도 적적하고 외로워서 시중들던 계집종과 잠자리를 같이한 적이 있는데, 그때 내가 이런 몹쓸 병에 걸린 것 같아. 그리고 내 내자는 나와 잠자리를 했다가 나한테서 이런 몹쓸 병이 옮은 것 같고……, 어쩌면 내가 4, 50리 길을 소변을 참고 다닌 데서 이 병이 비롯된 것은 아닐까 싶기도 하고……. 무슨 좋은 방법이 없겠나?"

허준이 살던 시대에도 임질에 걸려 고생하는 사람들이 많았다.

특히 이 시대에는 열악한 위생 상태와 함께 당시 양반 남성들이 부인 이외에도 첩을 두고 양쪽을 오가며 성(性)관계를 했을 뿐만 아니라, 기생과 계집종 등과도 무분별한 성관계도 많이 했으며, 요즘과 같은 피임기구나 성병 예방 기구가 없었기 때문에 임질을 비롯한 각종 성병에 잘 걸렸다.

또 성병에 한번 걸리면 치료도 어려웠고, 성병을 부끄러워하며 감추려는 풍토가 강했기 때문에 임질을 비롯한 각종 성병은 소리도 없이 널리 퍼져 나갔다.

우리나라에서 임질이 언제부터 발병했는지, 또 어떤 경로로 우리나라에 유입되었는지는 정확히 알 수 없으나, 고려시대 때부터 임질이 있었다는 기록이 보인다.

우리나라에서 임질에 관한 첫 기록은 조선시대 때인 1449년(세종 31년)에 편찬하기 시작해 1451년(문종 원년)에 완성된 고려시대의 역사서 《고려사(高麗史)》 36권과 1452년(문종 2년)에 김종서(金宗瑞) 등에 의해 편찬된, 고려시대의 역사를 편년체로 정리한 사서이자 《고려사》와 더불어 고려시대를 연구하는 데 중요한 책인 《고려사절요(高麗史節要)》 25권에 나오는데, 그 내용을 살펴보면 다음과 같다.

『고려 제28대 임금이었던 충혜왕(忠惠王, 1315~1344)은 주

동의보감 東醫寶鑑

색(酒色)에 빠져 방탕한 행동을 일삼다가 원나라에 의해 폐위되었을 뿐만 아니라, 그와 성적(性的)인 관계를 가졌던 왕비와 후궁 등 많은 여인들이 임질에 걸렸다.』

또한 우리나라에서 전해 오는 가장 오래된 의방서(醫方書 ; 여러 의학 서적들 중에서 질병의 치료법에 대해 전문으로 기술하고 있는 의서)로서 향약(鄕藥)으로 질병을 치료하는 데 쓰였으며, 고려시대 때인 1236년(고종 23년)에 제작된 것으로 알려진 《향약구급방(鄕藥救急方)》에도 임질에 관한 기록이 나온다.

그런데 임질이란 임균(淋菌), 즉 임질을 일으키는 병원균에 의하여 일어나는 요도 점막의 염증으로 주로 성교(性交)에 의해서 전염되는 성병을 말한다.

그러나 한방에서는 「임(淋)」이란 원래 제대로 배설이 안 되고 자주 적게 나오는 것을 뜻하기도 하며, 임질이 반드시 오늘날의 성병과 일치한다고는 보지 않는다.

임질은 감염 후 보통 2~3일이 되어 증상이 나타나는데, 주요 증상으로 소변을 눌 때 가렵거나 동통이 있으며, 소변이 잦고 처음에는 점액상의 것이 나오다 나중에는 고름이 나온다. 여자는 동시에 방광염을 일으키며 나중에는 내생식기의 염증을 일으키는 수도 있다. 치료가 완전하지 않으면 만성 임질로 이행한다.

현대의학에서의 치료는 주로 페니실린계의 항생물질을 투여하며, 후유증으로서 남자불임증, 요도 협착이 나타나는 경우가 있다.

한방에서는 임질을 보통 석림(石淋)·고림(膏淋)·기림(氣淋)·노림(勞淋)·혈림(血淋) 등 다섯 가지로 나누는데, 이 가운데 석림은 소변이 잘 나오지 않으면서 아프고 결석(結石)이 섞여 나오는 병증을 말한다.

이와 함께 이 병의 또 다른 증상으로는 소변을 보면 음경(陰莖) 속이 아프고 소변이 끝까지 제대로 나오지 못하며, 소변 색이 황적색으로 흐리게 나온다. 아랫배와 방광이 땅기면서 아프고 결석이 요로(尿路)로 나오기도 하는데, 심한 경우는 요로가 막혀서 까무러칠 정도로 아픈 경우도 있다.

고림은 소변이 몹시 약하고 요도가 아프며 피가 엉겨 고약 같은 임질을 말한다.

기림은 기(氣)가 하초(下焦)에 몰리고 습열사(濕熱邪 ; 습열濕熱의 나쁜 기운을 말하며, 피부병이나 부종, 소화기질환, 황달, 무기력, 번조煩燥 등 다양한 병증을 유발시키는 기운氣運을 뜻한다)가 방광에 스며들어가거나 만성병으로 중기(中氣)가 부족할 때 잘 생긴다.

그 증상으로는 소변이 방울방울 떨어지고 아랫배가 그득하면서 불러 오르고 묵직하며, 때로는 소변을 누고 난 뒤에도 한두 방울씩 계속 떨어지며 아프기도 한다.

기림은 보통 허증(虛證)과 실증(實證)으로 구분하는데, 실증일 때에는 기가 막혀서 소변이 잘 나오지 않고 아랫배가 창만하면서 몹시 아픈 증상을 보인다. 이럴 때 한방에서는 기와 혈액순환을 촉진하고 소변이 잘 나오게 하는 방법으로 침향산(沈香散)을 쓴다.

또 허증일 때는 중기가 부족해서 아랫배가 처져 내려가는 감이 있고 소변이 힘없이 나오는데, 건비익기(健脾益氣)하는 방법으로 보중익기탕(補中益氣湯)을 쓴다.

노림은 노권내상(勞倦內傷)으로 신기(腎氣)가 허할 때 잘 생기며, 노인에게는 정기가 부족하거나 기가 아래로 처질 때에도 잘 생기는 것으로 보고 있다. 노림에 걸리면 소변을 시원스럽게 보지 못하고 찔끔찔끔 보게 되며, 소변을 본 다음에도 소변이 방울방울 떨어진다. 뿐만 아니라 소변을 볼 때 요도가 은근히 당기면서 아랫배가 아프기도 하며, 때로 팔다리가 노곤하고 허리가 시큰거린다. 노림에 걸리면 오랫동안 잘 낫지 않는 경우가 많으며, 몹시 피곤하거나 술을 많이 마시면 그 증상이 더욱 악화된다.

한방에서는 노림에 걸린 환자에게 비신(脾腎)을 튼튼하게 하는 방법으로서 익원고진탕(益元固眞湯)을 쓴다. 만일 비허

(脾虛) 증상이 심하면 보중익기탕(補中益氣湯)에 차전자(車前子)와 택사(澤瀉)를 추가하여 쓰며, 신허(腎虛) 증상이 심할 때에는 신기환(腎氣丸)이나 토사자환(兎絲子丸)을 처방한다.

신기(腎氣)를 보하는 방법으로는 팔미환(八味丸)에 차전자·우슬(牛膝)을 더 넣어 쓰거나 비해분청음(萆薢分淸飮)을 가감하여 쓰기도 한다.

또한 기가 아래로 처져서 생긴 것일 때에는 건비익기 하는 방법으로 보중익기탕(補中益氣湯)에 목통(木通)과 택사(澤瀉)를 더 추가한 처방약을 쓴다.

혈림은 말 그대로 소변에 피가 섞여 나오며 요도가 몹시 아픈 임증(淋證)을 말하는데, 하초(下焦)에 습열사가 몰려서 혈이 제대로 돌지 못하거나, 신음(腎陰)이 부족하여 생기는 수가 많다.

그 증상으로는 요혈은 자주 나오면서도 소변이 잘 나오지 않고 음경에 열감이 있으면서 요도가 찌르는 것처럼 아픈 경우가 많다. 이와 함께 아랫배가 아프고 팽팽하게 불러 오르기도 한다. 설태는 엷고 누르다.

습열사로 생겼을 때에는 습열사를 없애면서 출혈을 멈추게 하는 방법으로 소계음자(小薊飮子)나 증미도적산(增味導赤散)을 처방하며, 신음이 부족해서 생길 때에는 신음을 자양하면서 열을 내리는 방법으로 육미지황탕(六味地黃湯)에 소계 (小薊)와 우(藕, 연뿌리)를 추가한 처방약을 쓴다.

허준은 유희춘의 부인 송덕봉의 임질이 소변에 피가 섞여 나오는 혈림으로 보았다. 그래서 허준은 우선 출혈을 멈추게 하고 염증을 가라앉히는 방법으로 소계음자 처방을 쓰기로 했다.

소계음자란, 하초(下焦)에 열사(熱邪)가 몰려 소변을 볼 때 음경에 열감이 있으면서 아프고 요혈(尿血)이 나오는 혈림이 나, 소변에 피가 섞여 있으면서 찔끔찔끔 나오고 아픈 혈림 등에 쓰는 처방약인데, 보통 약 한 첩에 우(藕) 8g, 당귀(當歸) 4g, 치자(梔子) 3.2g, 소계(小薊)·생지황(生地黃)·활석(滑石)·통초(通草)·포황(蒲黃, 볶은 것) 각 2g, 감초(甘草, 구운 것) 1.2g, 죽엽(竹葉) 7잎이 들어간다.

요로감염증이나 요로결석 등이 있어 고생할 때에도 쓸 수 있는 처방이기도 하다.

허준은 소계음자 처방약을 직접 조제하여 유희춘에게 전하며 이런 말을 한다.

"이 약을 담양에 보내드리도록 하십시오. 비록 약소하나마 소인의 정성입니다."

그런 다음 허준은 이 처방약과 함께 가지 잎을 많이 볶아 가루를 내어 하루 세 번씩 식전에 약간의 소금과 술을 탄 온

수로 들도록 권했는데, 그 이유는 이 방법이 임질로 인해 피가 나오는 데 좋기 때문이었다.

이와 함께 허준은 울금(鬱金)도 자주 들도록 권했다. 울금은 예로부터 혈적(血積)을 풀어주고, 기를 내리며, 혈림과 피오줌을 낫게 하는 데 좋은 효능이 있는 것으로 알려져 있기 때문이다.

허준은 유희춘에게도 그 증상을 물어 약을 처방해 주었는데, 유희춘은 그의 부인과는 달리 신기가 허하여 정기도 부족하고 기가 아래로 처졌으며, 소변을 시원스럽게 보지 못하고 찔끔찔끔 보게 되며, 소변을 본 다음에도 소변이 방울방울 떨어지며 아랫배가 아프기도 하는 노림으로 판단되었다.

그래서 허준은 이 같은 증상에 특히 적합하며, 비신(脾腎)을 튼튼하게 해주는 효능도 있는 익원고진탕(益元固眞湯)을 직접 조제하여 이 처방약 또한 유희춘에게 선물했다.

허준은 훗날 그의 《동의보감》에서, 『성행위를 함부로 하고, 또 오래 하며, 사정(射精)을 하지 않으면, 이것이 원인이 되어 임질이 된다.』고 쓰고 있다. 그러면서 임질의 증상에 대해서는 《금궤요략(金匱要略)》과 함께 한방의 쌍벽을 이루며 한의학의 중요한 원천이 되는 중국 후한(後漢) 때 장중경(張仲景)이 쓴 의서 《상한론(傷寒論)》을 인용하여, 『소변이 좁쌀 같고, 소복(小腹)이 당기며, 배꼽도 아프고 당긴다.』라

동의보감 東醫寶鑑

고 기록해 놓았다.

또한 허준은 방광의 열과 허한 신장으로 인해 임질이 생기기도 하는 것으로 보았으며, 과로와 무절제한 성생활, 혹은 지나친 성생활, 정액 배출 미약 등도 그 원인이 될 수 있다고 여겼다.

민간에서는 예로부터 임질에는 다시마와 질경이·으름·동백·고사리·인동·겨자·맨드라미·연·오이 같은 것들이 그 증상을 완화시키는 데 도움이 되는 것으로 보았다.

또 임질을 비롯한 성병에 걸렸을 때에는 달팽이를 달여서 마시거나 소주에 송진가루를 넣어서 먹는 방법, 또는 아카시아 나무의 뿌리를 깨끗하게 씻은 다음 이를 잘 두들긴 후 그 생즙을 내어 식전에 먹는 방법, 소의 뿔을 태우고 남은 재를 가루로 만든 후에 막걸리에 타서 마시는 방법 등이 쓰이기도 했다.

유희춘과 그의 부인 송덕봉은 허준이 처방해 준 약을 복용하고는 그 증상이 상당히 완화되었으며, 특히 송덕봉은 소변에 피가 섞여 나오며 요도가 몹시 아프던 증세가 말끔히 나았다.

이에 유희춘은 몹시 기뻐하며 허준에게 거듭 고마움을 표시했다. 그러면서 유희춘은 주위에 있는 사람들에게 허준 덕분에 자신과 아내의 병이 나았다며 허준을 극찬했다.

그러자 유희춘과 함께 조정에서 일하던 고관대작들과 이들의 가족이 허준을 찾는 일이 더욱 많아졌다. 허준은 자신만의 뛰어난 의술과 절묘한 처방으로 이들의 병도 많이 고쳐 줌으로써 그의 명성은 날로 높아만 갔다.

젊어서부터 병약했던 선조

이럴 무렵이던 1573년(선조 6년) 겨울, 21세밖에 안 된 젊은 임금 선조의 목소리가 갑자기 탁해지며 나빠졌다. 그런데도 선조를 가까이 모시던 어의들이 이를 대수롭지 않게 여기며 그 치료를 소홀히 했던지, 당시의 상황을 기록한 《선조실록》(선조 6년 1월 3일자)을 보면, 어의들이 제대로 진료를 하지 않는다며 신료들을 대표해서 정원(挺元)이 선조에게 다음과 같이 아뢰는 모습이 나온다.

『정원이 아뢰기를, "병의 근원이 어디에 있는지는 확실히 알 수 없으니, 의관(醫官)을 시켜 들어가 진찰하고 그 증세에 따라서 맞는 약을 쓰게 해야 병이 깊어지기 전에 고칠 수 있는 형세입니다."』

그러나 이때 허준은 아직 어의가 아니었으므로 선조의 이 같은 병세를 직접 진찰하거나 치료할 수는 없었다. 그런데 선

조를 직접 진찰한 어의들 가운데 한 사람이 선조의 병세를 이
야기하며 허준에게 이렇게 묻는 것이었다.

"허의관이 보기에는 전하의 병 원인이 어디에 있다고 생
각하는가?"

이에 허준은 망설이지 않고 대답한다.

"소인의 생각으로는 전하의 목소리가 좋지 않은 증상의
원인이 목이 아닌 다른 곳에 있을 수 있다고 여겨집니다. 예
로부터 심(心)은 성음(聲音)의 주(主)가 되고, 폐(肺)는 문(門)
이 되며, 신(腎)은 근(根)이 된다고 했으며, 목소리는 비록 목
을 통해 소리가 나오는 것이기는 하지만, 정작 소리를 내는
힘의 근원은 배에 있다고 하지 않았습니까? 때문에 소인이 보
기에는 전하의 폐나 신(신장) 쪽에서 증상의 원인을 찾아야
할 것으로 여겨집니다."

허준은 선조의 목소리가 갑자기 나빠진 것은, 목소리와 관
련이 깊은 폐나 목소리의 근원이 되는 배 또는 신장, 비뇨생
식기 계통에 어떤 문제가 생겼거나 정력이 약해지면서 발병
한 것으로 보고 이같이 말했던 것이다. 허준의 이 같은 말을
들은 어의는 빙긋이 웃으며 말한다.

"자네도 그리 생각하는가? 잘 보았네. 실은 우리 어의들도
그렇게 생각하고 처방을 썼지만, 젊으신 전하께서 너무 무리
하시지는 말아야 할 텐데……. 아무튼 걱정일세."

어의는 허준에게 이처럼 알 듯 모를 듯한 말을 했다. 그러나 허준은 어의가 왜 이런 말을 하는지 그 자세한 내용을 알 수 없었다.

그보다도 허준은 이때 자신이 직접 선조의 병세를 살피고 진찰하여 그 정확한 원인을 알고 싶다는 생각만 들었다. 그러나 당시 어의가 아니었던 허준에게 이것은 실현될 수 없는 일이었다.

이로부터 두 달쯤 후에 어의들이 처방해 준 약을 들고 선조의 목소리가 좋아졌던지, 《선조실록》(선조 6년 3월 17일자)에는 다음과 같은 기록이 나온다.

『선조의 목소리가 낭랑하게 트여서 전일과 아주 다르므로, 입시(入侍)한 신하들이 모두 다 기뻐했다.』

그런데 그 해 가을인 1573년(선조 6년) 9월 21일, 홍문관에서 주관하는 경연(經筵 ; 임금과 신하, 학자들이 모여 학식이 높은 신하의 경서經書와 사서史書에 관한 강론을 듣고, 고금古今의 정치와 국정의 현안 문제 등을 논의하고 토론하는 한편, 임금에게 잘못이 있으면 고칠 것을 권하며, 경서와 역사 등의 학문을 배우는 제도)이 열렸는데, 이때 병을 이유로 한 달간 사직했다가 직제학(直提學 ; 홍문관·예문관·규장각의 정3품 관직)으로 새로 제수(除授)되어 돌아온 율곡(栗谷) 이이

(李珥, 1536~1584)가 선조가 하는 말을 유심히 듣고 있더니, 갑자기 선조를 향해 이런 말을 하는 것이었다.

"전하, 소신은 그동안 병으로 물러나 있었습니다. 그런데 오늘 옥음(玉音 ; 임금의 음성 또는 목소리)을 들으니 매우 통리(通利)하지 않은 것 같사옵니다. 무슨 까닭인지 모르겠습니다."

이날, 이이는 선조의 목소리가 전에 비해 탁하고 쉰 것을 의아하게 생각하며 이같이 말했던 것이다. 그의 이 같은 말에 선조는 조금 당황하는 표정으로 이이를 바라보기만 할 뿐 대답을 하지 않았다.

그러자 이이가 선조를 향해 다시 아뢴다.

"소신이 듣건대, 전하께서는 여색(女色)을 경계하라는 주위의 말을 즐겨 듣지 않으시는 것 같사옵니다. 그렇다면 전하의 뜻이 과연 어디에 있는지 모르겠습니다. 만일 전하께서 청명하고 욕심이 적으면, 여색을 가까이하지 말라는 말을 멀리하지 않으실 것이옵니다. 그러니 앞으로는 여색을 경계하라는 말을 귀담아 들으시고, 여색을 멀리하셔야 할 줄 아옵니다."

이이가 이같이 말한 것은, 선조의 목소리가 탁하고 쉰 것이 바로 여색을 탐한 결과라는 것이었고, 이 말에 선조는 더욱 당황했다. 그러면서 선조는 몹시 불쾌했다.

이 자가 대체 왜 이런 말을 하는가?

잠시 이이를 쏘아보던 선조가 약간 떨리는 목소리로 말한다.

"그대는 전에도 상소(上疏)에서 지금 같은 말을 했지만, 나의 쉰 목소리는 여자와는 관계가 없소. 사람의 목소리는 원래 다양한 법이오. 내 목소리는 원래부터 그랬소. 그런데 왜 그대는 자꾸 의심을 품는 게요?"

지난겨울, 선조의 목소리가 갑자기 탁해지며 나빠져서 이 문제를 두고 조정이 떠들썩했을 때, 이이는 선조에게 조용히 상소를 올려 여색을 멀리하도록 간언한 적이 있는데, 선조는 이 말을 떠올려 이같이 말했던 것이다. 즉 자신의 목소리가 다시 나빠져 탁하고 쉰 것은 여색을 탐했기 때문이 아니라는 것이었다.

그러나 이이는 선조의 말을 믿을 수 없다는 듯 다시 반격한다.

"소신이 알기에 전하께서 처음 즉위하셨을 때에는 옥음이 아주 맑고 낭랑하였습니다. 그런데 지금은 옥음이 예전 같지 않고 상당히 바뀌었습니다. 그러한데도 어찌 소신이 의심을 품지 않겠사옵니까?"

이이는 임금 앞에서 감히 그를 성군(聖君)이 아닌 성군(性君)이 아니냐며 정면으로 비판하는 직격탄을 날렸던 셈이다.

그런데 이날, 이 자리에 참석하여 이때 보고 들은 것들을 하나도 남김없이 자세히 기록한 사관(史官)은 이이가 그처럼 선조에게 직설적으로 거침없이 한 말을 두고 「쾌직(快直)」이라 표현했다.

직설적으로 거침없이, 그리고 두려움 없이 임금에게 할 말을 다했다는 뜻에서였다.

이이의 이 같은 거침없는 질타에 선조의 용안(龍顔)에는 언짢은 기색이 역력했다. 그러나 선조는 더 이상의 답변이 궁색했던지, 아니면 강직하고도 저돌적인 이이와 더 이상 이 문제를 놓고 왈가왈부하고 싶지 않았던지 얼른 화제를 돌려버린다.

"헌데 그대는 무슨 까닭으로 그리 오래 물러나 있다가 이제 다시 나타났소?"

그렇다면 이이가 이처럼 선조에게 나무라듯이 거침없이 말한 바와 같이 여색과 목소리는 과연 상관관계가 있는 것일까?

결론부터 말한다면, 한의학에서는 목소리가 성(性)과 관련이 있다고 보고 있다.

왜 그런가?

앞서 허준이 언급했던 것처럼, 한의학에서는 사람의 목소리는 단지 목이나 성대(聲帶), 혀 등과 같은 어느 특정한 부분하고만 연관되어 있는 것이 아니라, 몸 안에 깊이 위치한 여러 장기(臟器)들과도 밀접하게 연관되어 있는 것으로 여기고 있다.

특히 목소리는 신(腎, 신장)에서 근원하며, 폐는 목소리가 나오는 문이며, 심장은 그것을 관장하는 것으로 간주한다. 아울러 목소리를 내는 힘의 근원은 배(腹)에 있다고 본다.

《동의보감》에도 이렇게 기록되어 있다.

『목소리는 신장에서 나오며, 신장은 목소리의 근원이다(聲音出於腎 腎爲聲音之根). 또한 폐(肺)는 목소리의 문이다(肺爲聲音之門).』

그런데 한의학에서는 목소리의 근원이 되는 신 또는 신장은 성 기능 및 정력과도 관련이 깊을 뿐만 아니라, 신 또는 신장은 남자의 정기(精氣)가 저장되는 곳으로 본다.

만일 지나친 성생활이나 성 기능 저하, 또는 정력이나 정기 부족 등으로 인해 신 또는 신장의 기능이 약해지거나, 이들 장기가 너무 무리하게 되면 이와 연관이 있는 목소리까지도 탁하고 나빠지는 것으로 판단한다. 그러면서 폐경(肺經)에 어떤 문제가 있을 때에도 목소리의 이상이 잘 생기며, 몸이 마른 사람보다도 비만인 사람에게서 목소리의 이상이 더 잘 생기는 것으로 여긴다.

동의보감 東醫寶鑑

물론 한의학에서는 목이 쉬거나 말을 못하게 되는 원인으로 신장이나 폐의 장애뿐만이 아니라, 인후(咽喉)의 장애를 비롯하여 기(氣)가 허약해졌을 때나 위기(衛氣 ; 위양衛陽이라고도 하며, 피부와 주리腠理 등 몸 겉면에 분포된 양기陽氣를 말한다)가 몹시 차가워졌을 때, 혹은 오장(五臟)에서 생긴 기침이 오래 되어 후두가 상하게 되어도 목이 쉬는 것으로도 보고 있다.

《동의보감》에서는 성음(聲音, 목소리)의 장애가 단지 목 부위의 손상 때문에 생기는 것이 아니라, 몸 안 있는 장기에 어떤 이상이 생겼을 때 잘 생기는 것으로도 보는데, 이를테면 풍(風)·한(寒)·서(暑)·습(濕) 등과 같은 사기(邪氣)가 심폐(心肺)에 침입하게 되면 목소리가 잘 나오지 않거나 나빠지며, 신이나 신장의 기능이 약해지거나 그 기운이 부족하면 목소리가 작게 나오는 것으로 써 놓고 있다.

이와 함께 《동의보감》에서는 목소리의 음색(音色)이나 그 성질 및 특성은 오행(五行)의 기운에 따라 분류할 수 있는데, 금(金)의 기운에 의한 소리는 마치 쇳소리처럼 쟁쟁하고, 토(土)의 기운에 의한 소리는 흙처럼 탁하며, 목(木)의 기운에 의한 소리는 나무처럼 길게 이어지고, 수(水)의 기운에 의한 소리는 흐르는 시냇물처럼 맑으며, 화(火)의 기운에 의한 소리는 타오르는 불처럼 건조하다고 했다.

이렇듯 한의학에서는 목소리의 이상이 단지 목이나 성대, 혀 등과 같은 인체의 특정한 부분이나 해부학적인 어떤 부위에서만 비롯되는 것으로 보지 않고, 이와 관련된 인체의 여러 다른 장기와 오행(五行) 등과 연결하여 종합적으로 판단하여 그 원인을 근본적으로 찾고 있는 것이다.

《동의보감》에서는 또한 중국에서 가장 오래된 의학서인 《황제내경(黃帝內經)》「영추(靈樞)」편을 인용하여 목소리와 관련된 여러 기관의 기능 및 상관관계 등에 대해서도 자세히 언급하고 있는데, 그 내용을 살펴보면 다음과 같다.

『식도(食道)는 음식물이 들어가는 길이고, 후두(喉頭)는 기(氣)가 오르내리는 길이며, 후두덮개(후두개회염會厭)는 목소리의 문이고, 입술은 목소리의 부채이다. 또한 혀는 목소리의 기틀이고, 목젖은 목소리의 관문이며, 후비강(頑額항상)은 기가 갈라져 빠져나오는 곳이다.

설골(舌骨)은 신기(神氣)의 작용을 받아 혀를 놀린다. 콧물이 멎지 않는 것은 후비강이 열리지 않고 기가 갈라지는 길을 잃었기 때문이다.

후두덮개가 작고 얇으면 기를 빨리 내보낼 뿐만 아니라, 열리고 닫히는 것이 순조롭기 때문에 목소리가 쉽게 잘 나온다. 반면 후두덮개가 크고 두꺼우면 열리고 닫히는 것이 잘되지 않고 기를 더디게 내보내기 때문에 말을 더듬게 된다.

갑자기 목소리가 잘 나오지 않는 것은, 찬 기운이 후두덮개에 침입하여 후두덮개가 열리지 못하거나, 또 열린다고 하더라도 기가 제대로 내려가지 못하고, 열렸다가도 제대로 닫히지 못하기 때문이며, 따라서 목소리가 잘 나오지 않게 되는 것이다.』

그런데 여기서 언급하고 있는 식도와 후두, 후두덮개, 목젖, 후비강, 설골 등 인체 내부에 있는 발성(發聲)과 관련된 기관이나 인체 부위에 관한 내용을 보면 상당히 구체적일 뿐만 아니라, 서양의학에서 해부학적으로 말하는 발성기관의 모양과 특징 등에 관한 설명과도 아주 유사하다. 아울러 그 모양이나 형태, 기능과 역할 등에 대한 설명은 인체의 해부를 통해 이들 부위를 직접 살펴보며 연구해 보지 않고서는 자세히 알 수 없는 것들이 많다.

그 이유는 무엇인가?

그것은 허준이 여기서 인용한 《황제내경》의 「영추」편이 쓰였을 당시에 이미 누군가가 인체의 이러한 부위들을 해부하여 자세히 살피고 연구한 후에 이 책을 썼기 때문으로 추정된다.

그 근거로 우선 《황제내경》의 다른 곳에 기록되어 있는,

인체 내의 여러 장기(臟器)들의 크기와 무게, 길이, 용량 등이 근대에 와서 서양의학에서 인체 해부를 통해 파악한 내용과 별반 차이 없이 자세하고도 구체적으로 설명되어 있다는 사실을 들 수 있다.

더욱이 BC 104~101년 경, 그러니까 지금으로부터 무려 2,100여 년 전인 중국 전한(前漢)시대 때 사마천(司馬遷)이 쓴 역사서 《사기(史記)》에도 해부학적인 수술에 아주 능한 유부(愈跗)라는 의원이 있었다는 이야기가 나오는데, 이것은 그 당시에 이미 인체를 해부하고 해부학적인 수술까지 행한 의원이 있었음을 의미한다.

《동의보감》에서는 목소리가 인체의 어떤 특정 부위와 특히 관련이 깊은지, 또 목소리를 통해서 지금 어떤 부위가 허약하거나 병이 있는지도 알 수 있다는 기록도 해놓았다.

그러면서 이에 대해 다음과 같이 두 가지로 나누어 언급하고 있다.

『첫째, 목소리에 나타나는 특징을 통해 어떤 특정 부위에 병이 있는지를 알 수 있다.

이를테면, 목소리가 낮으며 잘 놀라서 소리를 지르는 사람은 뼈마디에 병이 있기 때문이다.

말을 불명하게 잘 하지 못하고 얼버무리는 사람은 심장과 횡격막 사이에 병이 생겼기 때문이다.

목소리가 나직하고 가늘면서 길게 나오는 사람은 머릿속에 병이 있기 때문이다.

둘째, 목소리를 잘 들으면 오장육부 가운데 어떤 곳이 허약하거나 병이 있는지를 알 수 있다.

이를테면, 간에 병이 들면 목소리가 슬프게 나오고, 폐에 병이 들면 목소리가 촉박하게 나오며,

심장에 병이 들면 그 목소리가 웅장하게 나온다.

또한 비(脾, 비장, 지라)에 병이 들면 목소리가 느리게 나오고,

신장에 병이 들면 목소리가 가라앉는다.

만일 대장(大腸)에 병이 들면 목소리가 길게 나오고,

소장(小腸)에 병이 들면 목소리가 짧게 나온다.

위(胃, 위장)에 병이 들면 목소리가 빨라지고,

담낭(膽囊, 쓸개)에 병이 들면 목소리가 밝으며,

방광에 병이 들면 그 목소리가 희미해진다.』

《동의보감》에서는 목소리가 탁하거나 부드럽지 못하며 힘이 없을 때 가정에서 손쉽게 쓸 수 있는 방법들에 대해서도 소개하고 있는데, 그 중 하나로 행인(杏仁 ; 살구 씨)을 이용한 다음과 같은 방법도 적혀 있다.

『행인을 졸인 젖(오소熬酥)과 함께 섞어서 달여 먹으면 목

소리가 윤택하고 기운 있게 나온다.

좋은 목소리를 원한다면 행인(껍질과 끝을 버린 것) 한 되, 졸인 젖 한 냥에 꿀을 조금 넣고 오자대(梧子大 ; 환제 크기의 하나로서, 옛날에는 환제의 크기를 보통 오자대로 하였는데, 필요한 한약재 가루들을 잘 섞어서 꿀로 동그랗게 빚은 환제 1환의 크기가 오동나무 씨 크기만 한 것을 말한다)의 알약으로 만들어, 미음으로 열다섯 알이나 스무 알씩 먹는다.《본초》』

선조의 이 같은 목소리의 이상은 훗날에도 계속해서 반복적으로 나타나곤 했는데, 《선조실록》(선조 37년 8월 8일자)의 기록을 보면, 선조가 또다시 이 같은 목소리 이상 증상을 보여 그 불편함을 신료들에게 호소하는 장면이 나온다.

『전하께서 삼정승(三政丞)에게 이르기를,

"병 때문에 오랫동안 경들을 접견하지 못했다." 라고 말씀하시고, 또한 이어서,

"목소리가 조금 트이나 조금 늦으면 전혀 트이지 않고, 때때로 가래를 뱉으면 진하게 달인 아교 같은 것이 끈적끈적하여 풀리지 않는다. 이것은 반드시 열이 극도로 올라 치받쳐서 그런 것이다." 라고 하시었다.』

동의보감 東醫寶鑑

그런데 이때에는 허준이 양예수에 이어 수의(首醫)가 되어 선조의 병세를 직접 진찰하고 심(心, 심장)과 폐 사이의 폐경(肺經)에 담열(痰熱)이 맺혀 있어 병증이 생긴 것으로 보고, 열을 식히는 차가운 약재들로 구성된 탕제를 처방했는데, 여기서도 허준은 차가운 약재들을 더 선호하는 경향을 보이고 있다.

그러나 허준은 이때 자신이 택한 이 처방약으로 인해 선조의 가뜩이나 약한 위장의 기능이 더 약화되면 혹 상하지나 않을까 하며 걱정하는 모습을 보인다.

선조는 왜 젊어서부터 병이 많았는가

1573년(선조 6년) 11월, 허준은 내의원 첨정에서 다시 승진하여 내의정(內醫正 ; 내의원정을 말하며 정3품 당하관)에 오른다.

그의 나이 35세 때였다.

그리고 이듬해인 1574년(선조 7년) 여름(8월 16일), 이제 23세가 된 선조는 어의들에게 투정을 부리듯 말한다.

"도무지 입맛이 없어 음식을 먹지 못하겠어."

그러자 대기하고 있던 어의들이 급히 선조를 진찰하고 아뢴다.

"전하께서는 원래 허열(虛熱 ; 음양과 기혈의 부족으로 인해 생기는 발열)이 있사옵니다. 그런데도 전하께서는 날것과 찬 것을 즐겨 드시므로 중기(中氣 ; 비위脾胃의 기)가 점차로 손상되어 기력과 소화력이 떨어지며 식욕도 없어지게 되는 것이옵니다."

다시 말해 실제 열이 있는 것이 아닌데, 날 음식과 차가운 음식을 많이 먹다보니 위장의 기운이 떨어져 소화도 안 되며 입맛도 없어진 것이라는 뜻이었다.

이처럼 선조는 젊어서부터 탁하고 쉰 목소리에다가 비위(脾胃) 허약과 식욕부진, 소화불량, 원기부족 등과 같은 증상에 시달렸으며, 나중에는 이명증(耳鳴症)과 편두통, 구토와 기절, 불면증, 심한 스트레스 등의 질환도 많았다.

나이가 좀 들면서부터는 감기를 달고 살다시피 했다. 게다가 담기(膽氣)가 제대로 작용하지 못하고 허(虛)하여 마음이 늘 번거롭고 잠이 잘 오지 않을 뿐만 아니라, 잘 놀라고 가슴이 두근거리고 입이 쓴 증상이 나타나는 담허증(膽虛證 ; 담기 부족)도 있었다.

때문에 선조는 평소 어의들이 지어주는 각종 처방약들도 자주 복용했고, 침(針) 또한 자주 맞았다.

그야말로 선조는 젊은 시절부터 말년에 이르기까지 갖가지 질환에 시달리며 고통을 겪던 「움직이는 병동(病棟)」이었

동의보감 東醫寶鑑

던 것이다.

훗날인 1593년(선조 26년) 8월 30일자 《선조실록》 41권을 보면, 선조는 세자에게 선위(禪位)하겠다는 뜻을 밝히면서 자신이 더 이상 왕위를 지킬 수 없는 이유에 대해 다음과 같이 이야기하는데, 이것을 보면 그가 젊어서부터 얼마나 많은 병에 시달리며 고생하였는지를 잘 알 수 있다.

"나는 젊어서부터 병이 많아 반생(半生)을 약으로 연명(延命)해 오고 있는데, 이는 약방(藥房)의 제인(諸人)들도 다 같이 알고 있는 바이다.

전일 옥당(玉堂, 홍문관)에 내린 비답(批答)에 '인간 세상에 뜻이 없다.'고 한 말에서 더욱 상상할 수 있을 것이니, 지금 다시 말하지 않겠다. 난 겨울이면 방안에 틀어박혀 지냈고, 봄, 가을에도 정원(庭苑)을 돌아본 적이 없었다.

난리(임진왜란)를 만나고부터는 온갖 고생을 다하였는데, 이런 기력을 가지고 지금까지 죽지 않은 것은 진실로 이치 밖의 일이니, 천도(天道)가 무지(無知)하다 하여도 가할 듯하다.

전에도 민박(悶迫)한 뜻을 가지고 임금의 자리에서 물러나기를 호소한 것이 한두 번이 아니었으나, 조의(朝議)에 저지당하였을 뿐만이 아니라, 원수인 적을 토벌하지 못하였기 때문에 의리상 병을 말할 수가 없었다.

그러나 강서(江西)에 머물면서부터는 몇 달을 먹지 못하였고, 지금은 오직 죽만을 마실 뿐이다.

밤이면 병풍에 기대어 밤을 새우고, 낮이면 정신이 혼란(昏亂)하여 멍청이가 되는데, 이런 와중에 광병(狂病)과 목병(目病), 비병(痺病), 습병(濕病), 풍병(風病), 한병(寒病) 등 온갖 병들이 함께 일어나서 이 한 몸을 공격하니, 한 줌의 원기(元氣)로써 어찌 그 병들을 다 감당할 수 있겠는가.

광병으로 말하면 때때로 노래를 부르기도 하고, 곡(哭)을 하기도 하며, 물불을 가리지 않고 고함을 치며 달려가기도 하며, 무엇인가를 보고서 눈물을 흘리기도 하고, 놀라 머리털을 곤두세우기도 하니, 예로부터 어디에 광병을 앓은 임금이 있었던가.

목병으로 말하면 두 눈이 다 어두워 사물을 분별할 수 없어 모든 계사(啓辭)의 글씨도 알아보지 못하는 경우가 많으니 머지않아 소경이 될 터인데, 예로부터 어디에 소경 임금이 있었던가.

비병으로 말하면, 몸의 반쪽이 허약한데다가 안개와 이슬을 맞은 뒤로는 그 증세가 점점 심해져서 오른쪽 수족을 전혀 움직일 수 없고, 밤이면 쑤시고 아픈데 손으로 만져도 감각이 없어 마치 마른 나무토막 같으니, 예로부터 어디에 한쪽 수족만 가진 임금이 있었던가.

이 밖에 고질이 된 더러운 병들은 일일이 들어 말할 수도 없다. 가을이 아직 깊지 않았는데도 옷을 껴입고 있으니, 쇠약하여 숨이 거의 끊어지려는 형세가 하루도 넘기지 못할 것만 같다.

이러한데도 체면을 무릅쓰고 그대로 임금 노릇을 한 사람은 일찍이 전고에 없었던 바이니, 절대로 그렇게 할 수 없다.

지금은 흉적이 이미 물러갔고, 옛 강토(疆土)도 수복되었으므로 나의 뜻이 이미 결정되어 다시 돌이킬 수 없다.

이제는 세자(世子)가 장성하여 난리를 평정하고 치적을 이룩할 임금이 되기에 충분하니 선위(禪位)에 관한 여러 일들을 속히 거행하도록 하라."

이처럼 선조가 오랫동안 각종 질병에 시달리며 고생한 데에는 여러 가지 원인과 이유가 있지만, 우선 그의 타고난 건강 상태가 그다지 좋지 않았기 때문이었다.

여기에다 선조는 적통(嫡統)이 아닌 방계(傍系) 왕자로서 어린 나이에 왕위에 올랐기 때문에 늘 소심하며 자신감이 부족했고, 한 나라를 통치하는 군주임에도 불구하고 신하들의 눈치를 보며 살았다.

선조는 원래 조선조 제11대 임금인 중종(中宗, 1506~1544)의

서자였던 덕흥군(德興君)의 셋째아들로서 1552년(명종 7년) 11월, 서울 인달방(仁達坊)에서 태어났으며, 왕위에 오르기 전에 받았던 봉작(封爵)은 하성군(河城君)이었다. 그의 친부인 덕흥군은 중종의 일곱째아들이었으며, 중종의 후궁인 창빈 안씨(昌嬪安氏) 소생이었다.

따라서 하성군은 그 출신 성분상 누가 보더라도 임금이 될 만한 위치에 있지 않았다. 더욱이 그보다 한 살 위이며 조선조 제13대 임금인 명종(明宗, 1534~1567)의 아들인 순회세자(順懷世子, 1551~1563)가 1557년(명종 12년)에 이미 세자로 책봉되어 있었다.

그런데 뜻밖에도 이미 세자로 책봉되어 있어 장차 임금이 될 줄 알았던 순회세자가 불과 13세의 나이로 갑자기 요절하고 만다. 그러나 명종은 세자로 책봉된 순회세자를 잃고 난 후에도 무슨 이유에서인지 다른 후계자를 공식적으로 내세우지 않았다.

그러던 중 명종 또한 34세라는 젊은 나이에 자신의 뒤를 이을 후계자를 정하지 못한 채 갑작스럽게 쓰러진 후 의식을 회복하지 못하고 세상을 떠나고 만다.

명종이 쓰러져 숨을 거두기 직전, 영의정 이준경(李浚慶, 1499~1572) 등의 신료들이 의식이 희미해지는 명종에게 후사 문제를 정해 줄 것을 요청했다고 한다.

동의보감 東醫寶鑑

그러자 이미 말을 할 수 없던 명종은 간신히 한 손을 들어 안쪽 병풍을 가리켰다고 하며, 이준경은 명종의 이 손짓이 내전(內殿) 쪽을 가리키는 것으로, 즉 중전(中殿)에게 물어보라는 것으로 받아들였다.

그래서 이준경과 신료들이 명종의 비(妃)이자 중전이었던 인순왕후(仁順王后, 1532~1575) 심씨(沈氏)에게 이 일을 이야기하자, 인순왕후는 후사가 없어 양자로 입적시켰던 하성군을 새 임금으로 즉위시켜야 한다고 했다.

이에 따라 나이 어린 하성군이 두 명의 친형을 비롯하여 여러 왕손들을 제치고 왕위에 올랐는데, 이 하성군이 바로 선조인 것이다.

그런데 《선조실록》이나 《광해군일기》, 《연려실기술(燃藜室記述)》 등을 보면, 하성군이 여러 왕손들 가운데 명종의 총애를 가장 많이 받았던 것으로 기록해 놓고 있다. 그러면서 하성군이 다른 왕손들을 제치고 이처럼 왕위에 오를 수 있었던 것은, 일찍이 다음과 같은 일화에서 비롯되었던 것으로 적고 있다.

명종은 세자로 책봉했던 순회세자가 갑자기 죽고 난 후 여러 왕손들 가운데서 누구를 다시 자신의 후계자로 삼을 것인지를 놓고 고민하며 찾고 있었는데, 하루는 왕손들을 모아놓고 교육하다가 이런 말을 한다.

"내가 너희들의 머리가 큰지 작은지 알아보려고 하니, 익선관(翼善冠 ; 임금이 평상복으로 집무할 때에 쓰던 관)을 한 번씩 써 보도록 하여라."

그러자 여러 왕손들은 익선관을 머리 위에 써 보며 희희낙락(喜喜樂樂)하는데, 유독 하성군만은 나이가 제일 어렸음에도 불구하고 이를 써 보지 않고 두 손으로 익선관을 조심스럽게 받들더니, 어전(御前)에 도로 갖다 놓으며 이렇게 말하는 것이었다.

"보통 사람이 어찌 이를 쓸 수가 있겠사옵니까?"

어린 하성군의 이 같은 말을 들은 명종은 하성군을 몹시 기특하게 생각하며 마음속으로 훗날 왕위를 하성군에게 물려주겠다는 뜻을 마음속으로 정했다는 것이다.

그러나 불과 16세밖에 안 된 어린 나이에 왕위에 오른 선조는 아직 세상물정을 몰랐고, 정치 경험 또한 전혀 없었다. 때문에 처음에는 인순왕후 심씨(沈氏)가 수렴청정(垂簾聽政)하다가 이듬해부터 친정(親政)을 했다.

그런데 선조는 임금이 된 후에도 자신이 적통이 아닌 방계의 왕자라는 사실에 대한 콤플렉스가 컸다. 뿐만 아니라 그의 재위 초기에 있었던 훈구파(勳舊派)와 사림파(士林派) 간의 갈등, 동인(東人)과 서인(西人)의 대립과 정쟁(政爭), 1583년(선조 16년)과 1587년(선조 20년) 두 차례에 걸쳐 있었던 이

동의보감 東醫寶鑑

탕개(李蕩介)를 중심으로 한 함경도 회령지방의 여진족(女眞族)들이 일으킨 반란 등으로 인해 정신적 스트레스를 많이 받았다.

여기에다 선조는 너무 어린 나이에 왕위에 올랐기 때문에 자신감이 항상 부족했고, 소심한 기질에다가 겁도 많았으며, 임금임에도 불구하고 신하들의 눈치를 보며 살았다.

더욱이 그는 임진왜란을 겪으며 왜적에게 쫓겨 피난을 다니고 백성들의 분노 소리에 시달리면서 스트레스를 더 많이 받았다. 조정 신료들의 분열과 당파 간의 끊임없는 당쟁과 대립 속에서 정치기강이 무너지는 바람에 선조는 또 많은 혼란과 갈등도 겪었다.

또 이러한 일들로 인해 선조는 늘 정신적 고뇌와 갈등, 분노, 미움, 적개심, 두려움, 열등감 등도 많아 마음의 병도 깊어졌으며, 이것은 다시 그의 육체적 건강을 더욱 나쁘게 만들고 각종 질병을 초래하는 원인이 되었다.

특히 오랜 기간에 걸쳐 쌓인 스트레스의 여파가 그의 몸과 마음의 건강을 해치며 여러 가지 질환으로 나타났다.

사실 한의학에서는 스트레스를 많이 받으면 칠정(七情)인 희(喜)·노(怒)·우(憂)·사(思)·비(悲)·경(驚)·공(恐)의 일곱 가지 감정이 우리 몸 안에서 요동을 쳐 신체에 나쁜 영향을 끼치는 것으로 보고 있으며, 소화기와 순환기, 호흡기 등 신체 전반을 약화시키며 각종 질병을 부르는 것으로 보고 있다.

선조는 언젠가 자신의 병을 가리켜 "내 병은 마음의 병이다."라고 말한 적이 있는데, 이 또한 그의 마음고생과 이로 인한 스트레스가 얼마나 컸는지를 보여준다.

소화불량과 위장질환에 시달렸던 선조

선조는 특히 젊어서부터 소화불량과 위장질환에 시달렸는데, 이 점은 《선조실록》(선조 7년 1월 7일자)에 실린 『상(上 ; 상감의 준말로 임금을 말함)이 자주 체하고 음식 생각이 나지 않는다 한다 하여 의관이 진찰했다.』라는 기록을 비롯하여 이 무렵에 쓰인 《선조실록》에 어의들이 선조를 진맥한 후에 양위진식탕(養胃進食湯)과 가미응신산(加味凝神散)을 지어 선조에게 올리며 들기를 청했다는 기록이 자주 보이는 것만 보더라도 잘 알 수 있는 일이다.

뿐만 아니라, 어의들이 선조에게 평소 생마 죽을 자주 들도록 권하고, 생맥산(生脈散)을 여러 차례 처방했다는 기록도 종종 보인다.

그런데 이때 어의들이 선조에게 자주 처방한 약들 가운데 하나인 양위진식탕은 예로부터 비위(脾胃)의 기능이 허약할 때, 혹은 소화불량이나 위장질환, 식욕부진 등이 있을 때 자주 써 온 처방약이다.

《동의보감》에서도 이 양위진식탕의 처방 내용과 이 처방약을 써야 할 때, 그리고 그 복용법 등에 대해 다음과 같이 언급하고 있다.

『양위진식탕은 창출(蒼朮) **8g**, 인삼(人參) · 백출(白朮) 각 **4g**, 후박(厚朴) · 진피(陳皮) · 백복령(白茯苓) · 자감초(炙甘草) 각 **2.8g**, 신국(神麴) · 맥아(麥芽 ; 두 가지 다 볶은 것) 각 **2g**, 생강(生薑) **3**쪽, 대조(大棗, 대추) **2**개를 넣어 만드는 처방약이다.

이 약은 비위허약(脾胃虛弱)으로 인하여 음식을 제대로 먹지 못하고 식욕이 부진하고 명치끝이 그득하면서 소화가 잘 안 되며 때로 트림을 하거나 신물이 올라오기도 하며, 얼굴이 누렇고 몸이 여위는 데 쓴다. 식욕이 부진하거나 급성 위염을 앓고 난 뒤 등에도 쓸 수 있다.

위의 약을 1첩으로 하여 물에 달여서 먹는다. 이 약재들을 가루로 내어 꿀로 환제(丸劑 ; 환약)로 만든 다음 한 번에 **8g**씩 미음으로 먹어도 된다.』

이 양위진식탕과 함께 어의들이 선조에게 자주 처방한 약인 가미웅신산이란 기존의 웅신산(凝神散) 처방에다 진피(陳

皮 ; 오래 묵은 귤껍질)를 가미한 처방약으로서 응신산에는 인삼(人參)·백출(白朮)·백복령(白茯苓)·산약(山藥) 각 4g, 백편두(白扁豆)·멥쌀(粳米)·지모(知母)·생지황(生地黃)·감초(甘草) 각 2g, 지골피(地骨皮)·맥문동(麥門冬)·죽엽(竹葉) 각 1.2g, 생강 3쪽, 대조 2알이 들어간다.

이 응신산은 원래 한방에서 내상(內傷)으로 속이 열하며 위기(胃氣)가 좋지 않을 때 주로 쓰는 처방약으로서, 《동의보감》에서는 『내상(內傷)으로 인해 속에 열사(熱邪)가 맺혀 가슴과 명치 밑이 그득하고 소화가 잘 안 되며 저절로 땀이 나는 데 쓴다. 위의 약을 1첩으로 하여 물에 달여서 먹는다. 식욕이 부진한 데는 사인(砂仁), 백두구(白豆蔻)를 더 넣어 쓴다.』고 했다.

또한 어의들이 선조에게 여러 차례 처방했다는 기록이 종종 보이는 생맥산은 식욕부진과 원기부족, 여름철 더위에 땀을 많이 흘리고 기운이 없으며 맥이 약할 때, 마른기침이 나면서 식은땀을 자주 흘리고 입안이 마르고 숨이 찬 증세는 물론 일사병이나 열사병, 만성기관지염, 폐기종 등에도 쓰이는 처방약이다.

《동의보감》에서는 이 생맥산에 대해 이렇게 적고 있다.

『심기부족(心氣不足)으로 인해 온 몸이 나른하고 기운이 없으며 입이 마르고 가슴이 아프며 숨이 차고 맥이 약한 데,

열이나 더위에 상하여 땀을 많이 흘리고 입이 마르며 온 몸이 노근하고 맥이 약한 데, 폐허(肺虛)로 마른기침이 나고 숨이 차며 식은땀을 흘리고 입이 마르고 맥이 약한 데 쓴다. 일사병·열사병·심근염·만성기관지염·폐기종(肺氣腫) 등에도 쓸 수 있다.

사람의 기(氣)를 돋우며 심장의 열을 내리게 하고 폐를 깨끗하게 하는 효능도 있다. 생맥산은 원기를 내는 묘약이므로, 땀을 많이 흘리는 여름철에 물 대신 마시면 좋다.

맥문동(麥門冬) 8g, 인삼(人參)·오미자(五味子) 각 4g을 1첩으로 하여 물에 달여서 먹는다. 여기에 황기(黃耆)·감초(甘草) 각 4g, 또는 황백(黃柏) 0.8g을 더 넣어 쓰기도 한다.』

선조의 어의들은 선조에게 이 같은 처방약들을 자주 복용하도록 하는 한편, 선조에게 생마를 곱게 갈아서 만든 생마죽을 자주 들도록 권했는데, 그 이유는 무엇 때문일까.

그 이유는 이 생마 죽이 선조의 허약한 비위의 기능을 보강하고, 선조가 자주 앓던 위장병과 소화불량에도 좋을 뿐만 아니라, 늘 원기가 부족하고 땀을 자주 흘리는 선조에게 여러모로 이롭다고 보았기 때문이다.

마는 원래 중국이 원산지로서, 산에서 자생하나 약초로 재배하기도 한다.

마에 대한 고사가 있다.

옛날 중국에서 적에게 쫓기던 일단(一團)의 군사들이 산 속에서 우연히 이것을 보고 캐 먹고 나니 힘이 나서 다시 잘 싸울 수 있었다 하여 『산에서 우연히 만났다』는 뜻으로 그 이름을 「산우(山遇)」 또는 「산우(山芋)」라는 이름을 붙였다고 전해 온다. 서여(薯蕷)라고 부르기도 한다.

마의 덩이뿌리를 한방에서는 「산에서 나는 약」이란 뜻으로 보통 산약(山藥)이라고 하며, 예로부터 약용으로 많이 써 왔다. 고려 충렬왕(忠烈王) 때 보각국사(普覺國師) 일연(一然, 1206~1289)이 신라·고구려·백제 3국의 유사(遺事)를 모아서 지은 역사서인 《삼국유사(三國遺事)》에는 백제(百濟) 무왕(武王, ?~641)의 아명(兒名)이 서동(薯童)이었는데, 그가 어려서부터 마를 캐다가 팔아서 생계를 유지했기 때문에 이 같은 이름으로 불렸다고 기록되어 있다.

고려시대 때에 쓰인 《향약구급방(鄕藥救急方)》에는 마가 구황(救荒) 식품으로 이용되었다는 기록이 있으며, 《동의보감》에도, 『마의 뿌리를 캐서 먹거나 가루로 내어 국수를 만들어 먹으면 흉년에 식량을 보충하여 배가 고프지 않게 지낼 수 있다.』라고 했다.

보통 참마라고 하면 생것을 가리키고, 산약이라고 하면 참마를 말려 한방약재로 만든 것을 말한다.

동의보감 東醫寶鑑

그런데 참마의 껍질을 벗겨서 말린 산약은 보통 흰색으로서 한의학에서 흰색은 금(金)에 해당하며, 금(金, 쇠)은 쇠가 녹으면 물이 되는 이치와 마찬가지로 수(水, 물)를 도와주는 역할을 하며, 금(金)은 인체 내의 장기 중에서 폐(肺)에 해당하므로 기침이나 천식을 치료하는 것으로 보고 있다.

한의학에서 흔히 말하는 「오색(五色)」의 동양의학적 근거가 되는 《황제내경(黃帝內經)》에서도 청(靑)·적(赤)·황(黃)·백(白)·흑(黑)의 다섯 가지 색깔, 즉 오색은 각각 간(肝)·심(心)·비(脾)·폐(肺)·신(腎)의 오장(五臟)과 밀접한 연관을 갖는 것으로 기술하고 있다. 그러면서 음양오행설(陰陽五行說)에 근거하여 간은 오행상 목(木)에 속하고 그 색은 청(靑)에 해당하며, 따라서 푸른 색깔을 띤 식품이나 약재가 간에 이롭다고 본다.

마찬가지로 심장이나 이와 관련이 깊은 심(心, 마음)은 오행상 화(火)에 속하고 적(赤, 붉은색)에 해당하며 붉은 색깔의 식품이나 약재가 심으로 통하여 이를 이롭게 한다고 여긴다. 그리고 다른 것들도 이와 같은 논리로 설명된다.

다시 말해 청색은 목에 속하고 간과 통하며, 적색은 화에 속하고 심과 통하며, 황색은 토에 속하고 비(脾)에 통하며, 백색은 금에 속하고 폐에 통하며, 흑색은 수에 속하고 신에 통한다는 것이다.

즉 음양오행설의 이치에 근거하여 볼 때, 백색을 띤 약재인 산약은 특히 폐는 물론 폐와 관련 있는 장기인 코와 대장에도 좋다는 뜻이다. 이와 마찬가지 논리에서 흰색을 띤 무나 도라지도 역시 폐에 특히 좋은 것으로 보았다.

한방에서 흔히 비장(脾臟)과 위장(胃腸)에는 황색이나 황토색 또는 노란색, 간장에는 청색(푸른색 혹은 녹색), 폐와 이와 연관성이 있는 코와 대장에는 흰색, 심장에는 붉은색, 그리고 신장 및 방광에는 검정색을 띤 약재나 식품들이 좋은 것으로 보는 이유도 여기에 근거한 것이다.

또한 한방에서는 산약의 맛을 단맛으로 보는데, 단맛은 한의학적으로 볼 때 토(土)에 속한다. 그리고 토(土)는 인체에 있어서 비장에 해당하므로 산약이 비장을 보(補)하는 약으로 여긴다.

따라서 참마 또는 산약은 비위의 기능이 약하여 소화불량이나 위장질환, 식욕부진 등에 시달리는 사람이나 신체가 허약한 사람 등에게는 아주 좋은 식품이 된다. 신기(腎氣) 부족이나 정력 부족인 사람에게도 역시 좋으며, 스태미나 증진과 원기 보강에도 좋은 식품이다.

선조의 어의들이 선조에게 생마 죽(참마 죽)을 자주 들도록 권한 것도 바로 참마가 지닌 이 같은 효능 때문이었다. 즉 비위의 기능이 약하고 원기도 부족하며 소화불량과 위장질환

도 있을 뿐만 아니라, 신기와 폐기도 약하며 이로 인해 목소
리까지 탁하고 쉰 선조에게는 여러모로 마가 좋은 역할을 하
는 식품으로 보고 생마를 갈아서 만든 생마 죽을 선조에게 적
극 권했던 것이다.

참마 또는 산약은 변비로 고생하는 사람이나 다이어트를
하려는 사람에게도 좋으며, 혈압을 안정시켜 주고 콜레스테
롤을 낮추어 주는 역할도 하므로 고혈압을 비롯한 각종 성인
병의 예방 및 퇴치에도 도움이 된다. 대장암 예방에도 좋으며,
기억력 증진에도 좋은 식품이 아닐 수 없다.

제4장 임금과 신하

선조의 울화병(鬱火病)은 신하들이 만들었다

선조가 오랫동안 앓으며 시달렸던 소화불량과 위장질환은 울화(鬱火) 및 스트레스와 관련이 깊다.

다시 말해 선조는 어린 나이에 임금이 된 이후로 여러 가지 일들로 인해 오랫동안 마음속에 한(恨)이 쌓이고 수시로 울화가 치밀며 스트레스를 많이 받았는데, 바로 이것이 그로 하여금 오랫동안 소화불량과 위장질환에 시달리도록 만들었던 것이다.

예로부터 『한이 쌓이면 병이 된다.』고 했다. 특히 한이 많이 쌓이면 이른바 「화병」이 생기기 쉬운데, 「화병」이란 간단히 말해서 속에서 끓어오르는 화를 참고 참다가 쌓여서 마침내 병이 된 것을 말한다.

다시 말해 체내에 쌓인 화가 쌓이고 쌓여서 생긴 질환이 바로 「화병」 또는 「울화병(鬱火病)」인 것이다. 물이 흐르지 못하고 계속 고여 있기만 하면 어느새 「썩은 물」이 되는 것과 같은 이치다.

「화병」이 낫지 않고 장기간 계속되다 보면 고혈압이나

심장질환, 당뇨병, 불면증, 또는 신경쇠약이나 우울증, 히스테리, 노이로제 등과 같은 여러 가지 신경질환이 생기는 수도 적지 않다.

한의학에서는 「화병」은 특히 심(心) 또는 심장과 관련이 깊은 것으로 보는데, 만일 「화병」이 오래 지속되면 심과 심장에 나쁜 영향을 끼치는 것은 물론 각종 심장질환이 잘 생길 뿐만 아니라, 이미 심장질환을 앓고 있는 사람은 그 증세가 더욱 악화될 수 있다고 본다.

또한 몸 안에 쌓인 한이나 울화는 비위에도 나쁜 영향을 끼쳐 소화불량이나 식욕부진, 속 쓰림, 트림이나 신물 등의 증세를 일으키고, 위염이나 위궤양 같은 각종 위장질환도 초래한다.

게다가 한이 많고 울화가 많이 쌓이면 마음의 상태와도 관련이 깊은 피부에도 나쁜 영향을 끼쳐 여성들은 피부가 거칠어지고 화장이 잘 받지 않기 쉽다.

또 「화병」이 있는 사람치고 얼굴 표정이 밝을 때가 없는데, 아무리 얼굴 바탕이 예쁘고 잘 생겼다 하더라도 그 표정이 밝지 못하고 늘 찌푸린 얼굴이라면 결코 미인이라고 할 수 없다. 그래서 『찌푸린 미인보다는 못 생긴 사람의 웃음 띤 얼굴이 훨씬 더 낫다.』는 옛말도 있다.

「화병」은 성격이 소심하고 내성적인 경향이 강하며, 자신의 감정을 선뜻 표출하지 못하고 애써 참으며 속으로만 끓이는 사람들에게 더욱 잘 생기는데, 선조가 바로 이런 유형의 사람이었다.

더욱이 선조는 조선 중기의 문신이자 유학자로서 「동양의 주자(朱子)」로 불릴 정도로 우리나라의 성리학(性理學)을 체계화하였던 퇴계(退溪) 이황(李滉, 1501~1570)과 그와는 35년의 나이 차이가 있었지만, 성리학에 대한 열정과 공감대 때문에 만나자마자 의기 상통했으며 학문적으로 서로 보완관계였던 율곡 이이(李珥, 1536~1584), 그리고 이황의 제자로서 역시 뛰어난 성리학자였던 기대승(奇大升, 1527~1572) 등과 같은 당시의 유명한 유학자들로부터 많은 질타를 받아 이로 인한 불안과 갈등, 울화가 많았으며, 여기에서 비롯된 스트레스 또한 작지 않았다.

하지만 선조는 이런 것들을 속 시원하게 털어내지 못하고 혼자서만 고민하고 속상해 하며 참고 지내는 수가 많았다. 또 이로 인해 선조의 마음속에는 울화와 스트레스는 더욱 쌓여만 갔고, 그만큼 그의 소화불량과 위장질환 또한 잘 낫지 않고 오히려 그 병세가 날로 깊어 갔다.

특히 선조의 경연 강사였던 이참과 이이, 기대승 등과 같은 유학자들은 선조를 보다 훌륭한 성군(聖君)으로 만들겠다는 생각으로 끊임없이 조언을 하고 거침없는 질타도 하곤 했는

동의보감　東醫寶鑑

데, 앞서 언급했듯이, 이이가 선조의 목소리가 탁하고 쉰 것을 여색을 밝혔기 때문이라고 질타한 것도 바로 이 같은 이유에서였다.

뿐만 아니라 인순왕후와 함께 선조가 왕위에 오르는 데 결정적인 역할을 하였으며, 명종이 갑작스럽게 붕어(崩御)했을 때 원상(院相 ; 국왕이 병이 났거나 갑작스러운 사망, 또는 나이가 어린 왕이 즉위하였을 때 국정을 의논하기 위하여 재상들로 구성되어 임시로 정무를 이끌던 모임의 대표 정승)이 되어 국정을 총괄했던 이준경은 선조에게 이런 말까지 해 가며 끊임없이 선조를 압박하여 부담감을 안겨 주었다.

"전하, 대간(臺諫 ; 조선시대 때 간언諫言을 맡아보던 관리를 이르는 말로, 곧 사헌부司憲府와 사간원司諫院의 벼슬을 통틀어 이름)의 말을 관대하고 겸허한 마음으로 받아들이지 않으면 아니 되옵니다."

이 말은 곧 신하들의 의견을 존중하고 받아들이라는 뜻이었는데, 여기서도 선조는 많은 압박감과 함께 이로 인한 스트레스를 받았다.

여기에다 기대승 또한 선조가 즉위한 초기에 경연이 열릴 때면 성리학의 대가이자 그의 스승이었던 이황을 들먹거리며 선조를 압박하곤 했다.

"퇴계 선생을 대하시기를, 옛 성현(聖賢)처럼 대하시며 존대해야만 하옵니다."

그러자 선조는 이런 압박감을 견디다 못해 어느 날, 기대승에게 이런 말로 반박한다.

"그(이황)를 성현처럼 늘 존대하라 하는데, 그가 대체 어떠한 사람이며, 옛 성현의 누구에게 비교할 만한가? 이런 말로 묻는 것이 미안하나 평소에 궁금하였기 때문에 말하는 것이다."

아무리 듣기 좋은 소리도 반복해서 들으면 싫어지는 법인데, 선조는 자신의 신하들로부터 이 같은 말들을 반복해서 듣다 보니 짜증도 나고 울화도 치밀어 참다못해 이런 말을 했던 것이다.

선조는 또한 자신에게 열이 수시로 오르내리며 울화가 자주 치미는 증상이 있음을 솔직히 털어놓으면서 그 원인에 대해 스스로 이렇게 진단한 적도 있다.

"내게 열이 수시로 오르면서 울화가 자주 치미는 증상이 있는 것은, 대체로 심화(心火 ; 좌절과 실망, 분노 등으로 생긴 마음의 병. 화병火病. 또는 감정이 마음속에서 복받쳐 일어나는 울화. 심心의 별칭. 심이 오행五行의 화火에 속하기 때문에 심화心火라 한다)가 맺혀 통증이 된 것으로 종기(腫氣) 증세에 가까운 것이어서 사(瀉)하는 약이 아니면 아니 될 것이다.

그래도 지금까지 성종(成腫 ; 곪아서 종기가 되는 것)이 되지 않은 것은 침과 약에 의해 억제된 것이며, 마치 몹시 화를 내는 사람이 곁에 있는 사람의 제지를 받아 노기(怒氣)를 터뜨리지는 못하여 솟구치는 노기가 마음속에 응축되어 풀리지 않는 것과 같은 것이다."

자신의 마음속에서는 늘 심화가 끓어오르고 있으나, 이것이 그래도 곪아서 종기가 되지 않은 것은 침을 맞고 약을 복용하고 있는 덕분이지만, 노기를 터뜨리지 못하니 마음속에 응축되어 있는 노기는 여전히 풀리지 않고 계속되고 있는 것이라며 자신의 화증(火症)을 종기에 비유하여 그 심적인 아픔과 고뇌를 이렇게 털어놓았던 것이다.

선조의 이 같은 증상에 대해 어의들은 보통 「화(火)」로 표현했는데, 이 말 또한 「화병」 혹은 울화병을 뜻한다.

그런데 한의학에서는 이 같은 「화병」 혹은 울화병은 무엇보다도 먼저 울화나 한이 가슴 속에 쌓이지 않도록 평소 예방하는 것이 중요하다고 보고 있다.

그러면서 가슴속에 쌓인 울화나 한, 혹은 화증 같은 것들은 참는 것만이 능사는 아니며, 이러한 것들이 가슴속에서 적체(積滯)되지 않도록 속히 배출해 내는 것이 반드시 필요하다고 강조한다.

이와 함께 한의학에서는 마음속에 도사리고 있는 온갖 미움이나 원한, 분노, 적개심, 증오심, 슬픔, 근심 등과 같은 온갖 나쁜 감정들도 역시 속히 몰아내지 않으면 안 되며, 이러한 것들을 몰아낸 그 자리에 사랑과 기쁨, 평화, 용서, 희망 등과 같은 밝고 좋은 감정들을 가득 채워 넣어야 하는 것으로 여긴다.

《동의보감》에서는 『병을 고치려거든 그 마음부터 다스려라.』라고 했는데, 그 이유 또한 「화병」혹은 울화병과 같이 마음속으로부터 생긴 병은 그 마음부터 잘 다스리는 게 급선무이기 때문이다.

옛날에는 정월 대보름이 되면 이른바 「해원떡(解怨餅해원병)」이란 것을 만들어 이것을 지난 한 해 동안 자신과 불편한 관계에 있던 사람이나 자신에게 원망이나 불만을 갖고 있는 사람 등에게 보내주거나 받아먹는 풍습이 있었다.

즉 직접 말로써 표현하기 어려운 용서나 화해를 대신하여 떡을 주고받음으로써 간접적으로나마 나쁜 감정들을 해소하고 좋은 관계로 새롭게 출발하자는 의미에서 「해원떡」을 서로 주고받았던 것인데, 참으로 좋은 세시(歲時) 풍속이라 하겠다.

한방에서는 「화병」혹은 울화병을 비롯한 각종 신경성 질환에는 연자(蓮子, 연의 씨)를 비롯해서 방풍(防風)·용안육(龍眼肉)·인삼·산약(山藥, 마)·살구·콩·시금치·감자·

호두·생선 등과 같은 약재류나 식품들이 좋은 것으로 보고 있다.

《선조실록》(선조 7년 1월 10일자)의 기록을 보면, 이런 구절이 나온다.

『유희춘이 비위(脾胃)를 조리하는 법과 식료 단자(單子)를 써서 상(上, 임금, 상감)께 아뢰었다.』

유희춘은 신하로서 선조가 갖가지 질환에 시달리고 있는 것이 안타까워 중국에서 예로부터 전해 오는 양생서(養生書)들을 참고하여 섭생에 좋은 식품들을 뽑아 선조에게 올렸던 것이다.

그런데 위 글의 내용을 다시 풀이하면, 『유희춘이 비위가 허약하고 소화불량과 위장질환에 시달리는 선조 임금의 건강이 하루속히 회복되도록 그러한 몸을 보살피고 병을 다스리는 데 좋은 식품들의 이름을 종이에 써서 보고했다』는 뜻이 된다.

당시 어의나 의원도 아니었던 유희춘이 왜 선조가 앓고 있던 여러 가지 질환에 좋은 식품들의 이름을 적어서 올렸는지는 알 수 없으나, 당시 유희춘은 선조의 총애를 받던 신료로서 임금의 건강을 걱정한 나머지 이런 글을 올렸던 것으로 추정된다.

또 이런 점에서 불 때 유희춘은 비록 어의나 의원은 아니었지만, 어떤 질환에는 어떤 식품들이 좋은지를 잘 알고 있었던 사람으로 보인다,

어쩌면 유희춘은 당시 자신과 아주 가까웠던 허준의 도움을 받아 이러한 글을 써서 올렸던 것인지도 모른다.

어의 안광익과 함께 처음으로 입진(入診)하다

1575년 2월 15일(선조 8년) 이른 아침.

간밤에 많은 눈이 내렸다. 잿빛이던 세상이 갑자기 밝고 환해졌다. 허준은 경복궁 안 홍문관(弘文館) 동쪽에 자리 잡고 있던 내의원의 의관방에 홀로 앉아 창호 문을 물끄러미 바라보고 있었다.

지난 늦가을에 새로 바른 창호 문이 탱탱하면서도 곱고 깨끗해서 보기에 좋았다. 은은한 멋과 정취까지 풍겼다.

간밤에 많은 눈이 내렸고, 지금도 밖에 하얀 눈이 많이 쌓여 있기 때문인지 창호 문은 그 눈빛을 받아 더욱 환했다. 실내 또한 창호 문의 그 환한 빛에 밝고 아늑했다.

비록 창호 문을 통해서는 눈이 쌓인 바깥 풍경은 볼 수 없었다. 그러나 바깥에 하얗게 쌓인 눈이 눈부신 아침햇살을 가득 받아 빛나면서 그 빛이 마치 밖에서 은은한 불빛을 비추고

동의보감 東醫寶鑑

있는 것 같았다.

허준은 의관방 안에서 잠시 창호 문 밖의 풍경을 상상해 보았다. 인간에게 있어서 눈(眼)이 마음의 창이듯, 지금 이 방 안에서 바깥 풍경을 상상하고 느낄 수 있게 해주며, 마음의 눈으로 바깥을 내다볼 수 있게 해주는 역할을 하는 것이 바로 창호 문이 아닐까 하는 생각이 들었다.

밖에 누군가가 지나가는지 창호 문에 사람의 모습이 얼핏 스쳐 가더니, 곧 의관방 방문이 활짝 열리며 한 사람이 불쑥 들어왔다. 훤칠한 키에 눈매가 매서운 어의 안광익(安光翼)이었다.

의관방 안에 들어서자마자 안광익은 주위를 한번 둘러보고는, 허준이 있는 곳으로 성큼성큼 다가왔다.

허준은 자리에서 얼른 일어나 안광익에게 예(禮)를 갖춘다.

"오셨습니까?"

그러자 안광익은 허준의 아래위를 훑어보며 입을 연다.

"입진(入診 ; 의원이 궁중에 들어가 임금을 진찰하는 것)할 준비는 다 되었겠지?"

"예, 준비하고 있었습니다."

어제 오후, 안광익은 허준에게 내일은 자신과 함께 입진할 것이니 준비를 잘하고 기다리라는 지시를 내렸었다. 이에 허준은 아침 일찍 내의원 의관방에 나와 안광익을 기다리고 있었다.

안광익을 따라 의관방을 나온 허준은 경복궁 안에 있는 궐
내각사 건물들 사이를 빠르게 지나 수정전(修政殿) 안으로 들
어갔다.

그곳에 선조가 자리에 누운 채로 있었는데, 선조는 어의 안
광익과 의관 허준이 들자, 몸을 일으켜 비스듬히 앉았다.

안광익과 허준이 선조에게 큰절을 올리고 나자, 선조는 허
준을 잠시 바라보더니, 안광익에게 묻는다.

"함께 온 이 의관은 누군가?"

"약방 의관 허준이옵니다. 약방에 들어온 지는 꽤 되었으
나 전하께는 오늘이 처음입니다. 유능한 의관이라 앞으로는
자주 전하를 모시게 될 것이옵니다."

"아, 그런가? 보긴 여러 차례 본 것 같아."

선조는 고개를 끄덕이며 다시 한 번 허준을 바라본다.

허준은 고개를 더욱 숙이며 시선을 떨어뜨렸다. 사실 선조
는 궁중 안에서 거동하다가 여러 차례 허준을 본 적이 있었
다. 허준 또한 궁중 안에서 선조를 멀리서 보고 인사를 올린
적이 여러 차례 있었다.

하지만 이렇게 가까이에서 선조를 뵙고 옥음을 직접 듣는
것은 이번이 처음이었다.

안광익은 선조의 맥(脈)을 짚어가며 찬찬히 진찰했다. 오른

손의 폐맥(肺脈)과 비맥(脾脈)이 허약했다. 번열(煩熱 ; 몸속
에 열이 많이 나고 가슴 속이 답답하여 괴로울 정도로 더운
증세)이 나고 허열(虛熱 ; 열과 땀이 심하고 식욕을 잃어 몸이
쇠약해지는 것)이 있으며, 호흡 또한 조금 거칠었다. 게다가
용안도 조금 수척해 보였다. 속 기운과 진액(津液)도 부족한
것 같았다.

안광익은 조금 어두워진 낯빛으로 선조에게 아뢴다.

"전에 비해 더 수척해지셨사옵니다. 또한 비위의 맥이 매
우 약하며, 번열도 많사옵니다. 하온데, 전하께서 요즘 찬 음
식을 자주 드시고, 또 문을 열어놓아 바람이 들어오게 하신다
고 들었습니다."

"그건 내 몸에 열이 많아서 그래. 찬 물이나 차가운 음식
을 먹지 않으면 더 열이 나는 것 같고, 갈증도 심해. 시원한
찬바람을 쐬어야만 몸의 열이 좀 식는 것 같아."

선조의 이 같은 말에 안광익이 다시 입을 연다.

"하오나 이는 전하의 옥체에 여러모로 좋지 않사옵니다.
더욱이 번열이나 허열로 인한 갈증은, 아무리 차가운 물이나
찬 음식을 드신다 하더라도 근본적으로 해결되지 않사옵니
다. 이런 것들은 오로지 옥체에서 진액이 충분히 만들어져야
만 꺼지게 되는 것이옵니다. 그러니 좀 고통스러우시더라도
차가운 물이나 찬 음식, 찬바람은 절대 피하셔야 할 줄로 아

옵니다."

사실 선조는 이미 오래 전부터 많은 스트레스를 받으며 가슴속에 쌓인 분노심과 화증 등으로 인해 몸에 늘 번열과 허열이 많고 화기(火氣)가 치솟아 있는 상태였기 때문에 이를 식히기 위한 본능적인 행위로 차가운 물이나 찬 음식을 자주 들었으며, 한겨울인 이때에도 수시로 방문을 열어놓고 찬바람을 자주 맞았다. 그러나 이것은 임시방편에 불과할 뿐 기존의 질환들을 오히려 악화시키는 작용만 했다.

그래서 안광익을 비롯한 어의들은 전부터 선조에게 이 점을 누누이 강조하며 차가운 물과 찬 음식, 찬바람을 피하도록 당부해 왔다.

하지만 선조는 어의들이 이 같은 말을 잘 듣지 않고 여전히 차가운 물과 찬 음식을 자주 들었고, 한겨울에도 방문까지 열어놓은 채 찬바람을 쐬고 있었던 것이다.

허준은 이날 선조를 직접 진찰하지는 않았다. 다만 내의원의 대선배인 안광익의 보조의(補助醫)로서 선조를 진찰하는 데 참여하여 안광익이 진찰하는 모습을 곁에서 묵묵히 지켜보기만 했다.

그러나 허준은 이날 처음으로 임금 앞에 나아가 가까이에서 선조를 뵙고, 또 어의 안광익이 선조를 진찰하는 모습을 곁에서 지켜보며 약간 거들었던 것만으로도 무척 가슴이 벅

동의보감 東醫寶鑑

차고 기뻤다. 영광스럽기도 했다.

더욱이 허준은 이날을 시작으로 안광익과 함께 자주 선조 앞에 나아가 선조를 진찰할 수 있게 되었는데, 이때 허준의 나이 37세였다.

허준은 안광익과 함께 처음으로 입진하여 선조를 진찰하고 난 지 열흘이 지난 1575년(선조 8년) 2월 25일, 다시 안광익과 함께 입진했다.

그러나 이때에도 허준은 선조를 직접 진찰하지 않았고, 선조를 진찰하는 안광익 곁에서 지켜보며 그의 일을 약간 거들기만 했다.

이날, 안광익은 선조를 진찰하고 나서 선조에게 이렇게 아뢴다.

"천안(天顏 ; 임금의 얼굴, 용안)이 수척하고 누르며 혈기(血氣)가 점점 줄어들어 수라마저 조금 드시니, 이는 비위가 허약하여 위쪽으로는 덥고 아래쪽으로는 냉하며 자양(滋養)은 부족한데 노동은 지나치시어 허열이 위로 올라서 그러한 것이옵니다."

이로부터 며칠 후인 1575년(선조 8년) 2월 28일에는 안광익이 아닌 다른 어의들이 함께 입진하여 선조를 진찰했는데, 이날 기록된 《선조실록》에서는 어의들이 선조에게 이렇게 아뢰는 모습이 나온다.

"상께서 애훼(哀毁 ; 몹시 애통해 하여 몸이 쇠약해짐)하신 가운데 수고롭게 움직이심으로 인하여 성후(聖候 ; 임금 신체의 안위, 또는 임금의 평안한 소식)가 쇠약해지셨고, 또 허열이 많으시니, 신(臣)들로서는 참으로 근심이 망극하옵니다."

그런데 한의학에서는 이처럼 허열이 있을 때 이를 실열(實熱)로 착각하여 차가운 음식을 먹거나 혹은 허열을 실열로 잘못 판단하여 그릇된 처방약을 복용하게 되면, 그 증상이 더욱 악화되거나 다른 병증이 생길 수 있다고 보며, 그 가운데서도 가장 대표적인 것이 바로 위장 기능의 손상으로 본다.

내의원에서 직접 만들어 임금께 진상했던 타락죽

허준을 대동하고 입진하여 선조를 진찰한 다음 내의원으로 돌아온 안광익은 내의원의 우두머리 관료 격이지만, 실질적으로는 어의라기보다는 행정자문 등의 역할을 맡고 있던 정1품의 도제조(都提調)에게 이런 말을 한다.

"전하께서 기력이 많이 쇠해지신 것 같습니다. 그런데도 수라마저 조금 드시니 자양도 부족해 보입니다. 그러니 기력 회복과 자양 보충을 위해서라도 전하께 타락죽(駝酪粥)을 권하시는 게 좋을 듯합니다. 더욱이 타락(타락죽)은 조금 차서 허열과 심열(心熱)을 제거할 수 있을 것입니다."

타락죽이란 조선시대 때 궁중의 대표적인 보양식으로 손꼽히던 음식인데, 암소의 젖을 짜서 만든 죽을 말한다. 낙죽(酪粥)이라고도 한다.

타락(駝酪)이란 말은 원래 돌궐어(突厥語)의 「토라크」에서 나온 말이라고 하여 우유를 뜻한다. 그러나 여기서 말하는 타락죽이란 불린 멥쌀을 곱게 갈아서 물 대신에 우유를 넣어 끓인 죽을 가리킨다.

오늘날에는 우유가 아주 흔하지만, 옛날에는 우유가 아주 귀한 음식이었다. 따라서 옛날에는 일반 백성은 우유를 먹지 못했으나 임금이나 왕비, 왕족 등은 이 귀한 우유로 타락죽을 만들어 보양식으로 먹었다.

고려시대 때에는 우유를 담당하던 기관으로 우유소(牛乳所)가 있었고, 조선시대 때에는 이 우유소가 타락색(駝酪色 ; 조선시대, 사복시司僕寺에 딸린 부서의 하나로, 임금이 먹을 우유에 관한 일을 맡아 보았다)으로 바뀌었다.

당시 동대문과 동소문 인근에는 야트막한 산이 하나 있었는데, 이 산을 가리켜 흔히 타락산(駝酪山) 혹은 낙산(酪山)이라고 불렀다. 그 이유는 산의 모양이 마치 낙타 같기 때문이기도 했지만, 그보다는 조선시대 때 궁궐에 우유를 조달하던 관아인 타락색이 그 산기슭에 있어 타락산 혹은 낙산으로 불렸다고 한다.

선조에게 타락죽을 올렸으면 좋겠다는 안광익의 말을 듣고 난 내의원 도제조는 고개를 끄덕이며 말을 받는다.

"좋은 생각이오. 속히 약방 아랫것들에게 일러 타락죽을 만들어 전하께 바치도록 하시오."

이 당시에는 타락죽을 일반 음식과는 다른 보양 음식으로 여겼다. 때문에 다른 음식들과는 달리 경복궁 소주방(燒廚房 ; 조선시대 때 임금의 수라와 궁중의 잔치음식 등을 장만하던 부엌)에서 타락죽을 만들지 않고 내의원에서 직접 타락죽을 만들어 임금과 왕비, 왕족 등에게 바쳤다.

특히 내의원에서는 임금이나 왕비, 혹은 왕족의 몸이 허약 하거나 기력이 부족할 때, 병이 났을 때, 또는 추운 겨울 동안 에 이들에게 타락죽을 자주 들도록 권했다.

《조선왕조실록》 고종 3년 9월 20일자의 기록을 보면, 이 런 내용의 글이 나온다.

『올해 낙죽(타락죽) 공상(供上 ; 어떤 특산물을 궁궐이나 상급 관청에 바치는 일)을 동짓달 초하룻날부터 거행하도록 약원(藥院, 내의원)에 분부하라.』

이 글을 통해서도 옛날에는 내의원에서 타락죽을 제조하고 관리했음을 알 수 있다.

동의보감　東醫寶鑑

그러나 옛날에는 우유가 워낙 귀해 설령 임금이라 할지라도 아무 때나 우유를 마실 수는 없었고, 몸이 허약해졌거나 아플 때, 기력이 약해졌을 때, 혹은 특별한 날 같은 때만 먹는 보양식이었으며, 조정의 대신들 또한 동짓날 같은 특별한 날에만 임금이 하사한 우유를 맛볼 수 있었다.

이처럼 귀한 우유로 만든 타락죽은 또한 기로소(耆老所 ; 조선시대 때 연로한 고위 문신들의 친목과 예우를 위해 설치한 관서)의 보양식으로도 쓰였다. 기로소는 70세 전후의 나이 많은 관료들을 모시고 대접하던 곳이었는데, 임금은 간혹 내의원에 어명을 내려 기로소에 타락죽을 보내 원로대신들을 대접하라고 했던 것이다.

《동의보감》에서는 『우유 한 되(한 홉)에 쌀을 조금 넣고 끓여 죽을 쑤어 상복하면 노인 건강에 좋다.』며 타락죽이 특히 노인 건강에 도움이 되는 음식임을 강조했다.

한방에서는 우유가 원기를 회복하는 데 도움을 주고, 진액을 만들어 장의 활동을 돕는 것으로 보고 있다. 뿐만 아니라 우유는 변비와 당뇨 같은 질환에도 도움이 되며, 특히 잠이 안 올 때 따뜻한 우유 한 잔은 불면증 해소에도 좋은 역할을 하는 것으로 여긴다.

그러나 배가 차거나 비위의 기능이 약한 사람, 설사가 잦은 사람 등에게는 우유가 그다지 적합하지 않은 식품으로 생각한다.

《조선왕조실록》을 보면, 조선조 제6대 임금으로서 어린 나이에 즉위하였으나, 숙부인 수양대군(首陽大君 ; 세조世祖)에게 왕위를 빼앗기고 결국에는 서인(庶人)으로 강등되었다가 결국 죽음을 당하고 만 단종(端宗, 1441~1457)이 즉위했을 때 신하들이 어린 단종에게 이렇게 아뢰는 모습이 기록되어 있다.

"무릇 사람이란 비록 장성한 나이로 있더라도 거상(居喪 ; 상중喪中에 있는 것)을 하면 반드시 마음이 허하고 기운이 약해지게 되옵니다. 하온데, 지금 주상(主上, 임금)께서는 나이가 어리시고 혈기가 정하지 못하시니, 청컨대 타락(駝酪)을 드소서."

이 말은 즉 나이가 어린데다가 지금 상중에 있는 단종이 몸의 허약과 기혈 부족으로 인해 몸을 상하게 될 것이 걱정되어 신하들이 그에게 타락죽을 들도록 권하고 있는 것이다.

조선조 제12대 임금이었던 인종(仁宗, 1515~1545)의 건강이 악화되었을 때에도 내의원의 어의들이 인종에게 타락죽을 영양식으로 들도록 거듭 권하자, 마침내 인종이 이 권유에 따랐다는 기록이 있으며, 조선조 제22대 임금이었던 정조(正祖, 1752~1800)는 겨울철이 되면 늘 타락죽을 먹고 힘을 내어 체력을 유지할 수 있었다는 기록도 보인다.

내의원 도제조가 선조 임금에게 타락죽을 만들어 바치도록 허락하자, 안광익은 도제조에게 다시 이런 말을 한다.

"한 가지 더 말씀드릴 것이 있습니다."

"뭔가, 또?"

도제조는 눈을 크게 뜨며 안광익을 바라본다.

"다름이 아니옵고, 전하의 수라상에는 될 수 있는 한 찬 음식은 올리지 말고 대신 그 성질이 따뜻한 식재료들로 만든 따뜻한 음식을 올리도록 소주방에 말씀을 좀 해주셨으면 합니다.

전하께서 번열과 허열이 많으신 까닭에 차가운 물과 너무 찬 음식을 자주 드시고, 또 날씨가 추운 요즈음 같은 겨울철에도 방문을 활짝 열어놓아 찬바람이 들어오게 하신다고 합니다.

물론 전하께서 드시는 약에는 번열이나 허열을 가라앉히는 데 필요한 성질이 차가운 약재들을 써야 하겠으나, 음식만은 너무 찬 것을 피하는 것이 좋을 듯싶습니다."

선조의 번열이나 허열을 가라앉히기 위해서는 선조가 드는 처방약에는 그 성질이 차가운 약재들을 쓸 수밖에 없겠으나, 음식만큼은 너무 찬 것은 들지 않도록 임금에게 음식을 올리는 소주방에 이야기해 달라는 것이었다.

내의원 도제조는 안광익의 이 같은 건의를 쾌히 받아들여 말한다.

"무슨 말인지 잘 알겠네. 내 곧 소주방과 수라간에 사람을 보내 그리 하도록 이르겠네."

당시 경복궁 안에는 음식을 조리하거나, 음식을 차리거나, 혹은 음식을 만드는 데 필요한 각종 식재료들을 보관하는 공간으로서 소주방과 수라간이 있었다.

그런데 소주방과 수라간은 흔히 같은 의미로 쓰이기도 했지만, 《조선왕조실록》이나 《승정원일기(承政院日記)》 등을 보면, 이들 두 공간을 구분하여 소주방은 음식을 조리하는 기능이 더 컸으며, 수라간은 음식을 차리는 기능이 더 컸다고 기록해 놓고 있다.

즉 음식을 만드는 일은 주로 소주방에서 하고, 소주방에서 만든 음식을 가져다가 상을 차려 임금이나 왕비, 왕족 등에게 올리는 일은 주로 수라간에서 했던 것이다.

임진왜란으로 인해 경복궁이 불에 타버리기 전에 경복궁 안에는 소주방이 여러 군데 있었는데, 우선 경복궁의 내전(內殿)이자 임금이 일상을 보내는 거처였으며, 임금의 침전(寢殿)이기도 했던 강녕전(康寧殿)의 동쪽에 하나가 있었다.

이와 함께 대왕대비가 거처하는 침전이 있던 자경전(慈慶殿) 남쪽에도 소주방이 또 하나 있었으며, 세자와 세자빈이 함께 거처하는 동궁(東宮)인 자선당(資善堂)과 세자가 업무를 보는 비현각(丕顯閣) 북쪽에도 소주방이 또 하나 자리 잡고 있었다.

또한 소주방은 다시 내소주방(內燒廚房)과 외소주방(外燒廚房), 그리고 생물방(生物房)으로 나누어져 있었다.

내소주방은 주로 임금과 왕비가 평소 드는 아침 수라와 낮것 상, 저녁 수라 등을 만들던 곳으로서 안소주방이라고도 했으며, 여기서는 임금과 왕비의 일상적인 주식과 각종 찬품(반찬)을 만들었으며, 임금과 왕비에게 올리는 간식은 생물방의 협조를 얻어 같이 올렸다.

외소주방은 주로 연회 음식을 장만하던 곳이었는데, 밖 소주방 또는 난지당(蘭芝堂)이라고도 했다. 외소주방에서는 정월과 단오, 추석, 동지 등의 명절과 궁궐 안의 왕족 및 궁궐 밖의 종친의 생일, 왕족의 관례나 가례 때 올리는 잔칫상을 준비하는 일을 도맡아서 했다.

생물방이란 생과, 숙실과, 조과, 차, 화채, 죽 등과 같은 임금이나 왕비, 왕족 등이 먹을 별식이나 간식을 준비하던 곳이었으며, 복회당(福會堂), 생과방, 생것방이라고도 했다.

여기서는 왕가의 친척이나 손님이 왔을 때에도 다과상을 차려 올렸다.

조선시대 때 왕과 왕비, 왕족 등은 평소 하루에 다섯 번의

식사를 했는데, 우선 이들이 잠자리에서 일어난 직후인 새벽에 가볍게 음식을 드는 초조반(初朝飯)이 있었다. 초조반은 자릿조반이라고도 했으며, 보통 죽이나 미음 같은 소화가 잘되는 음식을 들었다. 내의원에서 특별히 준비한 보약(補藥)도 이때 주로 복용했다.

아침 수라인 조반(朝飯)은 보통 오전 열 시가 지나서 들었으며, 저녁 수라인 석반(夕飯)은 보통 오후 다섯 시 경에 들었는데, 정식 상차림으로는 아침과 저녁 수라 두 번뿐이었다. 아침과 저녁 수라의 기본상은 열두 반찬을 올리는 12첩 반상이었으며, 수라상을 올릴 때에는 수라 상궁 셋이 임금의 시중을 들었다.

평상시 수라를 들 때 임금과 왕비는 겸상을 하지 않고 각각 동온돌과 서온돌에서 수라간 주방 상궁들이 차려서 올린 수라상을 따로 받았다.

또 수라를 들 때 임금이나 왕비, 세자와 세자비 등은 은수저로 음식을 떠먹었는데, 이것은 은수저에 독이 묻으면 이내 색이 변하기 때문에 음식에 독이 들었는지를 알기 위해서였다.

수라 때 임금이 수저를 놓으면 상궁들은 상을 내갔으며, 임금이 먹다 남긴 수라는 궁녀들이 함께 나누어 먹었다.

점심과 저녁 사이의 간단히 드는 식사를 오식(午食) 혹은

동의보감 東醫寶鑑

낮것 상이라고 했으며, 국수나 죽을 주로 들었다. 밤중에 드는 야식(夜食, 야참)도 있었는데, 이때에는 보통 국수나 약식, 식혜 또는 죽 등을 들었다.

궁중의 수라는 임금의 사고방식이나 평소 습관 등에 따라서 달랐는데, 사치스럽게 차린 산해진미(山海珍味)를 즐기는 임금이 있었는가 하면, 검소하게 차린 수라를 선호하는 임금도 있었다.

조선조 제21대 임금이자 83세까지 장수함으로써 조선 왕조를 통틀어서 가장 장수한 임금이었던 영조(英祖, 1694~1776)는 원래 검박(儉朴)하여 오식과 야식은 들지 않고 하루에 세 번만 식사를 했다.

그런데 그는 이제까지 임금과 왕실에서 보양식으로 자주 들어 왔던 타락죽을 더 이상 들지 말라는 다음과 같은 어명을 내의원에 내리기도 했다.

"무분별한 소의 도살을 막기 위해서 이제부터는 낙죽 제조를 금하노라."

선조는 비교적 검소한 식사를 했으며, 과식을 하지 않는 편이었는데, 이것은 그가 평소 비위의 기능과 소화력이 약했던 것과도 관련이 있다.

더욱이 선조는 허약한 비위와 과도한 스트레스, 지나친 근심과 분노 등으로 인해 위의 기능이 손상되면서 이 무렵 구토

(嘔吐) 증상도 자주 보였다.

그런데 한의학에서는 이처럼 감정의 부조화, 즉 스트레스나 과도한 생각, 지나친 근심과 분노 등은 간장의 기능에 장애를 유발하여 위를 손상시키는 것으로 보며, 또 이렇게 해서 위의 기능이 손상되고 그 기운이 가꾸로 거슬러 올라가게 되면 구토가 나오는 것으로도 판단한다.

특히 한의학에서는 구토의 원인에 대해 담(痰)이 비위(脾胃)라는 중초(中焦 ; 삼초三焦의 하나로서 삼초의 중부를 말하며, 중초에는 비위가 속해 있기 때문에 중초의 주요 기능은 비위의 기능과 밀접히 연관되어 있다)를 막는 바람에 음식물이 잘 내려갈 수 없어 구토를 하게 되거나, 기가 치밀어 올라서 구토가 생기는 수도 있으며, 찬 기운이 위장의 입구에 몰리거나 음식물이 심폐의 사이에 머물러 있음으로 해서 새로 먹은 것이 내려가지 못하고 도로 나오는 경우도 있는 것으로 보고 있다.

또한 위(胃) 속에 화(火)와 담(痰)이 있어서 구토가 나는 경우도 있는 것으로 여긴다.

아울러 외부의 나쁜 기운이 위를 침범하거나 무절제한 식사 습관, 불필요한 습담(濕痰)의 위장 내 정체, 감정의 부조화, 차고 허약한 비위(脾胃) 등도 그 원인이 될 수 있다고 보고 있다.

동의보감 東醫寶鑑

과식을 하거나 굶는 것이 반복되었을 때, 지나치게 차갑거나 열이 많은 음식, 혹은 기름진 음식을 과도하게 섭취했을 때, 그리고 불결한 음식을 먹고 나서 비위가 상했을 때 등에도 구토를 유발할 수 있는 것으로 간주한다.

이 밖에도 어떤 질병을 앓고 난 후에 위장의 기운이 약해지면서 소화기능 또한 약해져서 정상적인 기능을 하지 못하게 되었을 때에도 구토를 유발하게 되며, 어떤 독성물질이 몸 안에 들어왔을 때, 혹은 위장질환을 비롯해서 간장 질환이나 급성 충수염, 급성 복막염, 장폐색, 중추신경계 질환, 대사성내분비질환, 전신성 감염질환, 정신질환, 말기 암 같은 질환이 있을 때에도 구토가 날 수 있다.

구토가 생기면 적절한 휴식을 취하면서 너무 차갑거나 너무 뜨거운 음식은 피하는 것이 좋으며 가급적 소화가 잘되는 담백한 음식을 소량 먹는 것이 바람직하다.

《동의보감》에서는 구토에 좋은 약초로서 삽주·반하·질경이·노박덩굴·칡뿌리·솔잎 등을 꼽고 있으며 구토를 억제하는 식품으로는 부추와 녹두·갈대뿌리·참대 속껍질·수수 등을 들고 있다.

민간에서는 구토가 있을 때 음식이나 약물에 생강즙을 넣어 먹으면 도움이 되는 것으로 여겨 왔다.

한의학에서는 구역질만 하고 실제로 음식물이 나오지는 않

는 경우를 가리켜 「건구(乾嘔)」라고 하며, 음식물까지 토하
는 경우를 「습구(濕嘔)」라고 한다. 그리고 실제로 토하지는
않으면서 속이 울렁거리면서 메스꺼운 것을 가리켜 흔히 「오
심(惡心)」이라고 하며, 임신 중에 하는 입덧은 「오조(惡阻)」
라고 한다.

《선조실록》(선조 8년 7월 1일자)의 기록을 보면,

『신하들이 선조 임금에게 수라를 제대로 들라고 권유했으
나, 선조 임금은 이를 계속 거부했다.』고 했으며,

또《선조실록》(선조 8년 9월 1일자)의 기록에는,

『선조 임금께서 잠을 제대로 주무시지 못하면서 구토 증
상이 있어 수라를 제대로 들지 못하신다.』는 내용의 글이 나
온다.

이러한 기록들을 볼 때, 선조는 근심과 분노, 스트레스 같
은 것들이 많이 쌓여 비위와 심기(心氣)가 약해졌으며, 또 이
로 인해 식욕을 상실하고 음식 먹기를 거부하여 음식을 제대
로 들지 않자, 구역질 소리만 계속 나고 실제로는 음식물이
나오지는 않는 구토, 즉 「건구(乾嘔)」를 자주 했던 것으로
보인다.

복날(伏日) 먹던 「복달임」 음식

날씨가 더워지고 초복(初伏 ; 삼복三伏 가운데 첫 번째로 드는 복날. 하지가 지난 뒤 셋째 경일庚日에 든다)이 눈앞에 다가왔을 무렵이던 1576년(선조 9년) 여름, 유희춘은 하인을 허준에게 보냈다.

이 하인은 허준에게 유희춘이 써 준 서한(書翰)을 전했는데, 여기에는 이런 글이 적혀 있었다.

『그리 바쁘지 않거든 이번 복날(伏日)에 우리 집으로 오게나. 황구탕(黃狗湯)을 마련해 놓고 기다리겠네. 복달임이나 하세.』

예로부터 우리나라에서는 초복과 중복(中伏), 말복(末伏)과 같은 복날이 되면 닭이나 개 같은 고기붙이로 국을 끓여 먹는 풍습이 있었는데, 이를 가리켜 흔히 「복달임」이라 했다.

개장국(보신탕補身湯)을 먹지 못하거나, 이를 기피하는 사람들은 쇠고기 살코기를 잘게 찢어서 개장국처럼 끓인 육개장을 먹기도 했으며, 호박을 큼직큼직하게 썰어 넣고 얼큰하게 끓인 민어탕을 복날의 「시절(時節) 음식」으로 먹기도 했다.

오래 전부터 삼복(三伏, 음력 6~7월에 든 초복·중복·말복 등 세 번의 절기)을 더위에 지쳐 허해진 몸을 보(補)하는 날로 여겨 왔기 때문에 생겨난 우리 고유의 민족 풍속도(風俗圖)였다.

삼복은 또한 양기(陽氣)가 성한 날로 여겨 왔는데, 조선조 선조 때의 학자 이수광(李睟光, 1563~1628)은 그의 저서 《지봉유설(芝峰類說)》에서 복날을 가리켜 이렇게 정의하기도 했다.

『복날은 양기(陽氣)에 눌려 음기(陰氣)가 푹 엎드려 있는 날이다.』

특히 복날에는 개장국이나 삼계탕(蔘鷄湯)으로 복달임을 한 뒤 근처에 있는 시원한 개울가에 가서 흐르는 물에 발을 담그고 수박 한 통을 나누어 먹고 돌아오기도 했으며, 또는 여러 사람이 어울려 황구(黃狗 ; 털빛이 누런 개, 누렁이)나 흑구(黑狗 ; 검은색 개, 검둥이) 한 마리를 끌고 강가나 개울가로 가서 이 개를 잡은 다음 물가 옆 커다란 돌멩이 위에 걸어 놓은 큼지막한 무쇠 솥에 개고기와 함께 갖은 양념들을 듬뿍 넣고 끓여 만든 개장국(일명 보신탕)을 먹으며 땀을 내는 풍습도 있었다.

동의보감 東醫寶鑑

이열치열(以熱治熱)이라는 말도 있듯이 무더운 여름날, 특히 여름철 가운데서도 가장 더울 때라는 복날에 땀을 뻘뻘 흘려 가며 개장국이나 삼계탕 한 그릇을 먹고 나면 몸이 한결 시원해지며 개운함마저 느껴질 뿐만 아니라, 무더위로 인해 지치고 피곤했던 몸의 원기를 회복하는 데 그만이라고 여겼기 때문이다.

더욱이 개를 잡아 만든 개장국은 남성의 신기(腎氣)를 강화시켜 정력을 좋게 하고, 성력(性力)을 증진시키는 데도 아주 좋다고 하여 예로부터 남자들이 더욱 선호하는 음식이었다. 그래서 『개장국은 더위로 인해 허약해진 기력이나 양기를 회복시킨다.』는 옛말도 전해온다.

그런데 옛 사람들은 같은 개라고 하더라도 암캐보다는 수캐, 수캐 중에서도 황구(黃狗)보다는 흑구(黑狗)로 만든 개장국이 신기 강화와 정력 보강 및 성력 증진에 더욱 좋은 것으로 보았다.

왜 이런 생각을 했던 것일까.

한의학에서는 그 이유를 이렇게 풀이한다. 즉 동양의학에서 말하는 음양오행(陰陽五行)과 오색(五色 ; 청색·황색·적색·백색·흑색의 총칭)에 근거하여 비장(脾臟)과 위장(胃臟)을 튼튼히 하는 데는 이들 장기와 관련이 있는 색인 황색(黃色)을 지닌 황구가 더 좋지만, 신기 강화와 정력 보강 및 성력 증진에 있어서만큼은 신장(腎臟)과 관련이 있는 색일 뿐만 아니라 신기 강화와 정력 보강 및 성력 증진과도 밀접한 관련을 맺고 있는 색인 검은색을 띤 흑구가 더욱 좋다는 생각에서 비롯되었다는 것이다.

이와 마찬가지의 논리에서 약재류나 식품류들 중에서도 검은색을 띠고 있는 복분자(覆盆子)와 오디(뽕나무의 열매 또는 이를 건조시킨 약재)·포도·머루·검정콩·검정깨, 그리고 같은 마늘 중에서도 검은색인 흑마늘 등과 같은 「블랙 푸드(black food)」가 신장에도 좋을 뿐만 아니라, 신(腎) 기능과 관련이 깊은 정력 보강 및 성력 증진에도 더욱 좋은 것으로 여겨 왔다.

또한 개고기 중에서도 특히 검은 수캐의 음경인 구신(狗腎)은 예로부터 신기 강화와 정력 보강 및 성력 증진에 더욱 좋은 것으로 여겨 남자들 사이에서는 이 구신을 서로 먹겠다고 다툴 정도였다.

많은 암컷 물개들을 거느리고 넘치는 정력을 과시하는 수컷 물개의 음경인 해구신(海狗腎)은 예로부터 신기 강화와 정력 보강 및 성력 증진에 있어서 최고의 보신(補身) 음식으로 손꼽았다.

더욱이 물개는 신기 강화와 정력 보강 및 성력 증진과 밀접한 관련이 있다는 검은색의 동물이 아닌가.

《동의보감》에서는 개고기의 효능에 대해 이렇게 적어 놓았다.

『개고기는 오장을 편안하게 하며, 혈맥을 조절하고, 장과 위를 튼튼하게 하며, 골수를 충족시켜 허리와 무릎을 따뜻하게 한다. 또한 양도(陽道 ; 남자의 생식기 또는 생식력)를 일으켜 기력을 증진시킨다.』

조선조 후기 순조(純祖) 때의 학자 홍석모(洪錫謨, 1781~1850)가 지은 세시풍속서(歲時風俗書)인 《동국세시기(東國歲時記)》에는 이런 글이 실려 있다.

『예로부터 복날이 되면, 사람들은 개장국을 먹으면서 땀을 내어 더위를 물리치고 보허(補虛)한다.』

복날에는 팥죽과 임자수탕(荏子水湯 ; 차게 식힌 닭 육수에 참깨를 갈아 넣고 잘게 찢은 닭고기와 야채를 넣어 먹는 요리. 임자는 깨를 말한다), 호박지짐, 호박밀전병 같은 음식들도 복달임 음식으로 먹었는데, 특히 옛날에는 복날이 되면 팥죽을 꼭 쑤어 먹는 풍습이 있었다.

《동국세시기》에도 『이 날(복날)에는 예로부터 붉은 팥으로 죽을 쑤어 먹었다.』고 기록되어 있다.

옛날에는 추운 겨울이나 동짓날도 아닌, 무더운 복날에 왜

뜨거운 팥죽을 먹었던 것일까.

그 이유는 우선, 복날에 팥죽을 먹으면 더위와 더위 병을 물리칠 수 있다고 믿었기 때문이다. 특히 옛 사람들은 팥이 그 성질이 차가운 냉성 식품으로서 더위와 몸의 열기를 식혀 주는 역할을 하는 것으로 보았다.

아울러 팥은 서독(暑毒 ; 더위의 독기)을 비롯하여 열독(熱毒 ; 더위로 인해 생기는 발진의 일종), 주독(酒毒), 육류를 잘못 먹고 생긴 식중독 등에도 좋은 식품으로 여겼다.

다시 말해 팥을 해독작용이 뛰어난 식품으로 간주했던 것이다.

옛 의서인 《약성본초(藥性本草)》에는, 『팥은 열독을 다스리고 악혈을 없앤다.』고 했고,

《명의별록(名醫別錄)》에는, 『팥은 한열(寒熱 ; 오한과 신열이 나는 병증)과 몸 안의 열을 다스리며 소변을 이롭게 한다.』고 했다.

오행(五行)으로 살펴보면, 팥은 「화(火)」에 속하면서 오색 중에서는 붉은색인 「적(赤)」에 해당한다. 그러면서 「심(心, 심장)」과 심기(心氣)를 보호 및 보강해 주는 역할을 하며, 더위를 물리치고, 몸속의 탁하고 나쁜 기운을 배출시키는 작용을 한다.

그런데 팥이 우리 몸 안에 들어온 독성물질을 제거한다는

동의보감 東醫寶鑑

사실이 현대에 와서 과학적으로 밝혀졌다. 뿐만 아니라, 팥이 간 기능을 향상시켜 주고, 알코올의 분해를 빠르게 하도록 도와준다는 사실도 입증되었다.

옛날에는 원기 부족이나 피로감에 시달리는 사람, 특히 여름철만 되면 더위에 지쳐 맥을 못 추는 사람들에게는 녹두죽, 녹두전, 녹두 닭죽이나 녹두 삼계탕, 녹두묵(청포), 녹두차 같은 녹두로 만든 음식들을 자주 먹도록 권하는 풍습도 있었다. 또 무더운 여름철이 되면 녹두 생즙에 꿀을 타서 먹도록 하기도 했다.

옛 의서인 《식료본초(食療本草)》에서도 녹두의 효능에 대해, 『녹두는 원기를 보하는 데 좋고 오장을 조화시켜 주며 정신을 안정시킨다. 상식(常食)하면 피부가 아름다워진다.』고 했다.

비단 사람들뿐만이 아니라 무더운 여름철이 되면, 소나 말 등의 가축들도 더위에 지치기 마련이다. 그래서 예로부터 농촌에서는 여름철이 되면, 소나 말 등에게 시원한 우물물을 길어다가 생 녹두 찧은 것을 타서 먹이는 풍습이 전해온다.

더욱이 녹두는 더위를 식혀 주는 역할을 하는 대표적인 냉성 식품이다. 따라서 녹두로 만든 여러 가지 음식들은 여름철의 더위를 식혀 주는 「소나기」와도 같은 역할도 한다.

특히 체질적으로 몸에 열이 많아 더위를 많이 타는 사람이

나 비만으로 인해 더위를 많이 느끼기 쉬운 사람 등에게 녹두
는 더위를 물리치는 데 아주 좋은 식품이 된다.

그러나 녹두는 그 성질이 차갑고 몸 안의 열을 제거하는 역
할을 하므로 평소 몸이 찬 사람은 녹두를 많이 먹지 않는 것
이 좋다.

또한 냉증이나 저혈압 증세가 있는 사람에게도 녹두는 적
합한 식품이 되지 못한다. 반면 고혈압인 사람이나 열이 많은
환자 등에게 녹두는 좋은 식품이 된다.

우리나라에서는 예로부터 고혈압 증세가 있는 사람에게 녹
두껍질로 만든 베개를 베고 자도록 권해 왔는데, 이렇게 하면
혈압을 낮추는 데도 도움이 될 뿐만 아니라, 머리도 한결 가
벼워진다.

옛 의서인 《본초비요(本草備要)》에도 『녹두는 열을 제
거하고 독을 푼다.』고 쓰여 있다. 『녹두는 1백 가지의 독을
푼다.』는 옛말도 있다.

사실 녹두는 뛰어난 해독작용을 한다. 그래서 우리나라에
서는 예로부터 각종 약물로 인한 중독이나 부작용, 음식을 잘
못 먹고 생긴 식중독을 비롯해서 배탈, 설사, 복통, 구토, 과음
후의 숙취, 농약 중독, 화장독이나 피부질환 등에 녹두를 약
으로 많이 써 왔다.

그만큼 녹두는 우리의 몸 안에 들어온 독성물질이나 나쁜

동의보감 東醫寶鑑

물질들을 해독하여 몸 밖으로 배출시키고, 피를 깨끗하게 정화시키는 작용이 뛰어난 식품이다.

게다가 녹두는 소화를 돕고 오줌이 잘 나오게 하는 작용도 한다. 녹두가 열을 내리고 입맛을 돋우는 역할도 하기 때문에 옛날에는 독감에 걸려 입맛이 떨어지고 열이 심한 사람에게는 녹두죽을 쑤어 먹였다.

녹두가루는 예로부터 피부미용에도 자주 쓰여 왔는데, 녹두를 곱게 갈아서 따뜻한 물에 이겨 크림처럼 만든 다음 잠자리에 들기 전에 얼굴에 바르면 피부지방이 제거되면서 살결이 한결 고와지고 여드름과 주근깨에도 좋은 것으로 알려져 있다.

허준과 유희춘의 영원한 이별

유희춘의 서한을 받아 본 허준은 초복 날이 되자 삼청동(三淸洞 ; 지금의 종로구 삼청동)에 있는 유희춘의 집을 찾았다.

무더운 여름철, 그것도 초복 날이었지만, 유희춘의 집이 있는 삼청동은 계곡이 있고 숲이 우거진 탓인지 그다지 덥지가 않았다.

경복궁 뒤쪽에 있는 삼청동은 원래 골이 깊고 산수(山水)가 무척 아름다운 곳이었다. 그래서 예로부터 서울 시내에서

경치가 아름답기로는 첫째가 삼청동, 둘째가 인왕동(仁旺洞 ; 지금의 종로구 옥인동 일대)이며, 셋째가 쌍계동(雙溪洞 ; 지금의 종로구 동숭동과 이화동 일대), 넷째가 백운동(白雲洞 ; 지금의 종로구 청운동), 그리고 다섯째가 청학동(靑鶴洞 ; 서울 남산의 북쪽 자락에 있던, 지금의 남산동 3가 일대)으로 쳤다.

특히 경복궁 북쪽에 우뚝 솟아 있는 북악산(北岳山)의 남동쪽에 위치하고 있는 삼청동에서 삼청(三淸)이란 말은 원래 도교(道敎)의 옥청(玉淸)·상청(上淸)·태청(太淸)의 세 신(神)을 말한다.

삼청동이란 지명(地名)이 생겨난 것도 이들 세 신을 모신 삼청전(三淸殿)이 이곳에 있었던 데서 유래되었다고 한다. 이곳의 산과 물이 맑고, 인심 또한 맑고 좋다고 하여 삼청(三淸)이라는 이름이 붙었다는 이야기도 있다.

그만큼 삼청동은 조선의 중심 한양에서도 경치가 아주 좋기로 유명한 곳이었으며, 이런 삼청동에 있는 유희춘의 집 또한 앞이 탁 트이고 주위의 풍광(風光) 역시 뛰어난 곳이었다. 그의 집 뒤로는 온갖 나무들이 무성한 숲이 우거져 있었고, 그 숲 사이로 계곡이 있었으며, 계곡을 따라 냇물이 맑은 물소리를 내며 흘렀다.

삼청동 숲속에 있는 이런 집에서 유희춘은 봄·여름·가

을·겨울의 변화를 날마다 바라보고 온몸으로 느끼면서 온갖 풀벌레 소리와 새소리, 물소리, 빗소리, 바람소리, 혹은 꽃들이 피고 지는 소리 같은 자연에서 나는 온갖 소리들과 벗하며 살았다.

어디 이뿐인가.

유희춘은 이곳에서 봄이 되면 흐드러지게 피어난 진달래꽃을 비롯한 온갖 봄꽃들을 한가롭게 바라보거나, 바람에 실려 창 안으로 날아 들어온 꽃잎들의 향기를 맡으며 지냈다. 여름철에는 짙어가는 신록 속에서 자유롭게 드나드는 시원한 바람을 맞으며 소일했고, 집 바로 뒤에서 들려오는 계곡물 소리에 귀를 기울일 수도 있었다.

가을이 되면 그는 떨어지는 낙엽이나 창 밖에 떠오른 달을 바라보며 시나 편지를 썼고, 겨울에는 펑펑 쏟아져 내리는 함박눈이 내려 눈 덮인 산야를 내다보며 깊은 상념에 잠기기도 했다.

소박하지만, 이 얼마나 멋지고 여유로운 삶인가.

유희춘은 날마다 밝은 아침햇살이나 한낮의 눈부신 태양, 그윽한 달빛, 총총히 빛나는 별빛과 아름다운 저녁놀, 혹은 음산한 산 그림자 같은 것들이 밤낮으로 교대하며 창가에 와 닿고, 이름 모를 새가 날아와 창가에 앉아 지저귀는 이 집이 너무나 좋았다.

그러나 그는 최근, 자신이 이런 좋은 곳에서 과연 얼마나 더 살 수 있을까 하는 걱정이 자주 들었다. 왠지 머지않아 이곳을 떠나야만 할 것 같은 불길한 예감도 들었다.

예순을 훌쩍 넘긴 나이 탓일까.

근래에 들어 몸이 자꾸 쇠약해지며 병치레를 자주 했기 때문일까.

허준이 오자 유희춘은 그를 반갑게 맞았다. 허준은 유희춘과 함께 앞뒤가 확 트인 대청마루에 앉았다.

곧이어 먹음직스럽게 잘 끓여진 황구탕과 함께 푸짐한 술상이 대청 위에 차려졌다. 유희춘의 하인들이 집 뒤쪽에 있는 계곡의 냇가에서 잡은 황구로 끓여 만든 개장국이었다.

"많이 들게. 오늘 같은 복날에는 황구탕이 최고가 아니겠는가?"

유희춘은 웃으면서 허준에게 황구탕을 권했다. 그러면서 그는 허준에게 연신 술도 권했다.

"오늘은 좀 취해 보세. 왠지 자네와 함께 취하고 싶어."

유희춘은 평소에 잘 하지 않던 이런 말을 했다. 그러더니 그는 불쑥 이런 말을 꺼낸다.

"이보게, 구암(龜巖 ; 허준의 호). 그동안은 자네 덕에 그럭저럭 건강을 유지하며 살아온 것 같아. 헌데 요즘은 내 몸이 예전 같지 않다는 게 느껴져. 갈수록 기력이 떨어지고 정신도 혼미해져. 예로부터 「인생칠십고래희(人生七十古來稀)」라고 했듯이, 칠십을 넘기기가 어디 쉬운 일이겠는가? 그래서 시성(詩聖) 두보(杜甫, 712~770) 또한 그렇게 말을 했던 게 아니겠나?"

「인생칠십고래희」 즉 『사람이 칠십을 살기란 드문 일이다』라는 말은 원래 중국 당(唐)나라 때의 시인 두보가 지은 「곡강(曲江)」이라는 시에서 유래되었다.

허준
許浚

조정에서 돌아오며 매일같이 봄옷을 저당 잡혀
매일 강나루에서 취하여 돌아오네.
외상 술값이야 가는 곳마다 흔히 있는 것이지만
인생 칠십은 고래로 드물다네.

朝回日日典春衣 每日江頭盡醉歸 조회일일전춘의 매일강두진취귀
酒債尋常行處有 人生七十古來稀 주채심상행처유 인생칠십고래희

예로부터 『사람이 칠십을 살기란 드문 일이다』라며 이같은 시를 쓴 두보 자신도 70세는커녕 이보다 훨씬 못 미치는 59세를 일기로 세상을 떠났는데, 유희춘은 불현듯 자신도 두보가 한 이 말처럼 칠십을 넘기지 못할 것 같다는 생각이 들어 이런 말을 했던 것이다.

이때 유희춘의 나이는 두보가 세상을 떠났을 때의 나이보다도 다섯 살이나 더 많은 64세였다. 그리고 이때는 지금과는 달리 환갑을 넘기기가 무척 어렵던 시절이었다.

허준은 유희춘의 이 같은 말에 좀 당황스러웠다.

"이 좋은 자리에서 갑자기 왜 그런 말씀을 하십니까? 제가 뵙기에 대감께서는 능히 칠십을 넘기시고 장수하실 것입니다. 제가 비록 부족하오나 좋은 약도 꾸준히 지어 올릴 테니, 너무 걱정 마시고요."

그러자 유희춘은 얼굴에 희미한 미소를 지으며 말한다.

"하긴 자네 덕분에 여기까지 올 수 있었던 것 같아. 그동안 내가 아플 때마다 자네가 좋은 약을 처방해 주어 날 살려주지 않았는가? 그래서 난 자네에게 항상 감사한 마음이지. 하지만 나이란 어쩔 수 없는 법이라네. 세상을 호령하던 저 수많은 영웅호걸(英雄豪傑)들도 나이 앞에서는 모두 어쩔 수가 없지 않았는가?"

이날, 유희춘은 자신의 죽음에 관한 이야기와 인생의 허망함에 관한 이야기를 하며 술을 제법 많이 마셨다. 그 바람에 허준도 어쩔 수 없이 평소보다 많은 술을 마셨고, 취기도 꽤 돌았다.

대취한 유희춘은 허준과 헤어질 때 이태백(李太白)의 시 「월하독작(月下獨酌)」에 나오는, 이런 시구(詩句)를 독백처

동의보감 東醫寶鑑

럼 읊조렸다.

꽃들 사이에 술 한 병 놓고
친구도 없이 홀로 마신다.
잔을 들어 밝은 달을 맞이하니
비친 그림자 셋이 되었네.
달은 본래 술 마실 줄 모르고
그림자는 그저 흉내만 낼 뿐.
잠시 달과 그림자를 벗하여
봄날을 한껏 즐기노라.
내가 노래 부르면 달은 서성이고
내가 춤을 추면 그림자 어지럽구나.
취하여 함께 놀다가
취한 뒤에는 각기 헤어지리니.
담담한 우리의 우정
다음에는 은하 저쪽에서나 만날까.

花間一壺酒	獨酌無相親	화간일호주	독작무상친
舉杯邀明月	對影成三人	거배요명월	대영성삼인
月旣不解飮	影徒隨我身	월기불해음	영도수아신
暫伴月將影	行樂須及春	잠반월장영	행락수급춘
我歌月徘徊	我舞影零亂	아가월배회	아무영령란

醒時同交歡　醉後各分散　성시동교환　취후각분산
永結無情遊　相期邈雲漢　영결무정유　상기막운한

자신의 죽음을 예감했던 것일까.

그 해 늦가을부터 시름시름 앓기 시작한 유희춘은 허준이
애쓴 보람도 없이 다시는 일어나지 못하고 이듬해 봄(1577년,
선조 10년) 세상을 떠났다.

순백색의 배꽃(梨花) 들이 하늘에서 무리지어 비처럼 마구
쏟아져 내리던 어느 이른 봄날이었다.

대역병(大疫病)이 돌다

유희춘이 세상을 떠나던 그 해의 봄부터 전국에 걸쳐 역병
(疫病 ; 악성 유행병·돌림병·여역癘疫·온역瘟疫이라고도
한다)이 크게 돌았다. 또 이로 인해 전국 각지에서 수많은 사
람들이 죽어 나갔다. 민심은 흉흉했고, 백성들의 곡소리는 날
로 커졌다.

1577년(선조 10년) 봄부터 시작된 이 역병은 이듬해인 1578
년(선조 11년) 늦가을까지 전국에 걸쳐 크게 유행했는데, 1577
년 5월에 어떤 양반 집에서는 역병에 걸려 사망한 어머니의
장례를 치르던 중 장례 일을 거들던 노비들이 잇달아 역병에
전염되어 모두 죽는 일도 벌어졌다.

그러자 조정에서는 모든 상가(喪家)에 조문(弔問)을 금하도록 하고, 제례(祭禮) 또한 금지시켰다. 다만 직계 가족에게만 빈소(殯所) 지키는 것을 허용했는데, 이때에도 고인(故人)에게 조석(朝夕)으로 음식을 올리는 것은 못하도록 했으며, 고인에게 절을 올리는 것조차 금지하도록 했다.

이와 함께 조정에서는 마을에 역병에 걸려 죽는 사람이 발생하면 그 마을사람들 모두 집을 떠나 피신하라는 엄명도 내렸다. 역병의 무서운 전염성을 이미 잘 알고 있었기 때문에 역병의 확산을 막기 위한 대책이었다.

그런데 조선시대 때 발생한 많은 역병들은 대부분 기근(饑饉)으로 인한 굶주림과 이로 인한 영양실조와 면역기능 약화, 불결하고도 비위생적인 환경, 심한 가뭄이나 홍수, 그리고 이런 역병을 예방하거나 치료할 만한 좋은 약이 없었던 데서 비롯되었다.

그러나 당시 조정이나 민간에서는 이에 대응할 만한 뾰족한 수단이 별로 없었다.

더욱이 이때에는 이러한 역병의 원인이 역신(疫神)에 의한 것으로 보는 수가 많았다. 따라서 역병이 돌거나 가족이나 친척, 이웃에서 누군가가 역병에 걸리면 역신의 탓으로 생각하고 갖가지 주술(呪術)이나 기도에 의지하여 역병을 물리치고자 했다.

이를테면 역병이 돌거나 돌 기미가 보일 때 이를 막기 위한 방법으로 새벽닭이 울 때 사해신(四海神 ; 동해신·서해신·남해신·북해신)의 이름을 21번 부른다든지, 원(元)·범(梵)·회(恢)·막(漠) 네 자를 붉은 글씨로 써서 몸에 지니고 다니거나, 이런 글씨를 쓴 종이를 삼키는 등의 주술적인 방법이 널리 행해졌던 것이다.

심지어는 무당(巫堂)을 불러 역병을 막을 수 있게 해 달라며 굿을 하기도 했으며, 역병을 일으키는 귀신에게 겁을 주어 쫓아내기 위해 무당이 나서서 부채와 방울을 흔들고 장구와 꽹과리 같은 것들을 치며 요란하게 굿을 하기도 했다. 용하다는 점쟁이를 찾아가 역병에 걸리지 않거나 이를 치료할 수 있는 방법을 묻기도 했다.

역병이 오지 못하도록 역신에게 제사를 지내는 풍습도 있었다. 한양에서는 북한산에 제단을 설치하여 청명(淸明 ; 24절기 중의 하나로서 춘분春分과 곡우穀雨의 사이에 들며, 보통 4월 5일 무렵)과 7월 보름, 11월 초하루에 제사를 지냈는데, 이는 역병을 미리 예방하기 위한 제사였다.

단옷날 오시(午時 ; 오전 11시부터 오후 1시까지)에 들판에 나가 뜯은 쑥으로 만든 쑥다발을 불에 태워 집 문 앞에 세워 두고 연기가 나도록 하는 방법도 쓰였다. 이렇게 하면 쑥 기운이 주위의 나쁜 기운을 몰아내며 역병 또한 쫓아낼 수 있다고 믿었기 때문이다.

백토(白土 ; 백색의 점토로 도자기를 만드는 데 쓰이는 흙. 백선토白善土 · 백악白堊이라고도 한다)를 손바닥에 잔뜩 묻혀 집의 문 밖과 벽 위에 찍어 놓거나, 갓 잡은 소의 시뻘건 피를 대문이나 방문 앞에 뿌려 놓으면 역병이 집 안으로 들어오는 것을 막을 수 있다고 생각하여 이 같은 방법들이 흔히 쓰이기도 했다.

물론 이 같은 방법들은 비과학적이고 미신적인 행위였으나, 역병으로 인해 흉흉해진 민심을 달래고 스스로 위안을 삼는 데는 다소나마 효과적인 수단이었다.

웅황(雄黃)을 갈아 물에 개어 코에 바르면 역병을 예방할 수 있다는 소문도 퍼져 있었다. 웅황은 석웅황(石雄黃)이라고도 하는 광석을 말하는데, 산의 양지쪽에서 캔 것은 웅황이고, 음지쪽에서 캔 것은 자황(雌黃)이라고 했다.

중국 명(明)나라 때의 약성(藥聖)으로 일컬어지는 약초학자 이시진(李時珍, 1518~1593)이 쓴 《본초강목(本草綱目)》에는 웅황에 대해 이렇게 기록되어 있다.

『잡 물질이 섞이지 않은 채 깨끗하고 투명한 것은 웅황이고, 겉이 검은 것은 훈황(熏黃)이라고 하는데, 피부가 헐었을 때 이를 개선하는 데 쓴다. 그 성질은 평범하고 차다. 맛은 달고 쓰며, 독이 있다.』

웅황은 예로부터 살균작용과 함께 해독작용을 할 뿐만 아
니라, 나쁜 사기(邪氣)를 물리치는 데도 좋은 것으로 알려져
왔다. 그래서 웅황은 뱀이나 독충, 혹은 벌레 등에 물렸을 때
응급약으로 써 왔으며, 악창이나 큰 종기, 치질, 굳은살, 버짐
등에도 약으로 썼다.

따라서 옛 사람들이 웅황을 갈아 물에 개어 코에 바르면 역
병을 예방할 수 있다고 여긴 것도 웅황의 이 같은 살균작용과
해독작용을 활용한 것으로 보인다. 이와 함께 옛 사람들은 웅
황으로 역병의 나쁜 사기 또한 물리칠 수 있다고 여겼던 것
같다.

1525년(중종 20년)에 김순몽(金順蒙) · 유영정(劉永貞) · 박
세거(朴世擧) 등이 편찬한 전염병에 관한 책인 《간이벽온방
(簡易辟瘟方)》에는 역병에 걸린 병자들의 증상과 그 예방법
및 치료법 등이 기록되어 있는데, 여기에는 이런 내용의 글도
보인다.

『나이에 관계없이 역병에 걸리면 열이 몹시 나고 정신을
잃는다.

그 증상은 일반적으로 비슷하게 나타나며 전염성이 강하고
사망률이 높기 때문에 약을 미리 먹어야 한다. 특히 병자와의

접촉을 될수록 피하는 것이 좋으며, 병자와 접촉할 때에는 웅황가루를 참기름에 개어 콧구멍에 발라야 한다.

가족 가운데 역병에 걸린 사람이 있을 때는 온 가족들의 옷과 병자의 옷을 삶아서 입어야 한다.

역병에 걸린 병자에게는 십신탕(十神湯)·향소산(香蘇散)·승마갈근탕(升麻葛根湯) 등을 쓰는 것이 좋다.』

그러나 한방에서는 웅황은 잘못 사용할 경우에 수은중독이나 비소중독을 일으킬 수도 있다고 하여 꼭 필요한 경우에만 소량으로 써야 하는 것으로 보고 있으며, 특히 임산부와 몸이 허약한 사람에게는 절대로 쓰지 말아야 한다고 경고한다. 또한 웅황은 가열하면 그 독성이 증가하므로 이를 달여서 먹는 것도 금하고 있다.

역병과의 투쟁

조선시대 때에는 역병이 유행하기 시작하면 우선적으로 병자들을 격리하는 조치부터 시행했다. 특히 한양에서는 역병이 발생하면 먼저 역병에 걸린 환자나 역병에 걸려 죽은 사람의 시신을 도성 밖으로 속히 내보내는 조치부터 취했다.

그런 다음 동소문(東小門 ; 혜화문惠化門이라고도 하며, 한양 도성의 동문과 북문 사이에 있던 문) 밖에 있던 동활인서

(東活人署)와 서소문(西小門 ; 소의문昭義門이라고도 하며, 한양 도성의 사소문四小門 중의 하나) 밖에 있던 서활인서(西活人署)로 하여금 따로 치료소를 설치하여 역병환자들을 보살피도록 했다.

고려시대 때에 가난한 사람들의 의료와 의식(衣食) 제공을 맡아보던 관청으로서 동서대비원(東西大悲院)이 있었는데, 조선시대에 들어와 이를 계승한 관청이 바로 동서활인원(東西活人院)이었다.

그러나 이 동서활인원은 1466년(세조 12년)에 이르러 동서활인서(東西活人署)로 개칭되었으며, 동서활인서에서는 평소 일반적인 의료 활동 이외에도 무의탁 병자들을 수용하여 돌보는 일을 했다.

그러다가 역병 같은 전염병이 발생하게 되면 이들 전염병에 걸린 병자들을 격리 수용하여 간호하면서 치료하고, 이들에게 음식과 옷, 약 등을 지급하고, 사망자가 생기면 이들을 매장하는 일 등을 했다.

동서활인서는 그 후 1709년(숙종 35년)에 혜민서(惠民署)로 이속되었다가 1743년(영조 19년)에 폐쇄되었다. 혜민서는 조선시대 초기에는 혜민국(惠民局)이라고 했다가 1466년(세조 12년)에 이르러 혜민서로 이름이 바뀌었는데, 한양부 내의 가난한 서민 환자를 돌보고 치료해 주던 일종의 서민병원 격의

동의보감 東醫寶鑑

관청이었다.

그러나 도성 한양과 한양 인근에 사는 사람들이 역병에 걸리면 동서활인서를 이용할 수 있었던 것과는 달리 지방에 사는 사람들은 역병에 걸려도 이를 이용하기 어려웠다.

때문에 조선시대 때 조정에서는 지방에서 역병이 발생하면 한양에 있던 의관들을 지방으로 내려 보내 병자들을 돌보고 치료하도록 했다. 때로는 임금이 내의원의 의관이나 어의들을 역병이 발생한 지역에 파견하기도 했다.

그런데 옛날에는 역병에 걸린 사람이 이 병을 옮기는 근원이라고 생각했다. 따라서 역병에 걸린 사람이 있으면 그 환자만 집에 남겨두고 가족이나 마을 사람들은 속히 거처를 옮기도록 했는데, 이를 피접(避接)이라고 했다. 즉 피접이란 역병에 걸린 사람과의 접촉을 피하기 위해 가족이나 마을 사람들이 가재도구를 챙겨 인근에 있는 친척집이나 이웃 마을 등으로 피해 가는 것을 말한다.

부유한 사대부들 가운데는 역병이 돌면 가족 모두를 이끌고 경관이 수려한 산 속이나 의술을 아는 승려가 있는 산사(山寺)로 잠시 이주하는 경우도 있었다.

송간(松澗) 이정회(李庭檜, 1542~1612)가 1577년(선조 10년)부터 1612년(광해군 4년)까지 35년간에 걸쳐 쓴 친필 일기인 《송간일기(松澗日記)》에는 당시 사람들의 생활 모습과 풍

습, 사고방식 등이 생생하게 잘 나타나 있는데, 1578년(선조 11
년) 5월 6일에 쓴 일기를 보면, 이 무렵에 어떤 사람이 역병으
로 인해 모친을 여의고 상(喪)을 치르는데, 환자가 연이어 발
생하자 피접을 권하는 이야기가 나온다.

또한 《송간일기》에는 역병과 관련된 다음과 같은 내용의
글도 기록되어 있다.

『충청도 천안군(天安郡)에 여역(癘疫 ; 역병, 온역)이 치성
하여 죽은 자가 매우 많았다. 이웃 고을에까지 퍼져 나갔으므
로 의원을 보내어 구료하게 하였다. 양계(兩界)에도 치성하였
으므로 의원을 나누어 보내어 약을 가지고 가서 구료하게 하
였다.

또 한양의 여항(閭巷 ; 여염閭閻. 백성의 살림집이 많이 모
여 있는 곳)에도 점점 앓아누운 사람들이 생겨났다.

이 날, 와언(訛言)이 마구 퍼져서 반드시 오늘 보리밥을 먹
어야 병을 면할 수 있다 하였는데, 온 도성(都城)이 소란스럽
게 보리쌀을 구입하였으므로 보리쌀 값이 뛰어올라 겉보리
값이 백미(白米) 값과 같았다.』

이보다 앞선 1424년(세종 6년)에도 역병이 크게 유행했는
데, 이때 세종(世宗, 1397~1450)은 이런 어명을 내린다.

"지방 각 도(道)에 지금 역질(疫疾, 역병)이 퍼져 있으나 고을 수령들이 마음을 써서 살리려 하지 않는다고 하니, 그들에게 향소산·십신탕·승마갈근탕·소시호탕 등을 약재로 제작하도록 하고, 의학 생도들을 시켜 병이 나는 대로 바로 진찰해 치료하도록 하라.

아울러 인근에 있는 무녀(巫女)들을 시켜 무시로 출입하며 죽을 쑤어 병자들에게 공급하도록 하며, 이들을 항상 자세히 살펴 비명(非命)에 죽는 일이 없도록 하라."

1437년(세종 19년) 3월에 또다시 기민(饑民 ; 굶주린 백성) 구호소에 역병이 돌자, 세종은 즉각 다음과 같은 조치를 취한다.

"한성부(漢城府 ; 조선왕조 수도의 행정구역 또는 조선왕조 수도를 관할하는 관청의 명칭)에서 아뢰기를, 이처럼 날씨가 따뜻한 때에 한곳에 모여 있기 때문에 역기(疫氣)가 전염되어 많이 사망하는 것이라고 한다. 그러니 속히 병자들을 활인원(活人院)에 옮기도록 하라."

이와 함께 세종은 아직 역병에 걸리지 않은 사람들은 친족이나 무당의 집으로 보내되 모두 급료를 주도록 하고, 관원들이 순행하며 살피도록 하여 역병이 더 이상 전염되지 않게 하라는 지시도 내린다.

뿐만 아니라 그해 11월, 죄인들을 가두는 감옥에 역병이 번지자 세종은 즉각 다음과 같은 어명을 하달한다.

"지금 감옥에 역질이 크게 번졌으니 속히 의원들을 정해 구제하라.

약재 같은 것은 병 증세를 살펴서 보고하기를 기다리면 시기에 늦어져서 미치지 못할 것이다.

필요한 각종 약재들을 미리 혜민국에서 받아 때에 맞춰 잘 헤아려 주는 것이 마땅하며, 시기에 맞춰 치료해 주어 죽는 자가 없도록 하라."

여기서도 현군(賢君)이었던 세종의 구체적이고도 시의적절(時宜適切)한 조치와 애민(愛民)정신, 그리고 백성들의 생명을 중히 여겼던 그의 훌륭한 면모가 엿보인다.

역병 퇴치 음식으로 쓰였던 매실(梅實)

1578년(선조 11년) 초여름, 평안도 의주에서도 역병이 발병하더니, 급속도로 번져 나갔다. 이와 함께 평안도 의주에서도 많은 사람들이 역병에 걸려 신음하거나 죽어갔다.

그러자 선조는 내의원의 어의들 가운데 일부와 의관 몇 명

동의보감 東醫寶鑑

을 평안도 지방으로 급파했다. 속히 그곳으로 가 병자들을 돌보고 치료하여 역병이 더 이상 확산되는 것을 막으라는 어명이었다.

이때 내의원 첨정으로 있던 허준도 내의원의 어의 및 의관들과 함께 평안도 지방으로 급파되었다. 급파된 이들 어의와 의관들은 역병에 걸린 사람들의 간호와 치료에 헌신하는 한편 역병을 예방하고 물리칠 수 있는 「묘약」을 찾기 위해 수시로 모여 의논을 했다.

그러다가 이들은 역병에 효과가 있는 음식으로 매실(梅實)이 가장 좋다는 결론을 내렸다. 그 이유는 우선 매실이 뛰어난 살균작용과 해독작용을 하기 때문이었다.

또한 역병에 걸린 병자들 가운데는 복통과 설사 증세를 보이는 사람들이 유독 많았는데, 이러한 증세에는 매실즙 몇 숟가락을 미지근한 물에 타서 마시도록 하면 신기할 정도로 빠른 효험을 보았다.

그런데 현대에 와서 과학적으로 분석해 본 결과, 매실에는 과일 중에서 구연산이 가장 많이 함유되어 있어 레몬보다도 무려 30배나 많으며, 이로 인해 강력한 살균과 해독작용, 피로회복 작용 등을 한다는 것이 밝혀졌다.

매실은 예로부터 특히 여름철에 발생하기 쉬운 식중독을 비롯해서 각종 세균성 설사나 배탈, 주독(酒毒), 변비, 복통 및 급체, 소화불량 등에 아주 좋은 것으로 알려져 왔는데, 이 것이 사실로서 입증된 셈이다.

매실은 특히 해독작용이 뛰어난 식품으로 유명하다. 『매실은 각종 음식물과 몸속의 피나 물 속에 있는 독을 없애 준다.』는 옛말도 전해 온다.

매실은 구연산과 사과산, 호박산 등과 같은 유기산이 많이 들어 있는 신맛이 강한 알칼리성 식품이다. 특히 매실의 주성분인 구연산은 청량감과 함께 상쾌한 맛을 주며, 피로회복을 돕고 강력한 살균작용을 한다.

그런데 우리 두뇌에 영양과 산소를 공급해 그 활동을 보다 왕성하게 해주고, 뇌를 맑게 하며 정신적·육체적 피로를 푸는 데는 매실과 같은 유기산이 많이 들어 있는 식품이 아주 좋다. 유기산은 또한 두뇌 피로의 해소는 물론 학습능률 향상이나 업무능력 향상에도 역시 좋은 작용을 한다.

따라서 두뇌를 많이 써야 하고, 맑은 두뇌가 늘 요구되는 수험생이나 정신근로자 등은 평소 매실로 만든 음식들을 자주 섭취하는 것이 바람직하다.

더욱이 유기산은 해독작용과 함께 살균작용도 하기 때문에 각종 질병에 대한 저항력을 나타내며, 배탈이나 세균성 설사, 식중독 등을 예방 및 퇴치하는 데도 효과적이다.

또한 매실의 신맛은 위액의 분비를 촉진하고 소화기관을

동의보감 東醫寶鑑

활발하게 해주며 소화불량과 식욕부진, 위장장애 등을 없애주는 역할도 한다.

게다가 매실은 장의 기능을 좋게 하는 정장(整腸) 작용도 뛰어나며, 또한 장의 연동운동을 활발하게 촉진시켜 주기도 한다.

그러므로 매실은 장의 기능이 나쁜 사람에게도 좋고, 변비 해소에도 도움이 된다. 과식한 후에 소화가 잘 안 되는 소화불량의 증세가 있을 때, 음식을 잘못 먹고 체했을 때, 혹은 배탈, 설사 등이 있을 때 매실로 만든 매실청(매실 엑기스)이나 매실즙 몇 스푼을 미지근한 물에 타서 마시면 좋다. 따끈한 매실차를 마셔도 좋다.

매실은 뛰어난 해독작용과 함께 피로회복에도 좋은 식품인 만큼 과음으로 인한 숙취 해소에도 좋으며, 약해진 간 기능의 회복에도 도움이 된다. 매실은 정력 증진에도 좋은 식품이며, 노화를 방지하며 젊음을 유지시키는 역할도 한다.

매실주는 예로부터 불로장생(不老長生)의 술로 불려 왔을 만큼 몸에 좋고 정력 증진과 식욕 증진의 효능이 좋으며, 신경통이나 류머티즘에도 효과적인 것으로 전해온다.

매실은 감기와 식욕부진, 뱃멀미 등에도 아주 좋은 식품이며, 매실에 풍부한 칼슘은 여성들에게 생기기 쉬운 빈혈이나 생리불순, 골다공증 등에 좋은 역할을 한다.

또한 매실 속의 비타민은 피부미용에도 효과가 있다. 매실의 씨를 가루로 내어 볶아 먹으면 눈을 밝게 해준다는 속설도 있다.

그러나 매실은 산(酸)이 많이 들어 있는 식품이라서 치아를 상하게 할 우려가 있으며, 자칫 허열(虛熱)을 일으킬 수도 있다.

또 매실은 날것으로 그냥 먹으면 자칫 배가 아플 염려도 있다. 따라서 매실을 날것으로 많이 먹는 것은 바람직하지 않으며, 될 수 있는 한 매실 잼이나, 매실 젤리·매실 시럽·매실 초 등과 같이 가공하여 제독(除毒)화한 것을 먹는 것이 바람직하다.

만일 매실을 많이 먹고 치아가 상했거나 치아에 통증이 있을 때에는 호두를 먹으면 좋다.

또한 설익은 매실에는 청산이 있어 유독하며, 이것을 먹으면 배탈이 나기 쉽다.

한방에서는 아직 덜 익은 푸른 매실을 청매(靑梅)라 하며, 매실의 껍질과 씨를 발라내고 짚불 연기에 그을려 말린 것을 오매(烏梅)라고 한다.

이들 청매와 오매는 한방이나 민간에서 약재로 쓰고 있는데, 기침·구토·설사·회충 구제 등에 효과가 있다.

청매를 따서 씨는 버리고 과육만 갈아서 불로 달여 고약처

동의보감 東醫寶鑑

럼 만든 것을 매실고(梅實膏)라 하는데, 약이 귀하던 옛날에는 이것을 만들어 두었다가 소화불량을 비롯해서 구토·이질·설사 등에 구급약으로 썼다.

《본초강목(本草綱目)》에서는 오매의 효능에 대해 이렇게 적어 놓았다.

『오매는 폐와 장을 이롭게 하며, 오래된 기침과 설사를 다스린다. 담을 제거하고, 구토 증세와 종기를 없애 주며, 곽란 토사·하혈·번갈·중풍 증에도 좋다.』

《동의보감》에서는 매실에 대해 다음과 같이 적고 있다.

『매실은 기(氣)를 내리고 가슴앓이를 없애 주며, 마음을 편하게 한다. 또한 갈증과 설사를 멈추게 하여 근육과 맥박이 활기를 되찾게 해준다.』

매화의 꽃을 따서 잘 말린 후에 이것을 물에 넣고 끓여 마시는 매화차(梅花茶)는 특히 그 향기가 아주 좋은 꽃차로 유명하다. 활짝 피어난 매화를 감상하면서 매화차로 매화의 향과 맛을 입으로 느낀다면 그야말로 금상첨화(錦上添花)가 아닐 수 없다. 정신이 맑아지고 생기가 충만해지는 것도 느낄 수 있다.

매화꽃을 따서 잘 말려 두었다가 찾아오는 손님에게 내놓는 차 위에 이 매화 꽃잎을 몇 닢 띄워서 내놓으면 한층 더 운치가 있다. 또한 흰 죽이 다 쑤어질 무렵에 깨끗이 씻은 매화꽃을 넣어 만든 매화죽은 우리 고유의 전통 약죽으로 손꼽힌다.

일본 사람들은 예로부터 청매를 소금이나 설탕으로 절여서 만든, 「우메보시(梅干し)」라는 음식을 반찬으로 즐겨 먹어 왔다. 또한 일본을 가리켜 「도시락 왕국」이라 할 정도로 일본 사람들은 도시락을 무척 즐기는데, 이 도시락에도 매실로 만든 반찬이 많이 들어간다.

특히 일본에서는 열차 도시락인 「에키벤(駱弁)」의 종류만 해도 2,500개가 넘을 정도로 많다고 하며, 이 중에도 매실 장아찌를 비롯한 매실 반찬이 많이 들어간다.

그런데 이렇게 도시락에 매실 반찬을 곁들이게 되면 도시락밥이 부패나 변질되는 것을 막아 줄 뿐만 아니라, 식욕도 돋우고 소화도 잘 된다. 게다가 식중독이나 배탈, 설사의 예방 등에도 효과적이다.

중국의 고전 《삼국지연의(三國志演義)》를 보면, 어느 무더운 날 조조(曹操)가 이끄는 위(魏)나라 대군이 오(吳)나라로 원정을 가는 이야기가 나온다.

이때 더운 날씨에다 고된 행군으로 인해 병사들은 모두 지친다. 게다가 물마저 떨어져 심한 갈증에 시달린다.

이것을 지켜보고 있던 조조는 저 건너편에 있는 산을 가리키며 부하들을 향해 이렇게 외친다.

"조금만 더 참아라! 저기 보이는 저 산 모퉁이만 돌아가면 울창한 매실 숲이 있다!"

순간, 병사들의 뇌리에는 새콤한 매실의 맛이 떠오르며 입 안에 침이 가득 돌았다. 그러면서 심한 갈증으로 인해 굳어진 혀가 부드러워지며, 입 안에 생긴 침으로 인해 갈증이 한결 해소되었다.

사실 매실은 신맛이 아주 강한 과실로서 매실을 보거나 생각하기만 해도 침의 분비를 자극해 입 안에서 저절로 침이 나오게 만든다. 이와 함께 갈증도 한결 해소시켜 주며, 피로회복에도 좋은 역할을 한다.

매실의 이 같은 작용을 잘 알고 있던 조조는 이를 이용해 피로에 지치고 갈증에 허덕이던 부하들을 격려했던 것이다.

물론 조조가 가리킨 그 산 너머에 매실 숲은 없었다. 그러나 순간적인 기지로 위기를 넘긴 조조의 지혜, 영리한 처세술은 돋보인다.

이런 일화에서 나온 말이 바로 「망매지갈(望梅止渴)」 또는 「상매소갈(想梅消渴)」인데, 모두 다 『신 매실을 상상함으로써 입 안에 군침을 돌게 하고 갈증을 푼다.』 혹은 『매

실은 생각만 해도 입 안에 침이 절로 나와 갈증이 억제된
다.』라는 뜻이다.

　매실은 이처럼 구태여 먹지 않고 생각만 하더라도 이 같은
생리적 반응을 일으키는 과실이다.

동의보감 東醫寶鑑

제5장 도약(跳躍)

허준, 선조의 총애를 받다

1578년(선조 11년) 9월 말, 무덥던 여름도 지나고 하늘이 높아지더니, 이젠 아침저녁으로 제법 쌀쌀해지면서 성큼 다가온 가을이 온몸으로 느껴지던 때, 내의원 첨정 허준은 선조로부터 부름을 받고 급히 어전으로 갔다.

이때 선조는 뜻밖에도 허준에게 책 한 권을 하사하며 이런 말을 한다.

"이번에 새로 출간된 침구서(鍼灸書)인데, 잘 읽어보도록 하게."

그러면서 선조가 허준에게 하사한 이 침구서는 당시 새로 출간된 《신간보주동인수혈침구도경(新刊補註銅人腧穴鍼灸圖經)》이란 책이었다.

그런데 이 《신간보주동인수혈침구도경》은 중국 송(宋)나라 때의 이름난 침구학자(鍼灸學者)였던 왕유일(王惟一, 987~1067 추정)이 1026년(天聖천성 4년)에 편찬한 침구서(鍼灸書)인 《동인수혈침구도경(銅人腧穴鍼灸圖經)》에 주(注)를 달고 보충한 침구(鍼灸)와 관련된 의학서였다.

또한 《동인수혈침구도경》을 편찬한 왕유일은 왕유덕(王惟德)이라고도 했으며, 일찍이 태의국(太醫局) 한림의관(翰林醫官)과 전중성(殿中省) 상약봉어(尚藥奉御)를 지냈던 침구의 명의였다.

1023년(천성 元년), 왕유일은 황제의 명을 받아 침구에 관한 책을 편찬하게 되었는데, 이때 그는 이제까지 나온 옛 의학서들을 모두 모아서 침구와 관련이 있는 내용들은 물론 침구에 쓰이는 기구와 재료들과 침구도(鍼灸圖) 등에 대해서 꼼꼼히 살폈다.

그런 다음 그는 잘못된 부분들은 수정하고 부족한 부분들은 보완하여 침구를 놓아야 할 정확한 혈 자리들을 찾아내 체계적으로 정리하여 마침내 1026년(천성 4년)에 《동인수혈침구도경》 3권을 발간하기에 이르렀던 것이다.

뿐만 아니라 그 후 1029년(천성 7년)에 이르러 왕유일은 동(銅)으로 만든 사람의 모형인 침구동인(鍼灸銅人) 2개를 설계하고, 주조(鑄造) 또한 직접 맡아서 했다.

이때 그는 이 동인(銅人 ; 구리로 만든 사람의 형상)의 몸뚱이와 인체 내의 여러 장부(臟腑)들을 조립 및 분해할 수 있도록 만들었다.

분해하면 인체의 내부와 그 속에 있는 여러 장기(臟器)들을 한눈에 파악할 수 있도록 하기 위해서였다.

동의보감 東醫寶鑑

침구동인

이와 함께 그는 이 동인의 몸 표면에 경락(經絡 ; 인체 안에서 기혈이 순환하는 통로)을 그려 넣고, 금자(金字)로 경혈(經穴 ; 인체의 경락순행 경로 상에 있는 부위로 한방에서 침을 놓거나 뜸을 뜨는 자리)의 위치와 이름 등을 아주 세밀하게 표시해 놓았다.

이렇게 만든 침구동인을 통해 의원이 되기 위해서 한의학과 침술을 배우고 익히려는 사람들, 혹은 이미 병자들을 치료하고 있는 의원들이 인체에 대해 보다 쉽게 파악할 수 있도록 하고, 침을 놓거나 뜸을 뜨는 자리의 위치와 이름 등을 명확히 알도록 하기 위해서였다.

그런데 허준이 이때 선조로부터 새로 출간된 《신간보주동인수혈침구도경》을 선물로 직접 하사받은 것은, 당시로서는 매우 특별하고도 획기적인 일이었다. 이제까지 임금이 당시 천하게 여겼던 의원에게 책을 직접 선물한 사례는 거의 없었기 때문이다.

그러나 이것은 선조가 그동안 허준을 가까이에서 지켜보면서 그의 의술을 높이 평가하고 그를 신뢰했을 뿐만 아니라 허준을 총애했다는 것을 의미한다.

선조가 허준을 얼마나 신뢰하며 총애했는지는 이로부터 3년 후인 1581년(선조 14년) 선조가 허준에게 한의학의 기본인 진맥(診脈)에 관한 책을 만들라고 지시한 것만 보더라도 잘 알 수 있는 일이다.

즉 선조는 이때 허준에게 중국 육조(六朝)시대 때 고양생(高賜生)이 쓴 《찬도맥결(纂圖脈訣)》을 수정, 보완하여 보다 이해하기 쉬운 맥진(脈診)에 관한 의서를 만들도록 지시했던 것이다.

그렇다면 고양생이 썼다는 《찬도맥결》은 또한 어떤 책인가?

고양생의 《찬도맥결》은 중국의 중세 이전의 저명한 의가(醫家)인 희범(希范)과 결고(潔古), 통진자(通眞子) 등의 맥론(脈論)을 모아 편집한 의서로 전해진다.

그러나 이 《찬도맥결》에는 한의학에 관한 전문용어들이 많을 뿐만 아니라, 어려운 한자로 쓰여 있었기 때문에 그 내용이나 뜻을 제대로 파악하기가 무척 어려웠다. 때문에 한문을 많이 공부한 학자들마저 그 내용과 뜻을 이해하기 어려울

동의보감 東醫寶鑑

정도였다.

더욱이 당시의 의원들이나 의원이 되고자 하는 사람들은 대부분 중인(中人)이나 천민계급이었기 때문에 한문 실력이 부족했다. 따라서 이 《찬도맥결》을 보며 공부하려고 해도 그 내용과 뜻을 파악하기가 쉽지 않았다. 이 책을 아무리 들여다봐도 무슨 말인지, 어떻게 맥진을 하라는 것인지 이해하기가 무척 어려웠던 것이다.

뿐만 아니라 이 책 속에서 설명하고 있는 본래의 뜻을 자칫 잘못 해석하여 진맥(診脈)을 그르칠 염려마저 있었다. 이런 문제점들이 있었기 때문에 선조는 한의학에 박학(博學)할 뿐만 아니라, 다른 의관들보다도 한학(漢學)에 관한 공부도 많이 해서 한문해석 능력 또한 뛰어난 허준에게 이 《찬도맥결》을 다시금 살펴 보다 알기 쉽고도 정확하게 다시 쓰는 한편 일부 잘못된 내용들은 고치고, 부족한 부분들은 보충하여 누구나 공부하기 쉬운 새로운 책으로 다시 만들도록 지시했던 것이다.

즉 이 의서의 내용을 잘못 이해하거나 그릇된 해석을 함으로써 생길 수 있는 여러 가지 문제점이나 오류를 막으라는 뜻이었다.

이에 허준은 《찬도맥결》을 거듭 읽으며 그 내용의 정확한 뜻을 살피는 한편, 잘못된 부분은 고치고, 이해하기 어려운 내용이나 잘못 해석하기 쉬운 부분은 보다 알기 쉽고도 바르게 풀이하여 주석(註釋)을 달고, 여기에다가 허준 자신이 알고 있는 새로운 내용들도 약간 보충하여 그가 최초로 편찬한 의서라고 할 수 있는 《찬도방론맥결집성(纂圖方論脈訣集成)》을 완성하기에 이른다.

특히 《찬도방론맥결집성》에는 진맥입식(診脈入式)을 비롯하여 여러 방식의 진맥법과 오장육부를 비롯하여 임부(妊婦)·소아병에 이르기까지 각종 병세에 대한 진맥법 등이 항목별로 자세히 기술되어 있다.

한의학의 기본이라고 할 수 있는 진맥에 관해 명쾌하게 설명하고 있는 이 책은 이후 진맥의 오류를 바로잡아 주는 데 큰 역할을 한다.

아울러 이 책은 기본적인 진맥 방법과 병세에 따른 진맥 방법 등이 항목별로 상세하고도 알기 쉽게 기술되어 있어 현재 병자들을 치료하고 있는 많은 의원들은 물론이고 장차 한의학을 공부하여 의원이 되고자 하는 사람들에게도 많은 도움을 준다.

이 《찬도방론맥결집성》은 조선 중기 이후 의과시(醫科試)의 강서(講書)로도 채택되어 활용되었다고 하며, 조선시대 의학 수준을 가늠할 수 있는 자료로서의 가치도 높은 것으로 평가되고 있다.

동의보감 東醫寶鑑

그러나 《찬도방론맥결집성》은 허준이 수정, 보완을 완료하고 발문(跋文)까지 쓴 것은 1581년(선조 14년)이었으나, 이때 곧바로 간행되지 못하고 있다가 1612년(광해군 4년)에야 비로소 내의원에서 간행하게 된다.

이 책의 간행 기록은 전해오지 않으나, 한독의약박물관에 있는 완질 목판본에 발문과 간행 기록이 있으므로 이를 통해 간행 연도를 추정할 수 있다. 또한 이 의서는 서울대학교 규장각과 한독의약박물관에 각각 소장되어 있으며, 이 의서의 저본(底本)은 1612년에 목판본으로 간행된 한독의약박물관 소장본이다.

4권 4책의 목판본으로 만들어진 《찬도방론맥결집성》은 일명 《찬도맥결(纂圖脈訣)》이라고도 하며, 지난 1991년에 보물 제1111호로 지정되었다.

허준이 노력 끝에 《찬도방론맥결집성》을 성공적으로 편찬해 내는 능력을 보여줌으로써 선조의 신임을 한층 더 받게 되었을 뿐만 아니라, 내의원에서의 그의 위치 또한 더욱 공고해졌다.

《찬도방론맥결집성》을 편찬하고 있던 때에, 허준은 선조로부터 또 다른 명을 받는다. 역시 한의학의 기초가 되는 《맥경(脈經)》을 편찬하라는 것이었다. 허준의 나이 43세 때였다.

《맥경》은 원래 중국 진(晋)나라 초기에 이름난 의원이자 태의령(太醫令)이란 관직도 지니고 있었던 왕숙화(王叔和 ; ?~?, 왕희王熙라고도 한다)가 지은 의서이다.

모두 10권으로 된 이 《맥경》은 맥(脈)에 관한 전문서적인데, 중국 의학에서 맥이란 맥박을 비롯해서 혈맥(血脈)과 경맥(硬脈) 등의 뜻도 포함하고 있으며, 맥진(脈診)의 근본이 되는 고전 의서로 평가받고 있다.

또한 이 책은 맥리(脈理)와 맥상(脈狀)의 형증(形症)에 따라 질병의 진단과 치료 및 예후를 논하는 한의학의 기초지식이 알기 쉽게 쓰여 있어 예로부터 한의학을 공부하여 의원이 되고자 하는 사람들에게 많은 도움을 주어 왔다.

그래서 일찍이 신라에서도 692년(효소왕 1년)에 처음으로 의학교육을 실시할 때에 이 《맥경》을 교과서로서 채택한 바 있다.

뿐만 아니라 고려시대 때인 959년(광종 10년)에는 의업(醫業)에 종사할 사람들이 보는 과거고시(科擧考試 ; 오늘날의 의사국가시험에 해당)를 처음으로 실시하였는데, 이 과거고시에서는 의업식(醫業式)과 주금식(呪禁式)으로 나누어져 시험과목이 약간 달랐으나, 《맥경》은 양쪽 모두의 필수과목이었다. 그만큼 《맥경》은 의업에 종사할 의원에게는 반드시 필요한 과목으로 여겨 왔던 것이다.

조선시대 때에도 《맥경》은 의원이 되고자 하는 사람들이 필히 공부하여야 할 책이었으며, 의과시험에서도 꼭 보아야 하는 필수과목이었다.

또한 1445년(세종 27년) 왕명에 의해 편찬하기 시작하여 1477년(성종 8년)에 이르러서야 비로소 간행된 한방의학의 백과사전인 《의방유취(醫方類聚)》와 허준의 《동의보감》 등 우리나라의 중요 의방서(醫方書)들에서도 이 《맥경》을 많이 인용하고 있는 것을 보면, 《맥경》이 차지하던 비중을 짐작할 수 있다.

《맥경》은 현재 성균관대학교 도서관에 소장되어 있다.

그러나 현재 전해지고 있는 《맥경》은 왕숙화가 이 의서를 처음 썼을 당시의 원본은 아니며, 시대를 거쳐 오면서 후세의 의학자들이 그 내용을 수정하고 보완된 것들이다.

특히 중국의 북송(北宋) 때 의술에 밝았던 명의 임억(林億, ?~?)은 인종(仁宗)과 신종(神宗) 등 중국 황제들의 명을 받아 10여 년(1068~1077년)에 걸쳐 중국에서 전해 오던 옛 의서들인 《소문(素問)》, 《영추(靈樞)》, 《난경(難經)》, 《상한론(傷寒論)》, 《금궤요략(金匱要略)》, 《맥경(脈經)》, 《제병원후론(諸病源候論)》, 《천금요방(千金要方)》, 《천금익방(千金翼方)》, 《외대비요(外臺秘要)》 등을 교정하여 새롭게 간행해 내었는데, 이때 임억에 의해 교정된 《맥경》이 후세에 이르게 되었다.

허준 또한 임억에 의해 교정된 《맥경》과 신라시대 이후 우리나라에서 전해오던 《맥경》을 비교하여 면밀히 살피고, 이를 다시 수정 및 보완하고 중복되는 내용은 삭제한 끝에 다소 새로워진 《맥경》을 간행했다.

초피(貂皮) 등의 모피가 조선을 약화시켰다

1587년(선조 20년), 초겨울.

늦게까지 남아 있던 단풍들을 다 떨어뜨리려는 듯이 어둠 속에서 겨울비가 추적추적 내렸다. 게다가 거센 바람이 쉬지 않고 불어댔다.

밤새도록 내린 차가운 겨울비와 거센 바람 탓일까.

선조는 뼛속까지 스며드는 한기(寒氣)에 몸을 떨었다. 이어 기침이 계속 나오고, 호되게 감기를 앓았다. 그러더니 이제 36세밖에 안 된 선조의 심신이 몹시 허약해졌다. 전부터 앓고 있던 각종 질환들이 다시금 고개를 쳐들며 선조를 끈질기게 괴롭혔다.

이에 내의원 어의들은 밤낮을 가리지 않고 선조를 돌보며 치료에 매달렸다. 이때 수의 양예수(楊禮壽)를 비롯하여 어의 안덕수(安德秀), 허준, 이인상, 김윤현, 이공기, 남응명(南應

命) 등 내의원의 어의와 의관들은 집에 가지도 못한 채 서로 교대해 가며 선조를 지켰다. 그러면서 선조에게 약을 지어 올리고, 침과 뜸을 뜨기도 했다.

그래서였을까.

몹시 심하던 선조의 병세가 차츰 호전되더니, 선조는 마침내 자리에서 일어났다. 건강이 완전히 회복된 것이다.

그러자 선조는 이 모든 것이 내의원의 공이라며 그동안 수고한 내의원의 책임자와 어의들을 불러 크게 치하했다. 그런 다음 선조는 이들 모두에게 포상을 했는데, 허준도 이때 품질이 아주 좋은 사슴가죽 한 장을 선물로 하사받았다.

《선조실록》1587년 12월 9일자(선조 20년)의 기록에는 이 당시의 상황을 다음과 같이 묘사하고 있다.

『상(上, 임금)의 건강이 정상으로 돌아와서 내의원에 상을 내리다.

상의 건강이 정상으로 돌아왔기 때문에 내의원 도제조 유전(柳㙉), 제조 정탁, 부제조 김응남에게 아다(阿多) 1좌(座)를 내리라 명하고, 어의 양예수, 안덕수, 이인상, 김윤현, 이공기(李公沂), 허준, 남응명 등에게는 각기 녹피(鹿皮 ; 사슴가죽) 1영(令)을 내려주었다.』

이 무렵에는 임금이 신하에게 어떤 일로 포상을 할 때 사슴가죽이나 초피(貂皮 ; 담비가죽), 혹은 호랑이 가죽이나 표범 가죽 같은 것을 하사하는 일이 종종 있었다.

그런데 이러한 동물 가죽들은 당시 귀한 선물이나 뇌물로 도 쓰일 만큼 값이 비싼 물건이었을 뿐만 아니라, 여인들이 특히 좋아하는 사치품이기도 했다.

우리나라에서는 저 멀리 고조선시대 때부터 사슴가죽을 비 롯하여 호랑이가죽, 표범가죽, 곰가죽, 담비가죽, 수달가죽, 소가죽, 말가죽, 여우가죽, 삵가죽, 당나귀가죽, 돼지가죽 등 과 같은 다양한 동물들의 가죽을 이용해 외투나 모자, 혁대, 깔개, 갖신(가죽으로 만든 신), 무구(武具)나 말안장, 골무와 골무 상자, 장식품, 악기 제조 등의 재료로 써 왔으며, 심지어 고양이나 쥐의 가죽을 쓰기도 했다.

우리나라에서 생산된 각종 모피(毛皮)는 중국에 보내는 조 공품(朝貢品)의 하나이기도 했다. 특히 중국에서는 우리나라 의 함경도와 평안도, 강원도 일대에서 잡은 호랑이나 무늬가 있는 표범의 가죽을 문피(文皮)라 하여 선호하였다.

중국의 원나라와 명나라에서 조선에 각종 모피를 요구하였 다는 기록도 있는데, 이들 나라에서는 조선에 특히 초피와 호 랑이 가죽을 많이 요구했다.

우리나라에서는 이 같은 가죽을 얻기 위해 예로부터 사냥 을 많이 했는데, 사냥을 할 때 동물의 가죽을 상하지 않도록

동의보감 東醫寶鑑

하면서 동물을 죽이지 않고 기절시켜 잡기 위해 명적(鳴鏑)이라 불리는 소리 나는 화살촉을 사용하기도 했다.

모피는 원래 상한 부분이 있으면 값이 크게 떨어지기 때문에 우리나라에서는 고구려시대 때부터 호랑이나 사슴 등을 잡을 때 그 가죽을 높은 값에 팔기 위해 명적이 달린 화살을 사용했던 것이다.

또한 옛날에는 신분에 따라 쓰이는 가죽 재료도 달랐는데, 이를테면 신분이 낮은 사람은 소가죽으로 만든 신을 신고, 신분이 높거나 귀한 사람은 주로 사슴가죽으로 만든 신을 신었다.

신라시대 때는 호랑이 가죽은 오직 성골(聖骨)이나 진골(眞骨) 같은 왕족들만이 사용할 수 있었고, 4두품 이하는 소가죽이나 말가죽도 사용할 수 없었다.

조선시대 때에는 당하관(堂下官, 종3품 이하)과 사족(士族)들은 서피(鼠皮, 족제비 가죽)와 일본에서 들여온 산달피(山獺皮, 검은 담비의 가죽)를 사용하도록 했다.

이와 함께 관원이나 군사, 서얼은 붉은 여우가죽과 국산 산달피를, 공상천인(工商賤人)은 개가죽, 토끼가죽 등만을 사용하도록 했다.

당시 고급 모피로 여기던 국내산 초피는 정3품 이상의 당상관(堂上官 ; 조선시대 관리 중에서 문신은 정3품 통정대부

通政大夫, 무신은 정3품 절충장군折衝將軍 이상의 품계를 가진 관리를 말한다)으로 제한했는데, 만일 이를 어기고 이보다 낮은 직책의 관원이 이 초피를 사용하면 파직되었다.

때문에 이때에는 어떤 가죽으로 만든 제품을 사용하는가에 따라 신분의 차이가 확연히 드러났으며, 특히 사대부 집의 여자들은 초피로 만든 옷을 입거나 초피로 만든 제품들을 사용하며 그들의 신분과 부유함을 과시했다. 뿐만 아니라 관리들이 초피나 사슴가죽, 호랑이가죽 같은 고급 모피를 뇌물로 받거나 뇌물로 바치는 일도 흔했다.

초피를 비롯한 고급 모피로 인한 폐해(弊害)와 사치가 날로 성행하자, 마침내 1475년(성종 6년)에 예문관(藝文館) 봉교(奉敎) 안팽명(安彭命) 등은 다음과 같은 상소(上疏)를 올리기도 했다.

『요즘 사대부의 집에서는 날마다 사치를 일삼고 서로 다투어 아름다움을 뽐내는데, 크고 작은 연회에 그림을 그린 그릇이 아니면 쓰지 않고, 부녀자의 복식에 초피가죽 옷(貂裘)이 없으면 모임에 참여하는 것을 부끄럽게 여깁니다.

초피는 야인(野人)에게서 얻는 것이 대부분인데, 소와 말이나 철물 등으로 저들에게 사므로 그 폐단이 심합니다. 초피는 3품(정3품을 말함)까지로 한정되어 있으나, 모든 은대(銀帶)

를 하는 자(종6품 이상 문무관)가 장식하여 금지하기 어려우므로, 초피의 값이 올라 적(敵)에게 이익을 주고 있습니다. 그러니 신분에 따른 제한을 확실히 해야 모피의 값이 싸져서 폐단이 없어질 수 있을 것입니다.』

하지만 초피에 대한 사치를 금하도록 하자는 이 같은 상소에도 불구하고 조선에서의 초피 선호 풍조와 모피와 관련된 사치는 수그러들 줄 몰랐다. 여기에다 1478년(성종 9년) 이후 명나라에서는 조선에 더욱 많은 양의 초피를 조공으로 바치도록 요구해 왔다.

이처럼 초피에 대한 수요는 많으나 예로부터 함경도와 평안도 등지에서 많이 생산되던 초피도 구하기 어려워지면서 초피 가격은 날로 폭등했다.

연산군 때인 1502년(연산군 8년)에는 초피 한 장 값이 면포(綿布 ; 무명) 10필이었는데, 1509년(중종 4년)에는 소 한 마리 값으로 오르더니 1516년(중종 11년)에는 말 1필 값으로 뛰어올랐다.

그런데도 1505년(연산군 11년), 폭군 연산군(燕山君, 1476~1506)은 시중에서 구한 초피의 질이 나쁘다며 신료들에게 품질 좋은 초피 2만 장을 구해오라는 명을 내렸다.

이에 신료들은 국내에서는 구하기 어려워진 초피를 구하기

위해 압록강과 두만강 이북의 동부 만주(滿洲) 지역에 사는
여진족(女眞族)에게 그들의 농사에 필요한 소와 철제 농기구,
그리고 말 등을 주고 초피를 구해 왔다.

그러나 이것은 여진족에게는 여러모로 득(得)이 되는 일이
었으나, 조선의 입장에서는 농사에 필요한 소와 군대에 없어
서는 안 될 말들을 유출하는 결과를 낳아 농업과 군사력의 쇠
퇴를 가져왔다.

실제로 이 무렵인 1583년(선조 16년)과 1587년(선조 20년)
두 차례에 걸쳐 이탕개(李蕩介)를 중심으로 한 회령 이북에
있던 여진족들이 조선을 침략하여 경원부(慶源府)를 함락시
키는 등 그동안 기른 힘을 과시하기도 했다. 그러나 얼마 후,
이웃 고을인 온성(穩城)의 부사 신립(申砬)과 첨사(僉使) 신
상절(申尙節) 등이 여진족을 쳐서 이들의 소굴을 소탕함으로
써 가까스로 위기를 넘길 수 있었다.

초피로 인한 이 같은 부작용들이 계속 나타나자, 1508년(중
종 3년), 박원종(朴元宗)·성희안(成希顔) 등과 함께 중종반
정(中宗反正)에 가담하여 연산군을 몰아낸 후 특진관(特進官
; 조선시대 때 경연經筵에 참여하여 임금의 고문에 응하던 관
원)으로 있던 홍경주(洪景舟, ?~1521)는 중종(中宗)에게 이렇
게 아뢴다.

"폐조(廢朝 ; 연산군을 말함) 때 무역한 초피 교역 때문에 북쪽 변방지역은 크게 피폐해졌습니다. 백성이 소 한 마리를 가지고 초피 한 장을 바꾸게 되면서 이제는 소와 말이 거의 다 없어졌기 때문입니다.

전에는 말 탄 군사가 1천여 명이나 되었는데, 지금은 겨우 40~50명밖에 안 되니, 변방의 위급한 상황이 생기면 무엇으로 적을 방어하겠습니까?"

이런 점에서 볼 때 이 당시 우리 사회에 만연했던 초피를 비롯한 각종 고급 모피에 대한 선호와 사치 풍조, 그리고 많은 양의 초피와 모피들을 조공으로 바치라며 압박했던 중국의 무리한 요구는 결국 조선의 농업을 위축시키고 국방력을 약화시키는 역할을 했으며, 임진왜란 때 조선이 왜군에게 군사력에서 밀려 패전을 거듭하게 만든 한 요인으로도 작용한 셈이었다.

공빈김씨 남동생의 구안와사를 치료하다

1588년(선조 21년), 이른 봄.

어디선가 하얗게 쌓인 눈을 뚫고 샛노란 복수초(福壽草)가 피었다는 소식이 들리더니, 곧이어 포근한 봄 날씨를 보인 경복궁의 내의원에서도 꽃망울을 함빡 머금은 매화(梅花)를 볼 수 있었다.

그런데 갑자기 날씨가 쌀쌀해지고 차가운 바람이 불어오며 문풍지를 마구 흔들어댔다. 아직도 겨울이 다 가지 않았음을 알리려는 것일까.

황소 뿔도 오그라들게 만든다는, 그 꽃샘추위가 불쑥 들이닥친 것일까.

겨우내 얼어붙었던 삼라만상(森羅萬象)의 모든 것들이 기지개를 길게 켜며 꿈틀거리고, 다른 한편에서는 아직도 눈이 녹지 않은 채 꽁꽁 얼어붙어 있는 땅도 있던 이때 변덕스러운 날씨와 꽃샘추위 탓일까.

선조의 총애를 받았으나 지난 1577년(선조 10년)에 젊은 나이로 요절한 공빈 김씨(恭嬪金氏, 1553~1577)의 남동생에게 구안와사(口眼喎斜)가 발병하였다는 소식이 내의원에 전해졌다. 공빈 김씨가 죽고 난 지 약 10년쯤 되었을 때였다.

갑자기 구안와사가 발병한 공빈 김씨의 남동생은 입이 한쪽으로 돌아가고, 눈 주변의 근육이 마비되어 한쪽으로 비뚤어졌으며, 물을 마시거나 음식을 먹으면 마비된 쪽으로 음식물이 새어나오는 증세를 보였다.

그러자 내의원의 어의들이 급히 그를 찾아가 진찰하고 치료에 나섰다. 하지만 쉽게 치료될 줄 알았던 그의 병은 낫기는커녕 날이 갈수록 그 증세가 심해지며 악화되었다. 자칫 후유증마저 남길 우려도 있었다.

그렇다면 공빈 김씨는 누구인가.

공빈 김씨는 원래 경복궁 내의 주방 격인 소주방 출신으로서 선조의 후궁이었다. 그러나 그녀는 뛰어난 미모로 선조의 눈에 들어 다른 많은 후궁들을 물리치고 선조의 총애를 한 몸에 받았다.

그러다가 공빈 김씨는 1574년(선조 7년)에 첫아들인 임해군(臨海君)을 낳았고, 이듬해인 1575년(선조 8년)에는 둘째아들인 광해군(光海君)을 낳았다.

임해군을 낳고 난 후 공빈 김씨는 곧 종1품 귀인(貴人)에 봉해졌다. 이어 광해군을 낳고 나자 그녀는 다시 정1품 빈(嬪)에 책봉되었으며, 공성왕후(恭聖王后)로 불리었다.

이들 두 아들을 낳고 난 후에도 그녀는 여전히 선조의 사랑을 독차지했다. 때문에 다른 후궁들은 선조에게 외면당하기 일쑤였다.

더욱이 선조의 정비(正妃)인 의인왕후(懿仁王后, 1555~1600) 박씨(朴氏)는 이때까지도 아이를 낳지 못하고 있었기 때문에 그녀는 임해군과 광해군을 낳은 뒤에는 더욱 선조의 사랑을 독차지하며 왕후를 능가하는 권력도 지니게 되었다.

그러나 공빈 김씨는 광해군이 불과 세 살 때인 1577년(선조 10년) 5월 27일, 산후병(産後病)으로 요절하고 만다. 그런데 그녀는 죽기 전 선조에게 누군가 자신을 저주하고 있다고 아뢴다. 그러자 이 말을 듣고 난 선조는 그 후 다른 후궁들에게 더욱 모질게 대하였다고 한다.

공빈 김씨가 죽고 난 후 석녀(石女 ; 아이를 낳지 못하는 여자. 돌계집)였던 의인왕후는 공빈 김씨의 소생인 임해군과 광해군을 친자식처럼 돌보았고, 광해군을 양자로 맞아들였다. 그런데 공빈 김씨의 첫아들인 임해군은 성정이 난폭하고 방탕하여 세자에 오르지 못하고, 둘째아들인 광해군이 세자가 된다.

공빈 김씨는 훗날 자신의 친아들인 광해군이 왕으로 즉위하면서 왕후로 추존되어 자숙단인공성왕후(慈淑端仁恭聖王后)의 시호와 함께 성릉(成陵)의 능호(陵號)가 올려졌다.

그러나 광해군이 폐위된 후 이 같은 시호와 능호는 모두 삭탈되었다.

어의들의 지속적인 치료에도 불구하고 공빈 김씨 남동생의 구안와사 증세가 좀처럼 호전되지 않자, 선조는 수의 양예수를 불러 호통을 친다.

"이 나라에서 가장 용하다는 의관들만 모아 놓았다는 약방(내의원)에서 어찌 이까짓 병 하나를 고치지 못한단 말인가? 듣기로는, 이 병은 그리 치료가 어려운 병도 아니라던데……."

"송구하옵니다. 소신들도 최선을 다해 보았으나 이상하게도 약이 잘 듣지 않사옵니다."

양예수가 머리를 조아리며 이렇게 아뢰자, 선조는 혀를 끌끌 차더니, 다시 입을 연다.

"그동안 지켜봤는데, 허준이 병을 잘 볼 줄 아는 것 같아. 그 자에게 한번 맡겨 보게."

선조의 이 같은 준엄한 명에 따라 이후 허준이 공빈 김씨 남동생의 치료를 맡게 되었다. 그런데 허준이 그를 자세히 진찰하며 병세를 살펴보니, 생각했던 것보다도 병세가 훨씬 더 깊다는 사실을 알았다.

그렇다면 구안와사(口眼喎斜, facial nerve palsy)란 어떤 병인가.

구안와사란 흔히 안면신경 마비에서 오는 질병으로서, 입과 눈 주변의 근육이 마비되어 한쪽으로 비뚤어지는 질환을 말하며, 이 병에 걸리게 되면 우선 외관상 얼굴이 비뚤어지고 얼굴 감각에 이상이 나타난다. 그러면서 이마에 주름잡기, 눈감기, 입꼬리 올리기, 코 찡그리기 등과 같은 움직임도 어려워진다.

특히 근육기능이 저하되어 물을 마시거나 음식을 먹을 때 마비된 쪽으로 음식물이 새어 나오고, 「악어눈물 증후군」이라고 불리는 눈물이 새는 증상이 나타나기도 한다. 또 세수를 할 때 눈이 완전히 감기지 않아 비눗물이 눈에 들어가는 등의 불편함도 생긴다.

구안와사의 원인은 실로 다양하지만, 지나친 스트레스나 과음, 과로 등으로 인한 면역력 저하로 발병하기도 하며, 찬 바람을 많이 쐬거나 추운 날씨 등으로 인해 한기(寒氣)에 자주 노출되었을 때에도 자주 발병한다.

안면신경의 직접적인 자극이나 뇌질환, 매독, 귀 질환, 외상(外傷), 유행성 뇌염, 디프테리아, 다발성 신경염, 악성 종양 등으로 인해 발병하는 수도 있으며, 치아나 생식기의 질환에서 비롯되기도 한다.

옛날에는 다듬잇돌이나 차가운 쇠붙이 같은 것을 한쪽으로 계속 베고 자다가 이 질환이 생기는 수도 많았다.

또한 날씨가 추운 날, 기차나 버스 같은 것을 타고 가면서 차창을 열어놓고 한쪽 뺨으로만 계속 찬바람을 쐬고 난 후 생기는 경우도 있다.

구안와사는 나이와는 그다지 상관없으나 대체로 남자보다도 여자에게 더 많이 생기는 편이다.

한의학에서는 구안와사를 와사풍(喎斜風)·구벽(口僻)·와벽(喎僻) 등으로도 부르며, 그 발병 원인에 따라 「풍사외습(風邪外濕)」과 「허풍내동(虛風內動)」, 「기혈어조(氣血瘀阻)」로 분류한다.

즉 구안와사 중에서도 바이러스나 세균 혹은 찬 기운 등과 같은 외부 환경에서 온 풍한사(風寒邪)가 안면부의 경락에 침범하여 순환 이상을 일으키고, 이에 기혈이 조화를 이루지 못하고 근육이 자양되지 못해 발병한 것을 가리켜 「풍사외습」 이라 하며, 어떤 심리적인 충격이나 근심 혹은 분노의 심화, 면역력의 저하 등과 같은 인체의 내적 원인에 의해 발병한 것은 「허풍내동」 이라 한다.

그리고 기혈(氣血)이 제대로 순환되지 않아 어혈(瘀血)이 쌓인 것이 원인이 되어 발병한 구안와사를 가리켜 「기혈어조(氣血瘀阻)」 라고 말한다.

구안와사는 특별히 치료하지 않더라도 저절로 회복되기도 하지만, 잘 낫지 않는 경우도 흔히 있으며, 만일 치료가 잘 되지 않아 회복이 늦어질 경우에는 자칫 후유증이 남는 수도 간혹 있다.

구안와사는 그 원인에 따라 적절한 치료를 하는 것이 중요한데, 한방에서는 우선 침 치료를 통해 인체의 기혈 순환을 조절하여 구안와사의 주원인인 풍한사를 제거하며, 안면부의 손상된 신경과 근육기능의 회복을 돕는다.

그러면서 적절한 뜸 치료를 통해 안면의 찬 기운을 몰아내고, 환부의 혈액순환을 촉진하여 부종으로 인한 신경 압박을 줄여줌으로써 치료를 꾀하기도 한다.

이와 함께 그 발병 원인과 증세, 환자의 건강 상태와 체질 등을 고려하여 이에 가장 적합한 처방약도 쓰는데, 특히 구안와사로 인해 손상된 신경과 저하된 근육기능의 회복을 돕고 후유증을 막을 수 있는 데 뛰어난 효능이 있는 약재들을 배합한 처방을 한다.

한방에서는 구안와사의 초기에 청습탕(淸濕湯) 계통의 처방약을 쓰기도 하며, 이때 침구요법을 병행하면 더욱 효과적이다.

또 초기를 지난 구안와사에는 그 증세와 발병 원인, 환자의 체질과 건강상태 등에 따라 보정거사탕(補正祛邪湯)을 비롯하여 가미보중익기탕(加味補中益氣湯), 가미지황탕(加味地黃湯), 가미거풍산(加味祛風散), 용담사간탕(龍膽瀉肝湯), 승마위풍탕(升麻胃風湯), 청양탕(淸陽湯) 등 다양한 처방약을 쓴다. 그리고 이때에도 침구요법을 병행하며, 지압요법을 쓰기도 한다. 부항요법이나 약침요법도 쓴다.

구안와사가 발병한 환자는 환부를 차가운 곳에 노출하거나 찬바람을 쐬지 않도록 하는 한편, 환부의 혈액순환을 개선하기 위해 마사지나 더운찜질을 하는 것이 좋다. 아울러 과로와 스트레스를 피하고, 면역력이 저하되는 것을 막기 위해 충분한 수면과 영양섭취도 필요하다.

구안와사가 왔을 때에는 속히 눈에 안대를 해주는 것이 좋

동의보감 東醫寶鑑

은데, 이것은 이 병에 걸리면 눈이 이른바 「토끼눈」이 되기 때문에 결막염과 외상을 예방하기 위한 조치이다.

또 구안와사가 있을 때에는 눈이 쉽게 건조해질 수 있으므로 생리식염수나 인공 눈물 같은 것들을 사용하여 눈이 빨리 건조해지는 것을 예방하는 것도 좋다. 수면 시에 안대를 착용하여 외부 공기와의 접촉을 차단하는 것도 한 방법이 될 수 있다.

비누를 이용하여 세수를 하는 경우, 눈이 잘 감기지 않아 눈에 비눗물이 들어갈 수도 있는 만큼 비누 사용은 가급적 피하는 것이 바람직하다.

그러나 구안와사는 무엇보다 예방이 가장 중요하며, 이를 위해서는 평소 규칙적인 생활과 고른 영양 섭취, 적절한 운동 등으로 면역력을 높이는 것이 좋다. 인삼이나 홍삼, 오가피 등과 같은 면역력에 좋은 약재류나 음식을 꾸준히 섭취하는 것도 좋은 방법이다.

허준은 구안와사에 걸린 공빈 김씨 남동생 곁에서 그를 계속 지켜보며 치료에 임한 끝에 마침내 그를 완쾌시켰다. 후유증도 남지 않았다.

공빈 김씨에 대한 애정이 많았기 때문일까.

선조는 자신이 아끼던 공빈 김씨의 남동생이 구안와사가 말끔히 치유되었다는 소식을 듣자 몹시 기뻐했다.

　선조는 허준을 들라 하더니, 함박웃음을 지으며 허준을 치하한다.

　"역시 내 기대를 저버리지 않았어. 잘한 일이야."

납향(臘享)과 납일(臘日)의 풍속

　1590년(선조 23년) 음력 12월, 납일(臘日)이 다가오자, 궁궐에서는 납향(臘享) 준비로 바빠졌다.

　납향이란 납향제(臘享祭)라고도 하는데, 해마다 납일이 되면 나라에서는 물론 각 가정에서도 지난 한 해 동안에 있었던 농사형편과 여러 가지 일들을 신(神)에게 고하고, 또 한 해를 무사히 보내게 해준 데 대한 감사를 표하는 제사를 지내는 것을 말한다.

　원래는 동짓날로부터 세 번째 술일(戌日 ; 일진日辰의 지지地支가 「술戌」로 된 날. 갑술일甲戌日, 경술일庚戌日 따위)을 납일(臘日) 혹은 납평(臘平)이라고 하여 섣달 중의 명절로 여겼다.

　그러나 조선 태조 이후부터는 동지 후 세 번째 미일(未日 ; 일진日辰의 지지地支가 「미未」로 된 날. 을미일乙未日, 기미일己未日 따위)을 납일로 정하여 종묘(宗廟)와 사직(社稷)에서 대제(大祭)를 지내 왔다.

민간에서는 동짓날로부터 세 번째 술일이나 미일을 그때마다 찾는 것이 번거롭고 불편했던지 아예 음력 12월 8일을 납일로 잡아 제사를 지냈다.

그런데 우리나라에서 납일을 이처럼 미일로 정했던 것은 동방(東邦 ; 동쪽에 있는 나라, 즉 우리나라를 말함)이 음양오행 가운데 「목(木)」에 속하기 때문이었다.

납향은 예로부터 중하게 여기던 국가적인 제사였으나, 납일에 사직단(社稷壇)과 종묘(宗廟)에서 대사(大祀)로 지냈다. 특히 종묘에서는 사계절 가운데 첫 달 상순과 납일에 오대제(五大祭)라고 하여 대향(大享)을 올렸으며, 초하루와 보름 및 정조(正朝)·한식(寒食)·단오(端午)·추석(秋夕)·동지(冬至) 같은 날에는 작은 제사를 지냈다.

왕실에서는 늘 여러 가지 고유의 세시(歲時) 행사가 많았지만, 그 가운데서도 사시(四時) 제사와 납일 제사, 즉 납향이 중심을 이루었다.

비단 왕실뿐만 아니라 사대부나 민간에서도 납향을 지내는 풍습이 있었으며, 특히 민간에서는 납일에 황작(黃雀 ; 참새)을 잡아 노인이나 어린아이에게 먹이면 당시 저승사자처럼 무섭게 여기던 마마(천연두)에 걸리지 않고 한 해를 무사히 넘길 수 있다고 하여 그물을 치거나, 활을 쏘아 참새를 잡기도 했다.

민간에서는 이 날에 새고기, 특히 참새고기를 먹으면 아주 좋은 것으로도 여겨, 새벽이나 밤중에 새 그물을 추녀에 대고 몽둥이 같은 것으로 지붕을 치는 둥 갖가지 방법으로 참새잡기에 바빴다.

그물을 추녀에 대고 막대기로 추녀를 세게 때리면 잠자고 있던 참새들이 놀라서 뛰쳐나오다가 바깥에 쳐 있던 그물에 걸렸다.

『납일에 먹는 참새 한 마리가 황소 한 마리보다 낫다.』는 옛말도 전해 온다. 그런데 이 말은 납일에 먹는 참새고기가 몸에 좋다는 뜻도 되지만, 그만큼 참새고기의 맛이 아주 좋다는 뜻도 된다.

즉 참새는 특히 가을부터는 잘 익은 곡식만 먹기 때문에 납일 무렵에 먹는 참새고기가 제일 맛이 있다는 것이다.

『뭍의 고기 중에서는 참새가 으뜸』이라는 옛말도 있으며, 참새고기의 맛을 비유한 이런 우스갯소리도 있다. 참새들이 전깃줄에 앉아 재잘거리다가 황소 한 마리가 지나가는 것을 보고는 이렇게 말하더라는 것이다.

"네 덩치가 크기는 크다마는 네 고기 열 점이 내 고기 한 점만 하랴."

그깟 쇠고기 열 점보다도 참새고기 한 점이 훨씬 더 맛있다는 뜻이었다.

동의보감 東醫寶鑑

사실 참새는 그 크기는 아주 작지만 털을 모두 뽑아내고 내장을 꺼낸 다음 꼬치에 꿰어 불에다 구워 먹으면 그 맛이 일품이다. 그야말로 둘이 먹다가 하나가 죽어도 모를 만큼 맛있다.

한방에서는 예로부터 참새고기가 양기(陽氣)를 돋우어 주는 데도 아주 좋을 뿐만 아니라, 허약한 몸이나 원기부족의 회복에도 좋으며, 정혈(精血)을 길러주고 신장과 간 기능 보강에도 좋은 음식으로 여겨 왔다.

또한 몸이 약한 노인이나 어린이, 환자, 허약체질인 사람, 성력감퇴·발기부전·정력부족·조루 등의 증세가 있는 남성들과, 무릎이나 허리가 시리거나 저린 증세, 소변불통, 요도동통, 오줌싸개, 여성의 대하증, 눈이 침침하고 머리가 어지러운 증세, 이명증(耳鳴症) 등이 있는 사람은 참새고기와 함께 복분자·토사자·구기자·멥쌀·생강 등의 약재나 식품을 넣고 끓여서 만든 「참새 약죽」을 먹으면 좋은 것으로 보았다.

옛 의서인 《향약집성방(鄕藥集成方)》에는 참새의 알과 뇌, 머릿속의 피가 약효가 있는 것으로 기록되어 있고, 《동의보감》에는 참새의 고기와 뇌, 머릿속의 피, 똥 등의 약효에 대해 언급하고 있다.

《동의보감》「탕액편(湯液篇) 금부(禽部)」에서는 새 가

운데 약으로 쓸 수 있는 것을 모두 107가지로 기록하고 있는
데, 여기에는 닭을 비롯해서 오리·거위·참새·제비·비둘
기·까치·까마귀·소쩍새·꿩·매·뻐꾸기·뜸부기·꾀꼬
리·원앙새·딱따구리·두루미·고니·뱁새·황새·올빼
미·박쥐·갈매기·기러기 등이 들어 있다.

참새고기는 특히 가을철이 지나 살이 많이 오른 겨울철에
먹는 것이 더욱 좋다고 하며, 겨울철인 납일에 참새고기를 먹
는 것이 가장 좋다고 한 이유들 가운데 하나도 바로 여기에
있다.

납향 때 쓰이는 육류를 가리켜 납육(臘肉)이라고 했으며,
납육으로는 털이 많은 산짐승의 고기가 주로 쓰였다. 특히 납
향 때에는 꿩이나 메추리·참새·토끼·노루·멧돼지 등의
고기가 많이 쓰였다.

궁중에서는 사냥해 온 토끼나 노루·멧돼지 같은 짐승이나
꿩·메추리 같은 새들을 잡아 종묘사직에 공물(供物)로 바치
고 대제(太祭)를 지냈으며, 민간에서는 구하기 쉬운 참새고기
를 납육으로 많이 썼다.

때로는 임금이 납향에 쓸 짐승들을 잡기 위해 직접 수렵(狩
獵)에 나서기도 했는데, 만일 임금이 수렵에 나간다는 통고가
있으면 소주방에서는 임금과 그 일행이 사냥터에서 먹을 음
식을 준비하기에 바빴다. 또 임금이 수렵에 나서면 수렵을 하

는 인근의 수령들은 군민들을 총동원하여 산짐승 몰이를 시켰다.

임금과 그 일행이 수렵을 마치고 돌아오면 수렵에서 잡은 짐승들의 고기로 각종 전골을 만들어 잔치를 벌였는데, 이때 만들 전골을 흔히 「납평(臘平 ; 납일) 전골」이라 했다.

옛날에는 납일에 잡은 산짐승이나 새고기를 약으로 쓰면 좋은 것으로 여겼다.

특히 납일에 잡은 새를 굽거나 삶아서 먹으면 약이 되고, 어린이에게 먹이면 침을 흘리지 않고, 마마를 앓고 난 후에 흉이 생기지 않는 것으로 믿었다.

납향을 올리는 납일이 되면 내의원에서는 각종 환약(丸藥)을 만들어 임금에게 바치는 풍습도 있었는데, 이를 가리켜 납약진상(臘藥進上)이라 했다.

그런데 이때 올리는 대표적인 환약이 바로 청심원(淸心元)과 안신원(安神元), 소합원(蘇合元)이었다.

그 이유는 이들 세 가지 환약이 급할 때 가장 요긴하게 쓰였기 때문인데, 특히 청심원은 정신적 치료와 소화불량에, 안신원은 열병에, 소합원은 곽란(霍亂)을 다스리는 데 많이 쓰이는 약이었다.

임금은 내의원에서 만들어 바친 이 같은 환약들을 받으면 이를 다시 근시(近侍 ; 임금을 측근에서 모시는 신하. 주로

왕명의 출납出納을 담당하는 승정원承政院의 승지承旨나 환관
宦官, 사관史官 등을 말한다)와 지밀나인(至密內人 ; 궁중의
침실에서 대전과 내전을 모시는 나인) 등에게 나누어주기도
했다.

또한 이처럼 납일에 즈음하여 임금이 신하나 나인 등에게
약을 하사하는 것을 가리켜 납약(臘藥) 또는 납제(臘劑)라고
하였다.

허준이 내의원에 있던 이때에도 내의원에서는 수의 양예
수의 명에 따라 납일이 되기 전부터 가장 좋은 약재들로 정
성껏 빚어 만든 청심원과 안신원, 소합원을 선조에게 바쳤
다.

선조는 이제까지 그래 왔던 것처럼 이 약들을 근시와 지밀
나인 등에게 다시 나누어주며 이렇게 말한다.

"약방에서 지어 올린 것이니, 그 효험 또한 더욱 클 것이
다."

내의원에서는 납일에 눈이 내리면 그 눈 녹은 물로 환약을
지어 임금에게 바치는 관례도 있었다.

납일에 내린 눈을 가리켜 「납평치」 또는 「납설수(臘雪
水)」라고 했는데, 이날 내린 눈에는 다른 때에 내린 눈과는
달리 좋은 약효가 있으며, 특히 이날 내린 눈이 녹은 물로

환약을 지으면 그 약효가 더욱 좋은 것으로 여겼기 때문이다.

그래서 내의원에서는 납일에 눈이 내리면 이 눈을 잘 받아 깨끗한 독 안에 가득 담아두었다가 그 녹은 물로 환약을 만들어 임금에게 바쳤다.

허준도 내의원에 처음 들어왔을 때 납일에 눈이 내리면 그 눈을 받아 독 안에 보관하였다가 그 물로 환약을 만드는 일을 했다.

옛날에는 납일에 내린 눈이 녹은 물로 안질을 앓는 사람이 눈(眼)을 씻으면 좋을 효과가 있는 것으로도 생각했다. 또 납일에 내린 눈이나 그 녹은 물을 책이나 옷에 바르면 좀이 슬지 않고 김장독에 넣으면 김장의 맛이 변하는 일이 없이 오래 저장할 수 있다고도 여겼다.

이와 함께 약을 지을 때 또는 간장이나 된장, 김치 등을 담글 때 납일에 받아 두었던 눈 녹은 물을 쓰면 벌레가 안 나는 것으로 보았다.

『납설수는 염병을 다스린다.』는 옛말도 있다.

이 같은 이유로 예로부터 납일에 내린 눈이 녹은 물은 아주 귀한 대접을 받았다.

그러나 생각과는 달리 납일에 눈이 내리는 일은 그리 많지 않았다.

조선조 헌종(憲宗) 때 정학유(丁學游)가 지은 월령체 가사로서 당시 농가에서 행해진 행사와 세시풍속(歲時風俗) 등이 자세히 기록되어 있는 《농가월령가(農家月令歌)》를 보면, 이런 내용의 글이 나온다.

『납평일(臘平日)에 창애(짐승을 꾀어서 잡는 틀의 한 가지)에 꿰어 잡은 꿩이 몇 마린고. 아이들 그물 쳐서 참새도 자져 먹세……』

이것만 보더라도 옛날에는 납일(납평일)에 흔히 꿩이나 참새 같은 것들을 사냥하였음을 알 수 있다.

특히 납일이 되면 마을 사람들이 한데 어울려 산이나 들로 나가 꿩 사냥을 하는 일도 많았다. 납향에 쓸 납육도 마련하고, 1년 농사도 다 끝낸 터라 모처럼 신나게 즐기며 그 동안 쌓인 스트레스도 풀면서 이웃 간의 친목도 다지고, 사냥한 꿩으로 납향을 지내거나 맛있는 꿩 요리를 만들어 나누어 먹기 위해서였다.

더욱이 꿩은 예로부터 길조(吉鳥)로 여겨온 동물이었으며, 꿩을 길상(吉祥)의 상징으로 여겼다. 또 봄에 꿩알을 주우면 그 해 1년 동안 재수가 좋고, 좋은 일이 많이 생긴다고 생각했다.

먹고 난 꿩알 껍질을 꿰어서 추녀 밑이나 마루 천장에 매달아 두면 1년 내내 집안에 우환이 없고, 그 해 농사가 풍년이 든다고 믿는 지방도 있었다.

궁중에서도 예로부터 꿩고기를 즐겨 먹었으며, 고려시대 후기에는 탐라의 쇠고기와 함께 꿩을 중국 원나라에 진상품으로 보냈을 정도로 우리나라 꿩고기의 맛은 아주 뛰어났다. 일제 때에도 우리나라의 꿩이 맛있다고 하여 영국에서 수입해 갔을 정도다.

우리나라에서는 꿩고기를 넣고 끓인 꿩국을 비롯하여 꿩 삶은 물과 동치미 국물을 같은 비율로 한 후 여기에 삶은 꿩고기를 넣어 만든 꿩김치, 꿩고기를 잘게 다져서 만두 속에 넣어 만든 꿩 만두, 육수로 꿩고기 국물을 쓴 냉면 등도 즐겨 먹었다.

잘게 다진 꿩고기를 녹두 녹말에 섞어 국수를 만들어먹기도 했고, 꿩을 삶아 잘게 찢은 다음 오이김치를 담글 때 함께 넣기도 했다.

옛날에는 냉면의 육수로 꿩고기 국물을 많이 썼다. 꿩 요리는 그 맛이 좋고 감칠맛이 나며, 고단백 · 저지방 음식으로 몸에 좋다. 육질이 아주 부드럽고 연하며 담백한 것도 꿩고기의 특징이다.

꿩고기는 속을 보하고 기력을 돋우어 주며, 설사를 그치게 하는 효능도 있다. 꿩의 뇌는 겨울철의 추위로 인해 손발이나 얼굴 등이 얼어서 생긴 동창(凍瘡)이나 동상(凍傷)에 좋은 것으로 전해 온다.

《본초강목(本草綱目)》에도 동창에 꿩의 뇌를 바르면 좋다고 기록되어 있다. 《동의보감》에서는 꿩고기에 대해 이렇게 적고 있다.

『꿩은 귀한 음식으로서 맛이 시고 무독, 혹은 미독하여 몸에 좋으며 중초(中焦 ; 위胃 속에 있어서 음식의 흡수 및 배설을 맡는 육부六腑의 하나로 심장에서 배꼽 사이의 부위)를 보하고 기를 생기게 하며 설사를 멈추게 한다. 또 누창(漏瘡 ; 고름이 흐르고 냄새가 나면서 오랫동안 낫지 않는 질환)을 낫게 한다.

독이 약간 있기 때문에 상식(常食)하는 것은 좋지 않다. 그러나 9월에서 12월 사이에 먹으면 독이 거의 없어 좋다.』

충청과 호남지방에서는 납일 저녁에 엿을 고는 풍속도 전해 온다.

꿀과 엿에서 주로 당분을 취하던 옛날에는 엿을 소중히 여겼는데, 특히 길일(吉日)인 납일에 엿을 고면 모든 일들이 잘 될 뿐만 아니라, 또 납일에 만든 엿은 맛도 좋고 약이 된다고 믿었다.

이 날 고아 먹는 엿을 일컬어 「납향 엿」이라고 했다.

동의보감 東醫寶鑑

정3품 당상관에 가자(加資)된 허준

허준이 명의로서 크게 이름을 날리며 선조의 신임을 더욱 받게 된 것은, 1590년(선조 23년) 선조의 넷째아들이며 인빈 김씨(仁嬪金氏, 1555~1613)의 소생이자 선조가 총애했던 왕자 신성군(信城君, 1579~1592)이 깊은 병에 걸렸을 때 이를 살린 데 이어 두창에 걸린 광해군(당시 왕자 琿)을 완치하면서부터였다.

신성군은 그의 어머니 인빈 김씨가 선조의 총애를 많이 받을 무렵에 태어난 덕에 선조의 사랑을 많이 받았다.

그래서 북인(北人)의 영수였던 이산해(李山海, 1539~1609)는 인빈 김씨의 오빠인 김공량(金公諒)과 더불어 공빈 김씨(恭嬪金氏, 1553~1577)의 소생인 임해군과 광해군을 제치고 신성군을 세자로 추대하려는 움직임도 보였다.

뿐만 아니라 이산해와 김공량 등은 1591년(선조 24년), 당시 좌의정이기도 했으며 《관동별곡(關東別曲)》 등을 지은 당대 가사문학의 대가였던 정철(鄭澈, 1536~1593)이 선조에게 광해군을 세자로 책봉할 것을 건의하자, 인빈 김씨에게 이렇게 모함을 한다.

"좌의정 정철과 그 일파가 신성군을 해치려 하고 있습니다. 그러니 속히 전하께 이를 알리셔야 합니다."

이에 인빈 김씨는 이 말을 선조에게 그대로 전했고, 선조는 몹시 노해서 정철과 윤두수(尹斗壽) 등의 서인(西人)들을 파직시키고 멀리 유배를 보냈다. 이와 함께 이들이 건의한 광해군의 세자 책봉을 미루었다.

그러나 이듬해인 1592년(선조 25년), 임진왜란이 일어나고 선조는 임금으로서 도성마저 버린 채 북쪽으로 달아나다가 어쩔 수 없이 광해군을 세자로 책봉하였다.

반면 선조가 총애하던 신성군은 임진왜란 때 선조와 함께 왜군을 피해 영변(寧邊)을 거쳐 의주(義州)로 피난을 갔다가 1592년(선조 25년) 12월 8일, 의주에서 병사(病死)했다.

이처럼 허준은 신성군과 광해군의 중병을 치료함으로써 선조로부터 더 큰 신뢰를 받게 되었는데, 이때 선조로부터 그 공로를 높이 평가받아 서얼의 신분이었던 허준이 그 높은 신분의 장벽을 뛰어넘어 파격적으로 정3품(正三品) 당상관인 통정대부(通政大夫)의 벼슬에 올랐다.

(이에 관한 내용은 이미 이 책 제1권에서 상세히 언급한 바 있으므로 여기서는 더 이상 언급하지 않는다.)

1590년(선조 23년) 12월 중순, 허준은 내의원의 의관으로서 그동안 쌓은 공로에 대한 보답으로 선조로부터 당상(堂上)의 가자(加資)를 받았다.

가자란 조선시대 때 정3품 통정대부 이상의 품계로 올려 주는 것을 말하며, 관원들이 임기를 잘 마쳤거나 근무 성적이 좋은 경우, 또는 큰 공을 세웠거나 나라에 경사스러운 일이 있을 때에 가자가 주로 행해졌다.

그런데 허준이 이처럼 당상의 가자를 받게 되자, 온 조정이 벌집을 쑤셔 놓은 듯 발칵 뒤집혔다.

특히 이 같은 소식에 접한 사헌부(司憲府)와 사간원(司諫院)의 관료들은 분노하며 어이없어 했다.

"서자(庶子) 출신에다가 천한 신분인 의원 나부랭이에 불과한 허준에게 그런 높은 벼슬을 내린다는 것은 도저히 있을 수 없는 일이오."

더욱이 그 당시의 법규에 의하면, 서자 신분으로는 아무리 올라가도 정3품 당하관까지밖에 오를 수 없었다. 때문에 선조가 내린 이번 조치는 《경국대전(經國大典)》이 규정한, 서자 출신으로서 받을 수 있는 최고의 관직인 정3품의 한계마저 뛰어넘는 일이었다.

그런데도 이런 법규를 모르지 않는 선조가 허준에게 당상관 정3품이란 높은 벼슬을 내렸다는 것은 실로 파격적인 일이 아닐 수 없었다.

여기에다 허준은 선조의 명에 따라 내의원의 어의이면서 의관으로서는 되기 어려운 내의원의 부제조(副提調)까지 겸하게 되었다. 내의원의 부제조는 내의원에서 가장 높은 행정 책임자인 제조(提調) 다음가는 높은 직책이었다.

이에 조정 대신들과 관리들은 이런 일은 일찍이 보지 못했던 일이라며 혀를 내둘렀다. 특히 사헌부와 사간원, 홍문관 등 삼사(三司)와 의금부(義禁府 ; 조선시대 때의 특별사법관청) 관리들은 놀라움을 금치 못하며, 이 일이 너무나 부당하다며 일제히 반대하고 나섰다.

"왕자를 치료한 것은 의관으로서 당연히 해야 할 일이고, 비록 공이 있다 해도 의관에게 당상(堂上)의 가자(加資)를 내린다는 것은 도저히 있을 수 없는 일이므로 취소해 주시기를 간청하옵니다. 더욱이 허준은 서자 출신이옵니다. 이 점 통촉해 주소서."

그러나 선조는 이들의 이 같은 반대에도 불구하고 자신의 뜻을 굽히지 않았다. 허준이 아무리 뛰어난 의술을 가졌다고 하더라도 정3품은 서자가 오를 수 없는 벼슬이라며 삼사와 의금부의 관리들이 집단적으로 반대하며 이 같은 상소를 올렸으나 선조는 눈 하나 깜짝하지 않고 이를 단호히 물리쳤던 것이다.

이제까지 유약한 모습만을 자주 보여 왔던 선조의 언행과는 전혀 다른 모습이었다.

사실 이때에는 당상관 정3품이란 품계는 양반이 오를 수 있는 벼슬 가운데서도 아주 높은 벼슬이었다. 그런데도 선조가 허준에게 이같이 높은 품계의 벼슬을 내리자, 조정 대신들은 서얼 출신이자 한낱 기술 관료에 불과한 그에게 정3품 당상관이라는 대우는 너무도 부당하다며 계속 불만을 표시했다.

마침내는 허준에게 내린 품계를 환수해야 한다는 요구까지도 빗발쳤다.

이 무렵에 쓰인 《선조실록》의 기록들을 살펴보면, 이 당시 사헌부와 사간원 등의 권력기관들이 허준에 대한 당상관 정3품 품계 취소에 대한 요구가 얼마나 극심했는지를 잘 알 수 있다.

『1590년(선조 23년), 12월 25일.

사간원이 훈련봉사 권연종의 추고와 허준, 이의득의 가자 개정, 군수 이희득의 포상 개정을 청하다.

사간원이 아뢰기를,

"내의 허준이 왕자를 치료했다고 하여 가자할 것을 특명하였는데, 허준이 비록 구활한 공이 있다고는 하지만, 사체(史體 ; 역사를 서술하는 체계. 편년체와 기전체가 있다)가 양전의 시약청 의원과는 판이하게 다릅니다.

전하께서 한 때의 기쁜 마음에 따라 종전에 없던 상전을 과하게 베푸시는 것은 불가하니 개정을 명하소서."

하니 답하기를,

"아뢴 대로 시행하라. 그러나 허준의 일은 윤허하지 않는다."

『1591년(선조 24년) 1월 3일.

사헌부가 왕자 두창 치료로 내의 허준에게 당상관 가자를 내린 것은 시약청 은전에 외람된 것이라고 개정을 청하였으나, 상(上, 임금)이 헌부에 답하기를, 허준에 대한 일은 논할 필요 없다고 하였다.』

『1591년(선조 24년) 1월 3일.

사간원이 왕자에게 병이 있어 내의 허준이 약을 써서 치료한 것은 의관으로서의 직분인 것인데, 당상관의 가자를 제수하였으니, 양전을 시약한 공과 혼돈되어 아무런 구별이 없으니 개정할 것을 청하였다.』

『1591년(선조 24년) 1월 4일.

사간원이 전에 아뢴 허준의 당상관 가자를 환수할 일을 입계(入啓)하니 답하였다.

"오랫동안 근시(近侍)의 자리에 있었는데, 한 자급(資級)

을 더해 주는 것은 불가한 것이 아니다. 지난해 두창이 매우 위험하였으며, 이번 아이(광해군)의 누이도 두창으로 잃었다. 불과 열흘 사이에 위급해져 다시 살아날 가망이 없었는데, 다행히도 다시 살아난 것은 허준의 공이니, 가자하지 않으면 그 공을 갚을 수 없다.

임금의 상은 곧 은택인데 어찌 전례가 있을 것이며, 상의 등급을 논할 수 있겠는가.

내가 조정에게 한 자급을 빌리고 싶으니 조정에서도 허락하는 것이 온당할 듯하다."

또한 사헌부가 전에 아뢴 허준의 가자를 재정해야 한다는 일을 입계하니 답하였다.

"윤허하지 않는다."』

『1591년(선조 24년) 1월 5일.

사간원이 전에 아뢴 허준, 이대화, 이희득의 일을 입계하니, 윤허하지 않는다고 답하였다.

또한 사헌부가 전에 아뢴 허준, 이양원의 일을 입계하니, 윤허하지 않는다고 답하였다.』

이처럼 사헌부와 사간원 등의 끈질긴 반대와 취소 요구에도 불구하고 선조는 끝내 자신의 뜻을 굽히지 않고 허준에게 내린 정3품 당상관 품계를 환수하지 않았는데, 이것만 보더라

도 선조가 허준을 얼마나 신뢰하며, 그의 공을 높이 평가했는
지를 잘 알 수 있다.

훗날 허준이 임진왜란이 일어났을 때 선조가 궁을 떠나 의
주까지 파천할 때 허준이 선조의 곁을 한시도 떠나지 않고 끝
까지 선조를 호종하였던 것도 선조가 이처럼 자신을 신뢰해
준 것에 대한 보은이 아니었겠는가.

해가 뜨거우면 풀은 마르고 꽃도 지는데

1592년(선조 25년) 음력 4월, 임진왜란이 발발하여 의주로
피난 갔던 선조는 이듬해인 1593년(선조 25년) 음력 10월 1일,
한양에 돌아오자, 전쟁의 참화로 인해 피폐해진 도성과 도탄
(塗炭)에 빠져 있는 백성들을 자신의 두 눈으로 직접 목격하
고는 마음이 몹시 아팠다.

한 나라의 군주로서 책임을 다하지 못한 죄책감과 자괴감
도 느껴졌다.

선조는 문무 신료들에게 전쟁으로 인해 피해를 입은 백성
들의 구휼에 힘쓰도록 지시하는 한편, 내의원의 어의와 의관
들에게는 병들고 다친 백성들과 군사들을 돌보고 치료해 주
라는 어명도 함께 내렸다.

이 무렵, 임진왜란 발발 당시 나이가 많고 거동이 불편해

선조를 따라 나서지 않았던 수의 양예수를 비롯하여 여러 가지 이유와 사정으로 선조를 호종하지 않았던 내의원의 어의와 의관들도 일부 내의원으로 돌아왔다. 그러나 난리 통에 죽거나 행방불명된 어의와 의관들도 적지 않았다.

왜군들이 잠시 물러나자, 이렇게 사람들은 다시 모여들었지만, 경복궁 안에 있던 내의원 건물과 내의원의 어의와 의관들이 거처하던 의관방, 그리고 각종 약재들과 의료 도구들이 있었던 창고와 부속 건물들은 경복궁이 불에 타면서 모조리 함께 불에 타버리고 남아 있는 것이라고는 실제로 아무것도 없었다.

내의원 서가와 서적 보관소 등 곳곳에 쌓여 있던 그 많은 의서들도 대부분 불에 타버리고 없었다. 예로부터 전해오며 잘 보관되어 있던 귀중한 중국의 의서들과 조선의 의서들도 상당수 보이지를 않았다.

이런 기막히고도 참담한 상황 속에서도 허준을 비롯한 내의원의 어의들과 의관들은 선조의 명에 따라 매일 거리로 나가 전란(戰亂) 중에 다치거나 병에 걸린 백성들과 왜군과 싸우다가 부상당한 군사들, 혹은 왜군들의 창검에 찔리거나 맞아서 다친 사람들을 돌보며 치료해 주었다.

그러나 이들을 치료할 약과 약재, 기구들은 터무니없이 부족했다.

때문에 내의원의 어의와 의관들은 탕약 치료는 하기 어려워 침이나 뜸을 통한 치료에 매달릴 수밖에 없었다.

그런데도 소문을 듣고 몰려온 백성과 군사들의 수가 엄청났다. 더욱이 전란이 끝나고 나면 으레 찾아오는 갖가지 질병에 시달리는 사람들도 많았으며, 굶주림에 시달려 병이 난 사람들도 많았다.

허준은 이들을 치료할 방도가 시급하다는 것을 절실히 느꼈으나, 이들의 치료에 쓸 약재가 부족해 사방으로 수소문해 약재들을 구해다 썼다. 자신이 예전에 심약으로 있었던 전주 감영을 비롯해 전국 각지의 감영에 사람을 보내 약재들을 구해 오기도 했다.

오랫동안 굶주림에 시달려 병이 나거나 영양실조에 걸린 사람들도 많았으나, 이들에게 줄 음식 또한 별로 없었다.

그런데도 조정의 일부 신료들과 관청의 관리들은 도탄에 빠진 백성들을 돌볼 생각은 하지 않고 자신들의 이익과 안위만 생각하며 백성들은 외면하고 있었다. 심지어 나라가 혼란한 틈을 이용하여 뇌물 등을 받으며 사리사욕(私利私慾)을 꾀하는 관료들도 적지 않았다.

이 같은 조정 신료들과 관청 관리들의 부패한 모습을 본 오리(梧里) 이원익(李元翼, 1547~1634)은 깊이 한탄하며 이런 말을 한다.

"썩은 나무들이 정사를 맡아 행하고, 걸어다니는 송장이 권력을 휘두르니 불행이 가깝고도 가깝구나."

죽순처럼 솟아오르는 욕심을 끊는 것도 선행이며 나라를 다스리는 관료들에게는 탐욕을 끊고 사리사욕을 멀리하는 것이 더욱 필요한 일인데, 그렇지 못한 관료들이 많은 것을 보면서 이원익은 실로 마음이 아프고 안타까워 이같이 통탄했던 것이다.

《논어(論語)》에서는 군자와 소인배의 차이에 대해 이렇게 말한다.

『군자와 소인의 차이는, 똑같이 궁한 경우에도 군자는 사람으로서 지켜야 할 도리를 지키는 데 비해 소인(소인배)은 이를 견디지 못하고 마음이 문란해지며, 당장의 자기 이익만 챙기려 든다.』

부패하고 사리사욕에만 급급한 일부 조정 신료들과 관청 관리들을 보며 통탄했던 이원익은 임진왜란이 발발했을 당시 이조판서였으며, 임진왜란이 일어나자 그는 평안도 도순찰사가 되어 선조의 피란길에 호종했다. 뿐만 아니라 그는 이듬해 평양 탈환작전에서도 공을 세워 평안도관찰사가 되었으며, 1595년(선조 28년)에는 우의정이 되었다가 1598년(선조 31년)

허
許 준
浚

에는 영의정에 오른다.

그는 특히 선조에게 전란의 피해를 복구하고 백성의 부담을 줄이려는 목적에서 공납을 쌀로 걷는 제도였던 대동법(大同法) 실시를 건의하여 이를 실시하게끔 했으며, 불합리한 조세제도를 시정하는 데도 앞장섰다. 이로 인해 그는 백성들로부터 많은 공경과 흠모를 받았다.

그는 또한 임진왜란 당시 이순신(李舜臣)을 처음부터 변함없이 옹호한 몇 안 되는 대신이기도 했는데, 《선조실록》(선조 29년 10월 5일, 11월 7일)을 보면 그는 이순신에 대해 이렇게 말한다.

"많은 장수들 가운데서 이순신이 가장 뛰어난 장수입니다. 만일 그를 교체하면 모든 일이 잘못될 것입니다."

수복된 한양으로 돌아온 지 얼마 되지 않았을 때인 1593년(선조 26년) 10월 25일, 선조는 퇴계(退溪) 이황(李滉, 1501~1570)과 그의 제자인 서애(西厓) 유성룡(柳成龍, 1542~1607)을 거론하며 이렇게 힐난한다.

"듣건대, 경상도의 풍속은 누구라도 아들 형제를 두었을 경우, 한 아들이 글을 잘하면 마루에 앉히고, 무예를 익히면 마당에 앉혀 노예처럼 여긴다. 국가에 오늘날과 같은 일이 있게 된 것은 경상도가 오도한 소치다."

경상도에서는 예로부터 학문을 숭상하여 자식(아들)이 글을 잘하면 귀하게 대접하지만, 무예를 잘하는 자식(아들)은 천시하여 마치 노예처럼 일만 시킨다는 것이었다. 또 이러한 그릇된 경상도의 풍습 때문에 경상도 지역에서는 말만 잘하는 학자들은 많이 배출했지만, 무예에 뛰어난 무사나 장군은 많이 배출하지 못함으로써 막상 임진왜란이 일어났을 때 쓸만한 무사와 장군이 부족했고, 결국 나라가 지금 이 모양, 이 꼴이 되었다는 비판이었다.

그런데 선조가 이같이 말한 속내는, 늘 그를 힘들게 했던 쟁쟁한 성리학자들에 대한 반감 때문이었다. 특히 선조는 이황과 율곡 이이, 이황의 제자였던 유성룡과 기대승 등과 같은 당시의 유명한 성리학자들로부터 많은 훈계와 질타를 받아 이로 인한 불만과 갈등 및 울화가 많았고, 여기서 비롯된 스트레스 또한 컸다. 성리학자들을 비롯한 학자들에 대한 못마땅함과 미움, 적대감도 적지 않았다.

그런데 이들 쟁쟁한 성리학자들 가운데는 경상도 출신이 많았다. 그래서 선조는 경상도 출신의 성리학자들을 더욱 못마땅하게 여기며 경상도 지역 전체를 비난하는 이 같은 말을 했던 것이다.

그러나 선조는 말은 이렇게 했으나, 이 때도 역시 자신을 둘러싼 채 직언을 서슴지 않는 많은 성리학자들, 특히 경상도 출신의 성리학자들 사이에서 기를 제대로 펴지 못하고 있었으며, 이들로 인한 스트레스에 질식할 것 같은 나날을 보내고 있었다.

이와 함께 그는 임진왜란을 막지 못하고 나라와 백성들에게 큰 피해를 입혔다는 자책감과, 자신이 할 수 없었던 일을 한 권율(權慄)이나 이순신(李舜臣)과 같은 영웅들에 대한 시기심 등과 이로 인한 심리적 갈등과 스트레스도 많이 받고 있었다.

그야말로 그는 임금이면서도 자기 주위에 있는 뛰어난 학자들과 영웅들 속에서 스스로 위축되어 임금다운 면모는커녕 소인배 같은 모습만 보여주고 있었던 것이다.

이런 선조를 임금으로 모시며 가까이에서 지켜보아야 하는 허준의 마음 또한 늘 편치 못하고 안타까웠다. 더욱이 선조는 갖가지 질환에 시달리고 있었는데, 자신이 어의로서의 역할을 충실히 다하지 못하고 있다는 생각에 허준은 항상 선조에 대한 죄송스러운 마음도 가지고 있었다.

그러던 어느 늦가을, 허준은 왠지 답답하고 울적해진 마음을 달래기 위해 잠시 내의원을 벗어나 북한산에 있는 도선사(道詵寺)를 찾았다.

일찍이 신라(新羅) 제48대 임금이었던 경문왕(景文王) 2년

동의보감 東醫寶鑑

(862년)에 신라 말기의 승려 도선(道詵)이 창건한 이 도선사는 북한산 중턱의 높은 곳에 위치하고 있었는데, 이곳에 오르니 도성 한양이 한눈에 내려다보였다.

자연의 섭리를 어기지 않으려는 듯 산사(山寺) 주위에 있는 나무들이 낙엽을 떨어뜨리고 있었다. 떨어지는 낙엽들 중에는 붉은 단풍도 있었고, 노랗게 변했거나 시들어버린 낙엽들도 있었다.

바람에 불 때마다 제 몸을 가누지 못하고 하염없이 흔들리는 나뭇잎들도 있었으며, 나뭇가지 끝에 간신히 매달린 채 떨어지지 않으려고 애쓰는 나뭇잎들도 있었다.

왜 저리도 떨어지지 않으려고 애쓰는 것일까.

이제는 미련 없이 그만 놓아버려도 될 터인데, 왜 저리도 온몸을 떨어가며 꼭 붙잡고 있는 것일까.

이런 나뭇잎들을 묵묵히 바라보다가 허준은 문득 저렇게 놓지 못하고 매달려 있는 나뭇잎들이 마치 세상 것들에 대한 미련과 집착에 놓아버려야 할 것들을 놓지 못하고 있는 인간의 모습, 아니 허준 자신의 모습과도 너무나 흡사하다는 생각이 들었다.

불교의 《화엄경(華嚴經)》에서 이르기를,

『나무는 꽃을 버려야 열매를 얻고, 물은 강을 버려야 바다를 만난다.』

라고 하지 않았던가.

또 그러기에 꽃나무들은 보다 탐스럽고 알찬 열매를 맺기
위해 저 예쁜 꽃잎들을 떨어뜨리는 게 아니겠는가. 깊어가는
가을 속에서 낙엽들이 아픔을 안고 떨어질 수 있는 것도, 내
년 봄에 새 잎으로 다시 태어날 수 있다는 희망이 있기 때문
이 아니겠는가.

그러나 미욱하기만 한 인간들은 저 꽃나무의 꽃잎이나 나
무의 나뭇잎들처럼 하심(下心)을 갖지 못한 채 끝까지 현세
(現世)에만 집착하고 있는 것이 아닌가.

소슬바람이 또 한 차례 지나가자 낙엽들이 또다시 우수수
떨어진다. 이제까지 나뭇가지 끝에 매달려 가까스로 버티고
있던 시든 나뭇잎들이 더 이상 버티지 못하겠다는 듯 허공에
사선을 그리며 떨어진다.

이제는 미련과 집착을 버리고 땅 위에서 편히 쉬고 싶었던
것일까.

한 스님이 도선사의 뜰에 선 채 떨어지는 낙엽들을 빗자루
로 조용히 쓸고 있었다. 스님의 가지런한 비질에 낙엽들이 한
쪽으로 몰리며 쌓여 갔다.

허 준
許 浚

그러나 낙엽은 여기저기에서 계속 떨어진다. 한두 잎씩 떨어지기도 했고, 나뭇잎들이 무리지어 한꺼번에 우수수 떨어지기도 했다. 하지만 스님은 이를 개의치 않고 낙엽을 쓸고 또 쓴다.

그런데, 스님의 이러한 비질에는 어떤 법도나 요령이 있는 것인지, 흙바닥인 사찰 뜰을 쓰는데도 불구하고 흙먼지는 하나도 일지 않는다.

사실 승방에서는 비질을 할 때에도 아무렇게나 마구 비질을 해대는 것이 아니라 법도가 있었다. 즉 비의 끝을 끝까지 지그시 누르면서 비질을 해야 한다는 것이었다. 그래야만 낙엽이나 먼지가 바람에 날리지 않고 잘 끌어 모을 수 있기 때문이었다.

승방에서 이처럼 비의 끝을 지그시 누르면서 비질을 하는 것은 어쩌면 수행자의 마음속에서 자꾸 치솟아 오르는 온갖 번뇌와 세속적인 욕망 같은 것들을 억누르기 위한 수행인지도 모른다.

허준은 스님의 비질을 멀리서 바라보면서 지금 저 스님의 비질은 단순히 뜰을 쓰는 행위가 아니라, 그러한 비질을 통해서 자신의 마음속에 도사리고 있다가 불쑥불쑥 튀어나오는 온갖 번뇌와 세속적인 욕망 같은 것들을 비 끝을 누르듯 지그시 억누르고, 빗자루로 낙엽을 쓸어내면서 동시에 마음도 비우고 정화시키는 수행을 하고 있는 것이 아닌가 하는 생각이 들었다.

그러면서 허준은 또 이런 생각도 해 본다. 저 스님의 비질처럼 내 마음속도 말끔히 비질하여 마음속에 가득 쌓여 있던 부질없는 것들을 말끔히 쓸어내고, 그리하여 내 마음이 청정해진다면 얼마나 좋을까.

다시 불어온 바람에 나뭇잎들이 또 한 움큼 떨어진다. 나뭇잎 떨어지는 소리에 놀란 걸까. 휘청거리는 나뭇가지 끝에 앉아 있던 작은 새 한 마리가 갑자기 날갯짓을 하며 푸른 하늘을 향해 포르르 날아오른다.

— 《허준》 卷 二 끝 —

동의보감 東醫寶鑑

허준 & 동의보감 卷二

│ 초판 인쇄일 / 2019년 5월 15일
┊ 초판 발행일 / 2019년 5월 20일
│   ★
┊ 지은이 / 이철호
│ 펴낸이 / 김동구
┊ 펴낸데 / 明文堂 (창립 1923년 10월 1일)
│   서울특별시 종로구 윤보선길 61(안국동)
┊   우체국 010579-01-000682
│   ☎ (영업) 733-3039, 734-4798
┊   (편집) 733-4748
│   FAX. 734-9209
│ e-mail : mmdbook1@hanmail.net
┊ 등록 1977. 11. 19. 제 1-148호
│   ★
┊ ISBN 979-11-90155-02-1   04810
│   979-11-90155-00-7 (세트)
┊   ★
│ 값 15,000 원 (낙장이나 파본은 구입하신 서점에서 교환해 드립니다.)